Senza Legami

Diana Nixon

Serie Scaccomatto
Libro II

Senza Legami
(Sinossi)

I giochi possono essere diversi. Alcuni sono innocenti, altri sono pericolosi. Ma ci sono anche quelli che non imparerai mai a giocare.

Oliver Altier è un uomo per il quale ogni giorno è un gioco, un gioco di passione. La sua unica regola è: nessun legame, nessun senso di colpa. Oliver pensa di sapere tutto su come accontentare le donne. Finché un giorno incontra Jillian Murano, una donna che gli assomiglia molto quando si tratta di relazioni: odia gli obblighi, ma ama gli uomini, i margarita e il divertimento.

Cosa ci sarà di diverso questa volta?

La passione e la lussuria saranno sufficienti per trasformare i loro giochi in qualcosa di reale?

Se pensavano che non sarebbe stato altro che un gioco, avrebbero dovuto pensarci due volte prima di iniziare qualcosa che li avrebbe cambiati entrambi, una volta per tutte ...

A Carine Farrow Sullivan e Natasha Liggett.

Molte grazie per tutto quello che avete fatto per promuovere i miei libri e aiutarmi a trovare nuovi lettori :)

Capitolo 1

Jillian

Sai già che la tua giornata farà schifo quando ti svegli al mattino e vedi il vestito che avevi preparato per la giornata, la sera prima, irrimediabilmente rovinato da un cane che non ti saresti mai aspettata di vedere in casa tua, che gironzola per la tua camera da letto.

«Anna!»

«Cavolo, perché stai urlando?» Mia sorella entrò nella mia stanza, indossando un paio di splendide scarpe grigio scuro e una trench che avevo comprato proprio ieri e non avevo ancora avuto la possibilità di indossare.

«Che diavolo è quello?» chiesi, indicando il suo vestito. Anna aveva solo sedici, otto anni meno di me, ma per almeno la centesima volta, mi pentii di averla invitata a stare con me mentre i nostri genitori erano in luna di miele per il loro venticinquesimo anniversario di matrimonio. Grazie a Dio, questa tortura stava per finire tra meno di 24 ore.

«Lui è Robin,» spiegò Anna, tenendo il cane tra le mani. «Non è carino? Un mio amico lo stava vendendo, e non ho potuto resistere, dovevo averlo, quindi ho comprato questa adorabile, piccola creatura», disse con voce da bambina, mentre faceva delle smorfie carine al cane.

«Ma davvero?! Il mio abito è carino come lui? Ora, posso usarlo solo come zerbino! Aspetta, ti stavo per chiedere delle mie scarpe e del mio trench in realtà.» Il vestito fu dimenticato in pochissimo tempo, poiché il mio amore per le scarpe difficilmente poteva essere paragonato a qualcos'altro. Inoltre, mi ero fatta il culo al lavoro per permettermi questo particolare paio; erano dannatamente costose!

«Oh, queste? Pensavo che non ti sarebbe dispiaciuto se le avessi indossate, dato che non ho portato con me molto vestiti e scarpe.»

«Avresti potuto scegliere qualsiasi cosa, assolutamente qualsiasi cosa dal mio guardaroba, ma hai preso il mio nuovissimo paio di scarpe che non ho ancora avuto la possibilità di indossare!» esclamai, furiosa.

«Credevo avessi un giorno libero oggi, quindi non pensavo davvero che ti dispiacesse se le ho prese in prestito. Non sto cercando di rubarle o roba del genere.»

«Perché diavolo pensi che oggi abbia un giorno libero?» chiesi irritata, infilandomi le pantofole nere e rosse di Topolino. Quanto erano riposanti dopo aver indossato tacchi alti quasi ventiquattro anni? Be', mi sono sempre piaciuti i contrasti.

«Sono le 8:30 del mattino e sei ancora seduta sul tuo letto, in pigiama con l'espressione più incazzata che mai sul viso.»

«Cosa?» Guardai l'orologio, terrorizzata. «Cavolo! Dominick mi ucciderà!» Saltai giù dal letto e mi precipitai in bagno, sperando di avere ancora il mio lavoro quando finalmente sarei riuscita ad arrivare in ufficio.

Lavoravo per la Wilson's Publicity, una delle società più grandi nel settore della pubblicità, dove lo svantaggio principale era il capo.

Dominick Altier era un uomo che otteneva sempre quello che voleva. Così era stato con la mia migliore amica, Scarlett

Wilson, la figlia del fondatore della società, di cui lui si era innamorato a prima vista e semplicemente non riusciva a lasciarsi andare. Ecco perché ora, dovevo affrontare le conseguenze della loro storia d'amore, cercando di conciliare il mio lavoro come segretaria di Dominick con la mia amicizia con Scarlett che ero sicura stesse per essere mandata all'inferno. Non che Dominick non mi piacesse, ma era il mio capo e l'idiota numero uno al mondo; almeno quando si trattava di criticare i miei doveri. O forse semplicemente si divertiva a farmi infuriare? Sfortunatamente, non conoscevo la risposta a questa domanda. Ma sapevo per certo era che stava per mangiarmi viva perché ero in ritardo.

Normalmente, mi ci voleva circa un'ora per prepararmi per il lavoro. Ma oggi, dovevo limitare quel tempo al minimo, dieci dannati minuti; oggi non mi sarei goduta una lunga doccia calda.

Indossai i primi abiti puliti su cui posai gli occhi, e corsi fuori di casa in fretta, promettendo alla mia sorellina che sarei tornata più tardi e avrei ucciso lei e il suo adorabile cane per aver rovinato la mia casa e il mio guardaroba. Se solo avessi saputo che il mio vestito non sarebbe stata l'unica cosa rovinata di quella giornata ...

***

Mi squillò il telefono in tasca. Guardai lo schermo e imprecai due volte. «Buongiorno, Scar!» dissi come se non sapessi perché mi stava chiamando.

«Dove diavolo sei? Ti stiamo aspettando da venti minuti!»

«Non arrabbiarti, sto entrando nell'ascensore in questo momento, sarò in ufficio tra circa due minuti.»

C'erano circa altre dieci persone nell'ascensore, quindi sorrisi scusandomi per essermi infilata nella cabina che ovviamente non aveva abbastanza spazio per un'altra persona, e premetti il pulsante che mi avrebbe portata in cima all'edificio di cinquanta piani.

«Cosa ti è successo?» chiese Scarlett nel ricevitore. Sapeva che ero una donna molto responsabile, ma ogni tanto, potevo essere una persona alquanto spericolata, ma prendevo sempre sul serio il mio lavoro. Quindi se ero in ritardo, ci doveva essere una dannata buona ragione.

«Il mio telefono si è spento, quindi non ho sentito la sveglia.»

«Quante volte devo dirti di comprare un cellulare uno nuovo? E non dirmi che il tuo stipendio non è sufficiente, perché io stessa l'ho aumentato due volte negli ultimi tre mesi.»

«Che senso ha comprare un nuovo cellulare?» Aspettai che le altre persone uscissero dall'ascensore e continuai, «Sappiamo entrambe che prima o poi finirò per lanciarlo contro il muro, perché ogni volta che termino una mia conversazione con il tuo prezioso fidanzato, l'unica cosa che voglio fare è rompere qualcosa. Quindi grazie, Dio, per avermi benedetto con il capo più arrogante e rompiscatole.»

Lei rise. «Sappiamo tutte e due che Dom non è così male.»

«Ah davvero? Puoi difenderlo quanto vuoi, ma il suo bel viso e il suo bel culo non cambiano il fatto che è un vero stronzo.»

«Ad ogni modo, ti stiamo aspettando in sala conferenze, quindi cerca di trovare una spiegazione più o meno credibile per il tuo ritardo.»

«E se dico la verità al mio capo?»

Scarlett ridacchiò. «Sono sicura che gli piacerebbe sentire tutti gli insulti così amichevoli che gli rivolgi, soprattutto quando sei tu quella che è in ritardo.»

«Molto divertente.» Terminai la chiamata con una smorfia.

Nel momento in cui pensai che la mia vita non potesse

diventare più incasinata di così, udii qualcuno ridere sommessamente dietro di me.

Lentamente, mi voltai e mi bloccai; il sangue mi martellava nelle mie orecchie.

Uccidimi ...

«Mr. Oliver, mi dispiace tanto, non intendevo —»

«Rilassati, Jill. Io più di tutti so che ogni tua parola su mio fratello è vera. È un vero stronzo e un rompiscatole.»

Non credo di essermi mai sentita così mortificata in vita mia. Oliver Altier non era un visitatore fisso della nostra società; quindi, probabilmente era l'ultima persona che mi aspettavo di vedere oggi. A differenza di suo fratello, non gli importava degli affari, dei completi e delle cravatte, e andava pazzo per la musica, le ragazze, gli strip bar e be', avete capito il tipo, giusto?

Sentii le mie guance bruciare per un fuoco invisibile. «Mi scusi», dissi di nuovo, prima di sentire con sollievo il suono delle porte dell'ascensore che si aprivano. Rapidamente, girai sui tacchi e uscii dalla cabina che improvvisamente sembrava troppo piccola per noi due, pregando che Oliver tenesse la bocca chiusa su tutti gli insulti che mi aveva sentito rivolgere a suo fratello.

«Sai qual è il modo migliore per gestirlo?» chiese, mentre si fermava alla mia scrivania. «Mi scusi?» domandai, un po' sbalordita.

«Ignoralo», rispose, facendomi l'occhiolino con un sorriso misterioso che gli illuminava il viso. Quel tipo ovviamente sapeva come far svenire una ragazza, perché io mi sentii svenire. Quell'occhiolino e quel ghigno diabolico erano tutto ciò di cui avevo bisogno. Dominick era capace della stessa cosa, poteva far inginocchiare qualsiasi ragazza per adorare il terreno su cui camminava. Per quanto riguarda Oliver, madre natura lo aveva benedetto con un viso e un corpo bello da morire, con i muscoli in tutti i posti giusti, sorriso sexy e occhi che solo il diavolo poteva avere.

«Umm, grazie. Me lo ricorderò», replicai, cercando davvero di non fissare i suoi jeans a vita bassa e la camicia nera con i bottoni superiori slacciati, facendomi pensare a quanto sarebbe stato bello far scivolare la mia mano sotto il tessuto e ...

Stop fermati qui, ragazza!

Scossi la testa, sperando che mi avrebbe aiutato quei pensieri cattivi a svanire.

«Chiamami se hai bisogno di aiuto.» Oliver sorrise e si diresse verso la sala conferenze dove immagino che suo fratello e il mio migliore amico lo stessero già aspettando.

Buono a sapersi che non sono l'unica ad essere in ritardo. A proposito, posso chiamarti se ho bisogno di qualcosa, come giocare? Un compagno di giochi suona bene in questo momento.

Sospirai irritabile, guardandolo camminare lungo il corridoio. Non era la mia mattinata migliore. Non riuscivo credere di sognare ad occhi aperti di andare a letto con il fratello del mio capo. Non era solo la mia mattinata peggior, era la mia peggiore giornata, settimana, o forse anche tutta la vita. Grandioso ...

Mark ed io ci eravamo lasciati solo una settimana fa e mi sembrava già di stare senza di lui da sempre. C'era stato un tempo in cui pensavo che fossimo la coppia perfetta. Ma poi, avevo scoperto che era solo un gigolò, che non voleva altro che il contenuto del mio portafoglio e la mia femminilità sotto la gonna. Bastardo di merda! Era vero, per la prima volta in assoluto, avevo permesso ad un uomo di ingannarmi. Ecco perché ora ero così arrabbiata per ogni piccolo evento che mi accadeva intorno, incluso un uomo che mi guardava e sorrideva come sesso ambulante di cui sicuramente non avevo bisogno ora, giusto? E oggi non era solo un'altra giornata di lavoro, era l'ultimo giorno per l'organizzazione del matrimonio di Dominick e Scarlett. Il Grande Giorno stava per svolgersi tra due settimane e tutti, me compresa, erano in massima allerta a causa della quantità di cose che dovevamo fare dentro e fuori dal lavoro.

«Finalmente, la tua damigella d'onore ha deciso di onorarci della sua presenza», mormorò Dominick, guardandomi entrare nella sala conferenze.

«Scusate il ritardo. Ho avuto un'emergenza con mia sorella», dissi, occupando l'unico posto che disponibile e che si rivelò essere accanto a Oliver. Com'era possibile che tra tutte le sedie disponibili, la mia doveva essere accanto alla sua, perché era l'unica rimasta? Eravamo solo noi quattro nella stanza, e l'unico posto libero doveva essere accanto all'uomo che era l'ennesimo problema per me.

Oliver rise piano. «Non sapevo che avessi una sorella. Tornando all'ascensore, pensavo stessi parlando di un idiota che ti ha rovinato la mattinata.»

Stringendo i denti, mi voltai verso di lui e sorrisi, dicendo, «Mi riferivo ad un cane.»

«Un cane?» Rise ancora più forte, questa volta insieme a Scarlett che ridacchiava.

«Sì, Anna ha comprato un cane e non si è nemmeno preoccupata di chiedermelo in anticipo.» Gli lanciai un'occhiataccia omicida e poi mi rivolsi a Mr. Faccia di culo. «Allora, quali saranno i miei compiti per oggi, Mr. Altier?» Anche se dopo che lui e Scarlett si erano fidanzati, aveva detto che potevo chiamarlo Dominick, con la quantità di lavoro che mi assegnava ogni giorno, potevo chiamarlo tutto tranne che quello. Quindi pensai che sarebbe stato più sicuro attenersi a Mr. Altier o Signore.

«Volevo che tu e Oliver accompagnaste nostra madre in chiesa. Il suo autista ha un giorno libero e lei voleva parlare con il prete, e dubito che mio fratello sia in grado di guidare oggi.»

«Sono in grado di fare tutto quello che voglio», ribatté Oliver, un po' offeso.

«Non sapevo che il lunedì mattina fosse diventato il tuo momento preferito della settimana.»

«Per la cronaca, ho passato la notte a leggere.»

Dominick sorrise. «Kama Sutra?»

«Ah ah, no Sapientone. Sto lavorando a un nuovo progetto e avevo bisogno di qualche altra informazione su quello che sto per fare. Inoltre, per guardare le donne nude e studiare nuove posizioni sessuali, non mi servono i libri, ho una lista di contatti.»

Scarlett intervenne, «Okay, perché non lasciamo i tuoi problemi sessuali per dopo e parliamo di cose più importanti?»

«La mia vita sessuale è importante», replicò Oliver.

«Certo che sì.» La mia amica alzò gli occhi al cielo. «Ma per ora, ho bisogno che spenga il tuo piccolo cervello, che usi il tuo grande cervello e sposti la tua attenzione al giorno delle nostre nozze. Abbiamo ancora un sacco di lavoro da fare.»

«Sarò tutto tuo per le prossime due settimane.» Oliver allungò le gambe sotto il tavolo e incrociò le braccia, guardandomi con quel piacevole mezzo sorriso che mi faceva sentire le farfalle nello stomaco. Fino ad ora, non avevo mai prestato molta attenzione a come fosse sempre così dannatamente bello. Anche dopo una notte passata a ballare, fumare e bere, sembrava che fosse appena uscito da una copertina di una rivista. O forse erano solo i miei stupidi ormoni a cui mancava così tanto il tocco di un uomo? Speravo che nessuno mi notasse mentre fissavo Oliver. Sicuramente non volevo che Dominick notasse la mia piccola infatuazione per suo fratello; gli avrebbe solo dato altri motivi per infastidirmi.

«Che programmi hai per il resto dell'estate?» chiese Scarlett al suo futuro cognato.

«Dopo il matrimonio, andrò a Los Angeles per trovare un buon studio di registrazione. Voglio provare a produrre», annunciò, passandosi una mano tra i capelli disordinati e color sabbia che, sorprendentemente, sembravano sempre curati, non importava quanto tempo il loro proprietario passasse a letto, con o senza una donna. Anche se personalmente, ero sicura che Oliver non fosse mai andato a letto da solo.

Bastardo fortunato ...

Di nuovo, pensai a Mark, e di nuovo maledissi il giorno in cui l'avevo incontrato. Mi tornarono in mente le parole di Oliver e non potei fare a meno di sorridere.

«Produrre, eh?» chiesi, fissando i suoi occhi dolci. Oggi sembravano ancora più luminosi del solito, e dannazione ai miei bisogni insoddisfatti, non volevo altro che perdermi nell'intensità del loro sguardo.

Scarlett e Dominick si scambiarono un'occhiata consapevole.

«Santo cielo, gente, perché non mi date un po' più di fiducia?!» esclamò Oliver. «Non mi scoperò tutte le ragazze che produco. E se un giorno volessi produrre un uomo?»

«Bleah.» Feci una smorfia, trattenendo a malapena un altro sorriso.

«Fai quello che vuoi», sbottò Dominick. «Ma oggi hai altre cose da fare e guiderà Jillian.»

Be', grazie per avermelo chiesto prima, stronzo.

«Certo, nessun problema», dissi ad alta voce.

«Volevo anche che controllassi i fiori», intervenne Scarlett.

«Non voglio che il fioraio rovini il mio bouquet da sposa. Inoltre, devi ancora scegliere i fiori per il tuo bouquet, Jill.»

«Consideralo fatto.» Scrissi alcuni appunti sul mio taccuino e mi rivolsi a Dominick. «Nient' altro, signore?» Aveva il coraggio di sorridere ogni volta che lo chiamavo così.

«No, grazie, Miss Murano. ora puoi andare. E non dimenticare di portare mio fratello con te. Trovagli anche qualcosa da mangiare, sono sicuro che non ha avuto il tempo di fare colazione così presto la mattina. È un tipo notturno, sai?»

«Sì, per favore, ricordatelo», sussurrò Oliver, alzandosi in piedi.

«Lo farò.» Sorrisi all'espressione comprensiva di Scarlett. Lei sapeva meglio di chiunque altro che avere a che fare con i fratelli Altier non era mai facile. Be', ora lo sapevo anche io. Lasciai la stanza, seguita dalla mia distrazione sexy.

***

«Mio fratello mi conosce troppo bene, sto morendo di fame», disse Oliver, guardandomi preparare la mia borsa. «Possiamo mangiare prima e poi fare il resto?»

«Nessun problema. Qualunque cosa desidera, Mr. Oliver», dissi accorgendomi troppo tardi del doppio significato delle mie parole.

«Per adesso, mi sto già godendo le nostre prossime commissioni.» Mi fece l'occhiolino e si diresse verso l'ascensore. Sapevo che la mia giornata sarebbe stata qualunque cosa, eccetto che pace e tranquillità.

Be', buon lunedì, Jill! Ed è solo l'inizio della settimana ...

«Okay, non sapevo che guidassi questa», disse Oliver, fissando con sospetto il mio nuovo Maggiolino Volkswagen giallo.

«È piccola, veloce e facile da parcheggiare, quasi ovunque. Quindi salite, Vostra Altezza. Sarà una lunga giornata.»

«E un lungo viaggio», aggiunse Oliver quasi in un sussurro, accomodandosi sul sedile del passeggero.

«Allora, dimmi Jillian, ti piace lavorare con mio fratello?»

Per poco non scoppiai a ridere. «Vuoi davvero sentire la risposta?» «Muoio dalla voglia di sentirla, davvero. Scommetto che gli piace comandarti a bacchetta.»

«Questo non rende nemmeno l'idea.»

Oliver annuì, sorridendo. Naturalmente, non potei fare a meno di osservarlo con la coda dell'occhio. Perché non gli avevo mai prestato attenzione? Sì, l'avevo visto molte volte, ma non l'avevo mai guardato come lo stavo guardando oggi. Avevo sempre pensato che non fosse un'opzione, tanto per cominciare. Uscire con il fratello del mio capo mi era sempre sembrata una pessima idea, allora perché all'improvviso era così eccitante?

Ti serve un Margarita, Dolcezza. Un bar, ballare un po' e un Margarita — il tuo preferito, la Santissima Trinità.

Presi nota mentalmente di chiamare Scarlett più tardi. Lei sapeva sempre quando ero di cattivo umore, e mi aiutava ad affrontarlo. Almeno finché non avevo trovato un'opzione migliore, le cui capacità di distrazione includevano qualcosa di molto più eccitante di una semplice chiacchierata.

«So esattamente come ti senti», disse Oliver.

«Davvero?»

«Sì, be', Dominick ha questa fastidiosa abitudine di cercare di controllare tutto e tutti intorno a lui. Grazie a Dio, almeno Scarlett sa come ridimensionarlo.»

«Gli sta bene», mormorai, ricordandomi un po' troppo tardi della persona con cui stavo parlando. Forse era troppo presto per essere così sincera con Oliver? Probabilmente aveva solo uno o due anni più di me, ma il suo cognome era il motivo principale per cui mi frenavo.

Lui si mise a ridere. «Perché lo odi così tanto?»

«Io non odio nessuno.» Forzai un sorriso. «Scusa, è solo che oggi non la mia giornata migliore.» Mi studiò per un lungo minuto, e poi chiese, «Come si chiama?»

«Scusami?»

«Come si chiama il ragazzo che ti ha offesa?»

«Non mi ha offesa.»

«Ma ho ragione; si tratta di un uomo, non è vero?»

«Non sapevo che fossi anche uno psicologo.»

«Anche? E quale pensi che sia l'altra mia professione?» I suoi occhi color miele fissarono i miei. Anche se questa volta non stava sorridendo, potevo ancora vedere quei diavoli stuzzicanti che danzavano nei suoi occhi.

«Ehm, un musicista?» O uno scapestrato festaiolo, donnaiolo e sessuomane, che si eccita per qualsiasi cosa abbia una vagina. Nel caso di Oliver, non c'era alcuna differenza tra le due cose di cui sopra.

«Non esattamente. In realtà sono un economista.»

«Davvero?» Speravo che non notasse la mia faccia sbalordita.

«Perché sono tutti così sorpresi che io non abbia solo le palle e un pene, ma anche il cervello?»

Be', forse perché pensiamo tutti che il tuo cervello viva nei tuoi boxer?

«Non sembri affatto un economista», dissi alla fine.

«Chi penseresti che sia, se non mi conoscessi?»

Uh, merda ... Il migliore dei miei sogni che si avvera? La più dolce delle mie fantasie e la più estenuante delle mie notti? Accidenti, non riuscivo credere di essere così incapace e persa oggi.

«Non lo so.»

«Andiamo, Jill. So che dici sempre la verità. Cos'hai che non va oggi? E non dirmi che hai paura di perdere il lavoro perché hai deciso di essere onesta con me.»

«In realtà, sì. Mi piace il mio lavoro, sai?»

«Anche se vuoi uccidere il tuo capo con un tagliacarte ogni volta che lo vedi?»

«Niente dura per sempre, nemmeno il mio lavoro con Dominick.»

«Hai intenzione di lasciare la società?»

«No, voglio dirigere una delle filiali.»

Potevo quasi sentire la sorpresa di Oliver. «Quale delle

due?» chiese.

«Te lo dirò quando otterrò l'incarico.» Sorrisi e svoltai nel parcheggio vicino ad uno dei miei caffè preferiti.

Capitolo 2

Oliver

Ho sempre ammirato Jillian. Primo, perché sopporta di lavorare con mio fratello fianco a fianco, cinque giorni a settimana. E secondo, perché è la persona più onesta che abbia mai incontrato. Dice sempre esattamente ciò che pensa, anche se non piace a tutti. E ho ricevuto così tante bugie e finti sorrisi nella mia vita; che parlarle è come una boccata d'aria fresca.

A differenza di Dominick, non ho mai pensato che lavorare per una grande e famosa società fosse l'unico modo per dimostrare al mondo che vali qualcosa. Ho la mia opinione su questo, e, naturalmente, è completamente diversa da quella della mia famiglia. I miei genitori dicevano sempre che avrei dovuto seguire le orme di Dom, ma io volevo studiare economia per un motivo diverso. La musica era la mia vita da sempre, e un giorno, volevo avere una mia società di produzione che avrebbe dato alle persone di talento la possibilità di mostrare ciò di cui erano capaci. E, naturalmente, era necessario lavorare su un buon business plan, che speravo di essere in grado di fare da solo.

Non mi piaceva raccontare alla gente della mia vita e dei miei piani per il futuro, ma oggi sembrava il giorno giusto per dire finalmente a tutti che non ero solo un musicista eccitato, ubriaco e cazzuto, che non sapeva mai come controllarsi quando si trattava di sesso e alcol. Per la prima volta in assoluto, ero stanco che tutti pensassero che fossi così pessimo; solo perché mi divertivo questo non mi rendeva la feccia della Terra.

«Allora, cosa ti piacerebbe mangiare a colazione?» chiese Jillian. Sentivo che la domanda poteva essere fatta più di una volta quando lei ha riportò i miei pensieri al qui e ora.

Tu, fu il primo pensiero che mi venne in mente. Poi scossi la testa e sorrisi mentalmente. Così tanto per la teoria di essere un bravo ragazzo ...

«Omelette con pancetta e un espresso», ordinai alla cameriera. Lei mi guardò con quell'espressione curiosa e lussuriosa che vedevo troppo spesso. Ma oggi non ero in vena di una sveltina, quindi ignorai il suo tacito invito e mi rivolsi a Jill, «E tu, tesoro?»

Le sue sopracciglia si sollevarono per la sorpresa, ma non disse nulla sul mio modo frivolo di chiamarla Tesoro.

«Solo un caffè», rispose lei, chiudendo il menu.

«Poco appetito?» chiesi, osservandola da vicino. Era piuttosto magra. Anche se aveva delle curve, quel tanto che bastava per chiedermi cosa nascondeva sotto i suoi vestiti, specialmente quando pensavo alla biancheria che indossava a letto ogni sera.

«Non posso permettermi di pensare a me stessa in questo momento. Secondo il messaggio tacito di tuo fratello, tu sei la mia priorità per la giornata.» Lei sorrise senza senso dell'umorismo e tirò fuori un taccuino dalla borsa.

«Il tuo piccolo libro nero?» sorrisi, appoggiandomi allo schienale del mia sedia

Con mia sorpresa, ricambiò il sorriso e osò persino guardarmi negli occhi. «Sì, ma a differenza di te, ho annotato solo i nomi di quelle persone che un giorno ucciderò volentieri.»

«Davvero? E di chi è il primo nome nella lista per oggi?»

«Il tuo», rispose senza esitazione.

Risi. «Sei davvero adorabile quando ti arrabbi, sai?»

«E tu ovviamente ti stai divertendo a darmi sui nervi. È un tratto caratteriale di famiglia che tutti gli uomini di Altier condividono?»

«In un certo senso.»

Non so perché, ma mi erano sempre piaciute le mie conversazioni e le battute con Jill. C'era qualcosa in quella ragazza che mi faceva pensare a cose che non mi passavano mai per la testa ogni volta che stavo con una donna. Era carina, intelligente, divertente e abbastanza sexy da rendere rigida la parte inferiore del mio corpo. In effetti, era la prima donna dopo settimane a cui il mio uccello reagiva. Non che avessi problemi con le donne che mi facevano eccitare, ma di recente, ero stato così occupato a lavorare e pensare alla mia carriera futura; non avevo tempo per le donne, non importava quanto suonasse ridicolo. Forse per questo che oggi ero così iper-consapevole di ogni piccolo movimento del corpo di Jill.

Lei indossava un semplice abito blu scuro, con una gonna svasata che danzava ad ogni suo passo, e una corta giacca bianca con le maniche arrotolate fino ai gomiti. Ma la parte più attraente del suo abbigliamento erano le scarpe. Erano decisamente dei tacchi "dominami-e-scopami". Non riuscivo a immaginare una donna che guidava con dei tacchi come i suoi, ma ovviamente lei non aveva problemi, era come se fosse nata con quelle scarpe addosso.

«Sai cosa mi spaventa di più?» chiesi, guardandole le scarpe, che spuntavano da sotto il tavolo.

«Cosa?»

«Morire in un'auto con una signora che indossa tacchi come questi.» Agitai la mano in direzione delle sue scarpe.

Le sue labbra si incurvarono in un piccolo sorriso. «Non preoccuparti, ho preso qualche lezione di guida veloce e sì, anche allora indossavo i tacchi.»

«Non è che ho paura che tu mi uccida, ma di morire senza poter vedere di nuovo questi tuoi tacchi strabilianti.»

Mi osservò per un lungo minuto, e poi disse «Smettila di

flirtare con me, Mr. Altier. Non sono una noce facile da rompere.»

«Mm ...» Mi sporsi in avanti, sorridendole di nuovo. «Mi sembra una sfida.»

Scosse la testa. «Non pensarci neanche. In un certo senso odio gli uomini in questo momento.»

Sospirai, un po' deluso. Non ero abituato alle donne che mi davano buca. Ma quello era probabilmente un motivo in più per cui mi piaceva Jill. Era bello che non cadesse ai miei piedi, supplicandomi di fare sesso con lei, e poi aspettandosi di più da me in seguito; una telefonata, poi un secondo appuntamento, poi una proposta di matrimonio e, naturalmente, il matrimonio sarebbe stato il prossimo passo logico in quella serie di eventi, ma non avrei mai lasciato che una relazione andasse oltre il secondo appuntamento. Inoltre, Jill era sempre imprevedibile.

«È un peccato», commentai, scuotendo la testa. «Fammi sapere se cambi idea. Sarei felice di studiare quei tuoi tacchi più da vicino, tra le altre cose.»

«La sua omelette, signore», annunciò la cameriera, servendomi il mio piatto.

«Grazie.» Aspettai che se ne andasse e diedi un morso. «Accidenti, è delizioso.»

«Sapevo che ti sarebbe piaciuto questo posto», commentò Jill, sorseggiando il suo caffè. «Non solo perché sapevo che le cameriere sarebbero morte dalla voglia di essere la tua seconda deliziosa colazione.»

Ovviamente, Jillian era molto attenta. «Lei non è il mio tipo», dissi, masticando un pezzo del mio bacon.

«Non sapevo che ti scop ... piacesse un tipo particolare.»

Di nuovo, alzai gli occhi al cielo. «Sai, non vado a letto con tutte le donne che vedo?»

«No, davvero? Buono a sapersi.»

La guardai e i miei occhi incontrarono le sue sorridenti iridi marrone scuro. Ovviamente non credeva ad una sola parola di quello che le avevo appena detto.

«Sorridi quanto vuoi», dissi. «Ho sentito anche alcune storie su di te, lo sapevi?»

Lei rise. «Sono ancora sicura che non sarò mai in grado di eccellere nelle tua arte di seduzione.»

«Di nuovo, mi sembra una sfida.»

«Davvero, non m'interessa. Sono qui perché sei il mio lavoro per oggi, che mi piaccia o no.»

«Posso garantirti che entro la fine della giornata, sarai completamente innamorata di me.»

«Perché finalmente non chiudi quella ... Voglio dire, smetti di parlare e finisci la colazione?»

Era uno di quei rari momenti in cui dialogare con una ragazza non significava necessariamente andare a letto con lei subito dopo la fine della conversazione. Non che non fossi entusiasta di quell'idea ...

Dopo aver finito di mangiare, pagai il conro, anche se Jillian insistette per pagare il suo caffè.

Poi uscimmo dal locale e ci dirigemmo verso casa dei miei genitori.

«Mrs. Altier, è un piacere rivederla», disse Jill, salutando mia madre.

«Pareillement – Anche per me, tesoro.»

«Madre.» Mi chinai e la baciai su entrambe le guance. Anche ora che aveva più di cinquant' anni, mia madre era sempre bellissima. Non doveva andare al lavoro la mattina, ma la prima cosa che faceva al risveglio, era prepararsi, vestirsi e truccarsi.

C'era anche mia sorella e, come sempre, la sua espressione era eloquente — Josseline era di pessimo umore. Sembrava che fosse sempre di cattivo umore, ma forse ho un'opinione di parte su questo; dopotutto è mia sorella.

«Salut, Chérie. Comment ça va?»

«Uh, per favore, tieniti la tua roba francese per te», scattò. «Ma grazie per avermelo chiesto, sto bene.»

«Joss! Non è educato parlare in quel modo», la rimproverò la mamma. «Anche se stai parlando solo con tuo fratello. E soprattutto in presenza di un'ospite.» Sorrise a Jill.

«Oh, capisco.» Joss scosse la testa, guardandomi con occhi increduli. «Stai cercando di impressionare Jillian, vero?»

«Fidati di me, Joss, è impossibile. Lei sa troppe cose su di me.»

«Esattamente», replicò Jillian, assicurandosi che mia madre non sentisse il suo commento.

Josseline rise. «Mi sei sempre piaciuta, ragazza. Dovremmo passare una serata tra donne uno di questi giorni. Scommetto che anche Scarlett ne ha bisogno. Quella ragazza deve essere completamente pazza per sposare uno dei miei fratelli.»

«Ci sto», rispose Jill. «Ma possiamo aggiungere anche dei ragazzi carini a questa serata?»

«Sarò più che felice di unirmi a voi, signore», dissi.

«Ha detto dei ragazzi carini, Oliver.»

«Posso essere carino, sai?»

«Non sapevo nemmeno che la parola 'carino' fosse nel tuo vocabolario», ribatté mimando le virgolette.

Jill ridacchiò alle mie spalle.

«Be', grazie per aver distrutto i resti della mia reputazione, Joss. Ed io che pensavo fossi dalla mia parte. Sono il fratello più carino che hai, ricordi?»

«Voi due ovviamente non avete idea di come essere nient'altro che un coglione. Non guardarmi così. Impressionare Jill è una causa persa. Sta lavorando con la versione più vecchia di te, non deve conoscerti davvero, per conoscere te, conosce già Dom ed è praticamente la stessa cosa; quindi, non penso che tu abbia alcuna possibilità con lei.» Poi mia sorella sorrise a me e a Jill, si voltò e si diresse verso le scale, promettendo di chiamare Jillian più tardi.

«Che diavolo è successo?» chiesi, un po' irritato.

Jillian scrollò le spalle con indifferenza. «È tua sorella, ti conosce meglio di chiunque altro.»

«Lei ovviamente lei non sa un cazzo di me.» Era più che abbastanza per una mattinata. Ero davvero stanco che la gente pensasse e dicesse stronzate su di me. Non che Josseline avesse torto, cercavo di impressionare Jill, ma ovviamente, la mia amata sorella semplicemente non sapeva come tenere la bocca chiusa. Dom pensava le stesse cose quando si trattava dei miei stupidi commenti sulla sua relazione con Scarlett? A quanto pareva sì. Il karma è uno stronzo, vero, amico?

«Sono pronta ad andare», annunciò la mamma, entrando nella stanza pochi istanti dopo. Era così eccitata per il matrimonio imminente, che non credo di averla mai vista più felice. In realtà non mi sorprendeva. Dopo tutto, sono sicuro che pensava che il suo figlio maggiore non avrebbe mai trovato una donna capace di sopportare il suo temperamento impossibile.

***

«Non entri?» chiese Jill, fermandosi sul marciapiede della chiesa.

«Non credo che un peccatore come me abbia alcun diritto di varcare la soglia di un posto come questo.»

«Non essere sciocco», disse la mamma. «Padre George ti ha sempre voluto bene. Sarà felice di vederti.»

Jill sorrise misteriosamente, scendendo dalla macchina. Sospirai e la seguii.

«Quando è stata l'ultima volta che sei stato qui?» chiese.

«Non credo di ricordarmelo», risposi, sperando davvero che Dio non mi bruciasse vivo al mio ingresso in chiesa per tutte le cose cattive che avevo fatto nella mia vita. Almeno speravo che mi desse la possibilità di spiegare prima di mandare la mia anima selvaggia all'inferno.

«E tu, invece?» chiesi a Jillian. «Quante volte chiedi a Dio di perdonarti per tutte le cose sporche che fai durante la notte?»

Lei rise piano. «Non credo che si possano contare.»

«Ed io che pensavo di essere l'unico diavolo in questo luogo sacro.»

"I miei genitori hanno fatto del loro meglio per crescermi come una devota cattolica.»

Feci un sorrisetto. «Peccato che i loro sforzi siano andati a rotoli, giusto?»

«Scommetto che posso dire lo stesso di te, Mr. Furbacchione. Sono sicura che i tuoi genitori hanno sempre voluto che tu diventassi un gentiluomo ben educato e non solo uno stronzo immorale.»

Scoppiai a ridere. «Finalmente, mi hai mostrato la vera te!»

Lei fece una smorfia in risposta, ma non disse nulla.

«Per essere una cristiana devota, lei è una bambina cattiva, Miss Murano.»

«Oliver, figliolo! Che benedizione vederti qui oggi!»

Oh, Dio, ci siamo ...

Sfoderai il mio miglior sorriso innocente e risposi, «Davvero, Padre.»

«È passato molto tempo da quando sei venuto a Messa la domenica; non credo nemmeno di ricordare l'ultima volta che ti ho visto qui.»

Quell'uomo si stava ovviamente divertendo a umiliarmi davanti a mia madre.

«Neanch'io.» Gli sorrisi. «Allora, come vanno le cose qui, Padre?»

«Oh, sono sicuro che i miei discorsi ti annoieranno a

morte, figliolo. Che ne dici invece di presentarmi alla tua adorabile amica?» Si rivolse a Jill.

Sì, quell'uomo riusciva a vedermi attraverso.

«Jillian Murano, la damigella d'onore di Scarlett», dissi, accondiscendente.

«Piacere di conoscerla, Padre», disse Jill, stringendogli la mano.

«Grazie a Dio, almeno una ragazza nella vita di questo giovanotto sa cos' è una chiesa.»

«Non è peccato nominare il nome di Dio invano, Padre?» chiesi.

«Sono sicuro che Dio mi perdonerà. Sa che non lo farei mai senza una buona ragione. Ora, perché non parliamo della cerimonia?»

«Ottima idea, padre", dissi, pensando tra me e me, Non era quello che avremmo dovuto fare comunque?

Jill scosse la testa, dicendo in un sussurro. «Incredibile, quanto sia intelligente e saggio quest'uomo.»

Alzai gli occhi al cielo. «Anche troppo intelligente, direi.»

«E tu odi essere scoperto, vero Oliver?»

Io le sorrisi. «Buono a sapersi che siamo finalmente passati al nome di battesimo.»

Sorprendentemente, lei non rispose al mio commento. Il che era un buon segno, considerando quanto odiavo che mi chiamasse Mr. o Signore. Detto dalle sue labbra, sembrava sempre più una presa in giro.

Con mio grande sollievo, le cose che mia madre voleva discutere con Padre George non richiesero molto tempo, e poco dopo noi tre stavamo già tornando a casa.

«Ti andrebbe di unirti a noi per cena, Jillian?» la invitò la mamma.

«Mi dispiace, Mrs. Altier, ma Oliver ed io abbiamo molto da fare oggi. Magari la prossima volta.»

«Scommetto che ora Dominick e Scarlett sono molto nervosi. Grazie a Dio, ci siete voi due a dare una mano.»

«Siamo una grande squadra, vero Jill?» le feci l'occhiolino.

Lei prese un respiro profondo e annuì, sorridendo educatamente a mia madre. Conoscendo Jillian, scommetto che ci volle tutto il suo autocontrollo per non iniziare ad insultarmi proprio in quel momento.

«Grazie per il passaggio, ragazzi», disse la mamma. «Vi auguro una buona giornata.». Scese dalla macchina e Jill si allontanò a tutta velocità da casa nostra e tornò in città. Era chiaramente pronta a finire il resto delle nostre commissioni e a sbarazzarsi di me per il resto della giornata.

Dopo aver finito con i fiori ed i restanti preparativi per le nozze, ci fermammo in un altro caffè per uno spuntino prima di tornare ai nostri rispettivi luoghi di lavoro. Jill doveva tornare in ufficio ed io ... Be', avevo bisogno di una doccia fredda, o almeno di un drink ghiacciato per rinfrescarmi un po'. Chi avrebbe mai pensato che le discussioni non sessuali con una donna potessero essere così eccitanti?

«Allora, da quanto tempo la tua sorellina vive con te?» chiesi, cercando di spostare la mia attenzione su argomenti che non avrebbero distratto la mia mente con una sporca fantasia, coinvolgendo Jill.

«Circa due settimane. Ma sembra comunque che sia già dannatamente per sempre. So che dopo aver trascorso solo due settimane con lei, di sicuro non sono pronta per avere dei bambini.»

«Quanti anni ha?»

«Sedici.»

«A me non sembra una bambina.»

«Fidati, Anna può essere peggio di un bambino di due mesi. Non posso credere che sia ancora così ingenua vivendo in un mondo come questo.»

«Sei preoccupata per lei.»

«Certo che sì! Fino a domani mattina, è una mia responsabilità. Quindi qualsiasi cosa le succeda mentre i nostri genitori si godono la loro luna di miele, sarà colpa mia. E non so nemmeno come dire a nostra madre che ora lei ha un cane. Un cane, non un nuovo paio di scarpe, e nemmeno un fidanzato, ma un dannato cane!»

«Vedo che ti piacciono molto le scarpe.»

Jill sorrise. «Anche più degli uomini.»

Risi. «Solo perché non hai ancora incontrato quello giusto.»

«Ah sì? E cosa pensi che significhi un uomo giusto? Fiori e caffè a letto?»

«Be', anche quello. Ma l'uomo giusto è prima di tutto un uomo che sa come ...» Il cellulare di Jill squillò nella sua borsetta.

«Aspetta un attimo», disse, rispondendo alla chiamata. «Pronto? Jeremy? Perché diavolo mi stai chiamando? Sì, ho la merd ... roba che mi hai mandato. Sai che adoro le rose. Ma ci siamo lasciati circa un anno fa, ricordi? Ricordi anche il motivo della nostra rottura? Mi sono persa la parte in cui hai spostato la tua attenzione da tette e sederi a rose e cioccolatini?»

Sorrisi mentalmente. A quanto pare, quel tizio non aveva idea di cosa avesse perso e ora stava cercando di riaverla. Be', buona fortuna, poveretto.

Jill sospirò irritata, alzando gli occhi al cielo. «Bene. Possiamo parlare. Ma niente di più. Domani andrà bene. Ciao.»

«Il tuo ex?»

«Fottuto bastardo. Ha il coraggio di chiamarmi dopo un anno di silenzio. E adesso? Pensa che muoia dalla voglia di vederlo da dodici mesi? Che mi sarei seduta ad aspettare che crescesse? Che sarei stata distrutta e con il cuore spezzato per sempre? Tutt'altro!»

«Perché vi siete lasciati?»

«Hai sentito cosa ho detto? Fottuto bastardo significa che non poteva perdersi una sola gonna, né evitare andare a letto con ogni ragazza più o meno carina.»

«Be', suona —»

«Familiare?» Jill chiuse gli occhi per un momento. «Scusa, non intendevo questo.»

«No, in realtà hai —» Ragione, pensai.

«Non importa, di cosa stavamo parlando?»

«L'uomo giusto», dissi, all'improvviso morendo dalla voglia di finire questa conversazione il prima possibile. Non sapevo esattamente cosa fosse andato storto, ma non vedevo l'ora di allontanarmi dal caffè, da Jill, dal suo tono accusatorio e dalle parole che sentivo ancora risuonare nella mia testa. Fottuto bastardo, familiare ...

«Ehm, possiamo parlarne più tardi?» proposi. «Dimenticavo, devo andare da un'altra parte. Adesso.»

Lei sembrò un po' sorpresa, ma si limitò ad annuire, dicendo, «Certo. Nessun problema. Vuoi che ti accompagni a casa o da qualche altra parte?»

«No, grazie. Posso prendere un taxi.»

«Va bene, a presto.»

«Sì, ci vediamo.»

Forzai un sorriso, lasciai una banconota da venti sul tavolo e uscii in strada, accogliendo l'aria fresca che mi riempiva i polmoni. Certo, avevo mentito riguardo la riunione. Avevo solo bisogno di mettere una certa distanza tra Jill e me. Mai in vita mia avevo pensato alle donne che piangevano a causa mia, o che dicevano ai loro amici quanto ero stronzo per essere andato a letto con loro e poi ignorare le loro chiamate. Mai in vita mia l'opinione di qualcun altro mi aveva dato fastidio. Fino ad ora. Adesso tutto sembrava in qualche modo diverso, e mi chiedevo se fosse una svolta dopo la quale non sapevo più chi fossi, e mi spaventava a morte ...

Capitolo 3

Jillian

«Jillian, potresti prepararmi una tazza di caffè, per favore?»

Per favore? Sapeva davvero come chiedere qualcosa, e non solo dare ordini, anche educatamente? Be', era un'ottima notizia. Peccato che non mi succeda più spesso.

«Certo, sarà pronto tra un minuto», risposi in vivavoce.

«Grazie.»

Cosa? Il mio capo stava cercando di impressionarmi con le sue buone maniere, o oggi stava fingendo?

«Sta solo cercando di essere gentile», disse Scarlett, entrando nella reception.

«No, davvero? Sembra che debba prendere nota di questa giornata come del giorno in cui i fratelli Altier cercano di essere gentili.»

Lei sorrise, consapevolmente. «Il giro in auto con Oliver è stato così brutto?»

«No. In realtà è stato ... okay.»

«Okay?» Avevo sempre odiato quello sguardo interrogativo nei suoi occhi azzurri che diceva tutto. Lei non mi credeva.

«Sì, perché no? Stai per sposare Dominick, il che significa che lui ha qualcosa di diverso dalla semplice sensualità per attirare la tua attenzione.»

«Stai dicendo che Oliver ha attirato la tua attenzione? Ora, la cosa si fa interessante.» Fece un sorrisetto.

«Perché invece non mi dici di più sul tuo abito da sposa? Quando è la prova finale?»

«Stai cambiando argomento, mia cara amica. E conoscendoti, sono sicura che mi nascondi qualcosa. Quindi, ti prego, dimmi, cosa c'è? Oliver ti ha chiesto di andare a letto con lui?»

La fissai, perplessa. «Come? Cosa te lo fa pensare?»

«Be', perché ti ho visto mentre lo guardavi nella sala conferenze stamattina, e lascia che ti dica ... Dannata ragazza, conosco quello sguardo, e non inganni nessuno. Hai quello sguardo di una gattina in calore, pronto a divorare l'uomo proprio di fronte a lei; conosco quello sguardo, l'ho visto molte volte, mia cara. E secondo, ho notato Oliver che guardava te. Che è un'altra brutta notizia interessante.»

«Niente di quello che stai dicendo è vero. E no, non mi ha invitato ad andare a letto con lui. Anche se sì, ha insinuato un paio di cose che mi hanno fatto pensare al possibile sviluppo di quel tipo di eventi.»

«Sei incredibilmente pudica oggi. Che diavolo hai fatto alla mia migliore amica? La mia migliore amica sarebbe appena saltata fuori e avrebbe detto voglio scoparmi quel francese», disse e si fermò pensierosa. «Allora, cos' è successo oggi?»

«Sono ancora la tua migliore amica e se desideri discutere le sporche offerte di Oliver in modo più dettagliato, sarei felice di bere dei margarita per rendere la conversazione più interessante e sicuramente più aperta. Che ne dici, sei pronta?»

«Quindi c'è dell'altro di cui parlare? Allora ci sto, eccetto i margarita. Sai che ho giurato che non li avrei più bevuti.»

«Bene. Per te ordineremo qualcos'altro. Ora, se vuoi scusarmi, devo portare questo caffè al tuo fidanzato.»

«Digli che lo amo.»

«Assolutamente no!»

«Sto scherzando.» Scarlett rise e si diresse verso il suo ufficio.

***

«Grazie, Jillian», disse Dominick, prendendo il suo caffè.

«Prego, signore.»

«Sul serio, Jill, per quanto tempo mi tratterai come un pezzo di merda?»

«Non sapevo che essere educati significasse trattarti in quel modo.»

«Ogni volta che ti sento chiamarmi Signore, mi sembra di venire pugnalato alla schiena.»

«Suona inquietante.»

«Sembra anche inquietante. Quindi, per favore, ti sto quasi implorando di smetterla di chiamarmi così. Pensi davvero che io non meriti una seconda possibilità?» mi chiese con il sorriso più luminoso che avessi mai visto sul suo viso.

Alzai gli occhi al cielo. «Pensi davvero che io possa lavorare così tanto e continuare a trattarti come un amico e non come un capo?»

«Oh ... Scusa, non mi ero reso conto di averti dato troppe cose da fare in un giorno.»

«Be', ciao! Arrivo al lavoro prima di chiunque altro e me ne vado quando la sicurezza inizia a controllare l'edificio con le torce. Pensi che mi faccia piacere?»

«Pensavo semplicemente che ti piacesse il tuo lavoro.»

«Sì, amo il mio lavoro. Ma non così tanto!»

«Okay, che ne dici se ti do un altro giorno libero?»

«Sei serio?»

«Sì, perché no?»

«Allora ti odierò ancora di più, perché dovrò rimanere in ufficio fino tardi di sera, solo per essere in grado di sbrigare tutto ciò che mi dai da gestire.»

«Ti piacerebbe avere un'assistente?»

«Esiste almeno una posizione del genere? L'assistente di una segretaria?»

«Stai parlando con il capo di questa società, ricordi?

Anche se mi odi a morte, a volte posso anche essere molto utile.»

«A volte è la parola chiave qui.»

Dominick rise. «Va bene, ho capito. Troverò qualcuno che faccia una parte del tuo lavoro per te, contenta adesso?»

Riuscii a malapena a trattenere un sorriso. «Quasi.»

«Uh, sei una donna insaziabile, Jillian.»

«Lo sai ... C'è una cosa che potrebbe aiutarmi a cambiare la mia opinione su di te.».

«Davvero? Di cosa si tratta?»

«Ho sentito che l'Ufficio Affari Internazionali sta cercando un nuovo direttore.»

La bocca di Dominick si aprì e si chiuse, come se fosse troppo scioccato dalla mia audacia per dire una parola.

«Ufficio Affari Internazionali? Posso chiederti perché?»

«Perché cosa?»

«Be', sai, è una delle posizioni più difficili da ottenere in questa società. Quindi mi chiedo se hai qualche talento speciale che mi sono perso; lavoro con te da circa un anno.»

«Forse se non fossi uno str ... una persona così egocentrica voglio dire, avresti letto la mia storia personale per sapere che ho due lauree, una delle quali è in International Business. Parlo francese e tedesco quasi fluentemente, e ho iniziato a lavorare in questa società sperando che un giorno avrei ottenuto quella posizione.»

«Wow, è impressionante.»

«Certo che sì.»

«Penso che tu abbia ragione, avrei dovuto leggere il tuo fascicolo mesi fa. Quindi, cosa facciamo ora?»

«Trovati una nuova segretaria — se riesci a trovare qualcuno, naturalmente; poverina dovrà firmare una condanna a morte, perché non c'è altro modo per definire il fatto di lavorare con te — ed io divento la manager dell'Ufficio Estero Internazionale.» Gli feci il sorriso più malvagio e soddisfatto di cui fossi capace. Forse ora lo stronzo, voglio dire Dominick, avrebbe cominciato a trattarmi diversamente?

«Mi sono sempre piaciute le persone come te, Jillian.»

Sorrisi ironica. «Hai un modo molto speciale per esprimerlo.»

Lui annuì, sorridendo. «A volte non riesco a trattenermi. Mi piace che le cose vengano fatte a modo mio.»

«Siamo in due.»

«L'avevo già capito. Okay, vedrò cosa posso fare per il tuo nuovo lavoro e tu penserai a chiamarmi Dominick, d'accordo?»

«Affare fatto.»

«Bene, ora penso che possiamo entrambi finirla qui.»

Appena in tempo.

«Ottima idea, signore.»

«Ehi, pensavo avessimo fatto un accordo!»

«Sì, ma sono ancora la tua segretaria. E l'accordo riguardava un nuovo lavoro.»

Lui rise, scuotendo la testa. «Non credo che sarò mai capace di ottenere la tua approvazione.»

«Be', dipende ... Buonanotte, Mr. Altier.»

«Buonanotte, Jill!»

***

«Cosa hai fatto?» Scarlett ed io eravamo sedute al bar di The Black Rose, che con nostra reciproca sorpresa, era diventato uno dei nostri locali preferiti.

«Gli ho chiesto di promuovermi», dissi, sorseggiando il mio secondo margarita. Niente era meglio di un drink dopo una lunga ed estenuante giornata.

«Sì, ho capito, ma perché non lo hai mai chiesto a me?»

«Non volevo usare la nostra amicizia per ottenere una promozione.»

«Quindi hai pensato che usare gli sforzi di Dominick per

diventare tuo amico fosse un'idea migliore?»

«Esattamente.»

Lei rise. «Non smetterò mai di ammirarti, amica mia.»

«Grazie, ti voglio bene anch' io.» Feci cenno al barista di servirmi un altro drink, e quando stavo per spostarmi sulla pista da ballo, il nome di mia sorella lampeggiò sullo schermo del mio cellulare.

«Devo rispondere», dissi, dirigendomi verso l'ingresso, dove potevo parlare. «Anna? Cos'è successo?» chiesi, tappandomi un orecchio con il palmo della mano. Anche nell'ingresso, era troppo rumoroso per avere una conversazione normale.

«C'è stata una perdita d'acqua nel bagno e non sono riuscita a fermarla. Ora il proprietario della casa dice che dobbiamo andarcene finché non sarà riparata.»

«Cosa?» Speravo davvero che si rimangiasse le sue parole, ma la fortuna non era dalla mia parte stasera. "E la mia roba? Ti prego, non dirmi che è tutta rovinata.» Gemetti al pensiero di perdere i vestiti e le scarpe. Grazie a Dio, non c'era nient' altro di valore in quel dannato posto.

«Sono riuscita a salvare qualcosa. Ma la maggior parte si è completamente bagnata.»

Cazzo ...

«Dov'eri quando c'è stata la perdita d'acqua?»

«In bagno, a lavare Robin.»

«È successo a causa sua?»

Ci fu una pausa dall'altro capo del telefono. "Anna?

«Be', stava giocando con un'anatra di gomma e accidentalmente ha morso un tubo e l'acqua ha iniziato a inondare l'intero spazio intorno a me, ed io —»

Anna iniziò a singhiozzare e mi resi conto che urlarle contro era inutile quanto cercare di salvare le mie scarpe fradicie. Dopotutto, era ancora solo una ragazzina.

"Ok, non piangere. Troveremo una soluzione», dissi, sperando che l'appartamento di Scarlett fosse ancora vuoto. Dal giorno in cui si era trasferita da Dom, nessuno ci aveva più vissuto.

«Una mia amica ha detto che posso passare la notte da lei.»

«Conosco questa amica?» Non che non mi fidassi di mia sorella. Ma di certo non volevo finire in altri guai a causa sua.

«Sì, è Katy.»

«Oh, okay. Ti dispiace se chiamo i suoi genitori per assicurarmi che gli vada bene che tu stia da loro?»

«Non mi importa. Oh, Jill, mi dispiace tanto. Non sapevo che comprare un cane sarebbe stato un tale disastro!»

«Forse la prossima volta ci penserai due volte prima di fare qualcosa di così stupido.»

«So che sei arrabbiata con me e ti giuro che ti ripagherò per tutte le scarpe rovinate.»

Sorrisi, scuotendo la testa. «Grazie a Dio, almeno tu stai bene. Il resto non ha molta importanza.»

«Grazie sorella. Sai che ti voglio bene più di ogni altra cosa al mondo.»

«Anch' io ti voglio bene, mia piccola piantagrane. Allora ci vediamo domani? Ti vengo a prendere prima del lavoro e ti riporto a casa. Spero che mamma e papà saranno troppo entusiasti di raccontare del loro viaggio per chiedere del cane che corre per la casa.»

«È così carino, mi si spezzerà il cuore se dovessi darlo via.»

«Sì, ho già sentito queste parole prima di uscire questa mattina, ricordi? Ne parleremo domani, okay?»

Anna mi augurò la buonanotte, io terminai la chiamata e mi appoggiai stancamente al muro alle mie spalle. Ora ero una senzatetto.

Incredibile, cazzo ...

«Va tutto bene?» chiese Scarlett, vedendo la mia espressione acida.

«Per niente. La mia casa si è allagata.»

«In che senso?»

«C'è stata una perdita d'acqua e tutta la mia roba e metà della mia collezione di scarpe, se non di più, è irrimediabilmente rovinata.» Presi il mio Margarita e me lo scolai in un sorso.

«Mi dispiace, cara. Anna sta bene?»

«Sì, a differenza delle mie scarpe, è scossa ma illesa.»

«Non preoccuparti, ti compreremo un sacco di scarpe nuove. Soprattutto se Dom ti darà questa tanto desiderata promozione.»

«Amen! Posso stare nel tuo appartamento per un po'? Merda, devo trovare una nuova casa dove vivere.»

«È tutto tuo per tutto il tempo che ti serve.»

«Grazie, tesoro. Mi hai salvato la vita.»

«Adesso, non pensi che sia ora di andare a casa e dormire un po'? Domani è solo martedì e dobbiamo essere entrambe al lavoro in orario.»

«Sì, non credo di volere altro che un bagno caldo adesso. Hai un bagno nel tuo appartamento, vero?»

«Sì, ma non addormentarti nella vasca. Sono sicura che non vuoi che il tuo capo ti rimproveri per essere di nuovo in ritardo.»

«Dannatamente vero.»

Pagammo i nostri drink e uscimmo a cercare un taxi.

***

«Ci vediamo domani», dissi, scendendo dall'auto.

«Ci vediamo!» Scarlett mi salutò attraverso il finestrino del taxi e se ne andò.

Salii al quinto piano dell'edificio dove si trovava la mia nuova casa, aprii la porta e crollai sulla sedia più vicina, togliendomi le scarpe e la giacca. Speravo che Scarlett avesse ancora dei vestiti nel suo vecchio guardaroba. Di sicuro non potevo andare al lavoro indossando lo stesso abito per due giorni di fila.

Mi alzai in piedi e trascinai il mio corpo in bagno. Certo, il mio aspetto lasciava molto a desiderare, ma non mi importava. Mi tolsi i vestiti, li gettai sul pavimento e aprii l'acqua nella vasca da bagno, sperando che mi aiutasse a rilassarmi almeno un po'. I due giorni successivi promettevano di essere dannatamente impegnativi ...

Non ricordo l'ultima volta che mi sono addormentata così in fretta. Nel momento in cui la mia testa toccò il cuscino, la mia mente si spense e mi addormentai in men che non si dica. Grazie a Dio, la mattina dopo, la sveglia non mi tradì. Mi svegliai, guardai l'orologio sul muro e mi resi conto che avevo anche il tempo di preparare la colazione. Poi mi ricordai che l'appartamento era vuoto da settimane, e presi nota mentalmente di fare un po' di spesa dopo il lavoro.

Indossai una delle camicie di Scarlett e andai in cucina, sperando di trovare almeno un po' di caffè. Con mio grande sollievo, c'era molto caffè nella credenza, così presi una tazza e aggiunsi un po' di zucchero, aspettando che l'acqua bollisse.

Prendendo un telecomando, accesi la TV e trovai immediatamente il mio canale musicale preferito. A quanto pare, piaceva anche a Scarlett. Ballando una delle canzoni di Justine, preparai il caffè e stavo per assaggiarlo, quando una voce familiare disse dietro di me, «Dannazione, se avessi saputo che avrei visto te come prima cosa al mattino, mi sarei almeno fatto la barba.»

Deglutendo a fatica, mi voltai e vidi Oliver, in piedi in

mezzo alla cucina, con addosso nient'altro che un asciugamano bianco avvolto intorno alla vita, abbinato all'espressione più felice di sempre.

«Che diavolo ci fai qui?» chiesi, pensando freneticamente al mio outfit che non copriva quasi nulla.

«Potrei farti la stessa domanda», rispose, facendo un passo avanti.

Arretrai. «Cosa pensi di fare?»

«Ti dispiace condividere il tuo caffè con me? Profuma di paradiso.» Si avvicinò e inspirò profondamente, ovviamente non pensando all'aroma del caffè.

«Mm ... delizioso.»

«Okay, sono sicura che è uno brutto malato della mia amica o del tuo prezioso fratello, ma davvero ... Come sei entrato?» Feci un passo indietro, pregando che l'asciugamano di Oliver rimanesse dov'era ora. Perché per me, sembrava che gli sarebbe scivolato via da un momento all'altro.

«Il mio appartamento è in riparazione in questo momento, e Scarlett è stata così gentile da offrirmi di stare qui.»

«Cosa?» Oh, Dio, non potevo credere che si fosse dimenticata di dormi che Oliver che viveva qui.

«Be', probabilmente lei non sapeva che ero ancora qui, dato che ho detto che avevo bisogno di casa sua solo per una settimana, ma non mi piaceva il colore delle pareti della mia cucina, quindi ho dovuto rimanere qui più a lungo.» Prese un'altra tazza dalla credenza e si versò del caffè appena fatto.

«Ora tocca a te raccontare la tua storia», disse, appoggiandosi al tavolo. "Bella camicia, comunque."

No, davvero?

«Ho qualche problema a casa mia, e a quanto pare ne devo trovare una nuova, e fino ad allora, resterò qui. Ma ora, capisco che non è davvero una possibilità.»

«Perché? Possiamo vivere insieme.»

«Seriamente?»

«Sì, perché no? Ci sono due camere da letto qui, e non ti ho nemmeno sentita entrare ieri sera. Sono sicuro che riusciremo a trovare un modo per ...» Lentamente, i suoi occhi scivolarono sulla mia camicia e lungo le mie gambe e fino ai miei piedi nudi.

«Convivere», disse infine, nascondendo il suo sorriso diabolico dietro la tazza.

«Mi stai prendendo per il culo», mormorai, tornando in camera da letto e sbattendo la porta dietro di me. Se solo Oliver avesse smesso di ridere così forte. Dannazione ...

Provai a chiamare Scarlett, ma il suo telefono risultava irraggiungibile, e immagino che l'unica cosa che potevo fare ora fosse vestirmi e andare al lavoro, dato che il mio "coinquilino" inaspettato ovviamente non andava da nessuna parte.

«Ehi, Jill, potresti comprare del latte mentre torni a casa? Stiamo finendo le provviste.»

Mi fermai a metà strada verso la porta. «Se pensi che tornerò mentre tu stai qui, allora ti consiglio vivamente di alzare il tuo culo sexy dal divano e andare a fare la spesa. Altrimenti, morirai di fame.»

«Non lascerai che accada, vero? Soprattutto se pensi che il mio culo sia sexy.» Mi rivolse il suo miglior sorriso. Dannazione alla mia debolezza, quel tipo era una golosità per gli occhi, e non potevo credere di dover recitare la stronza con lui, perché non avrei mai potuto cadere sotto il suo incantesimo.

Posai la borsa sul tavolino, mi avvicinai a dove era seduto, misi le mani su entrambi i lati del suo viso, mi chinai su di lui e sorrisi dolcemente, dicendo, «Certo, non ti lascerei mai morire, tesoro.» I miei occhi scivolarono lungo il suo volto e si fermarono sulle sue labbra che morivo dalla voglia di assaggiare. Facendo scorrere una mano tra i suoi capelli spettinati e avvicinando i nostri volti più che mai, aggiunsi in un sussurro, «Peccato che non sono una delle tue puttanelle psicopatiche ossessionate pronte a adorare il terreno su cui cammini, altrimenti, approfitterei volentieri della nostra ... convivenza.» In un batter d'occhio, le sue braccia erano intorno a me e mi ritrovai bloccata nel suo abbraccio, con il suo cuore che batteva forte contro il mio petto. «Non si gioca con me in questo modo, signora. Ricordi quel detto? Oh, ma come fa? Va bene ... Non mordere più di quanto riesci a masticare. Farai meglio a ricordartelo.»

«Non mi conosci abbastanza bene per dirlo.» Devo ammettere che pensare lucidamente con un uomo come Oliver Altier che ti stringe così, non era facile. Il mio polso accelerò.

«Ah sì? Dimostralo!», mi sfidò lui, incrociando i suoi occhi con i miei.

«Dimostrare cosa?»

«Che mi sbaglio», disse lentamente, stringendo il suo abbraccio ad ogni parola.

Non so dove trovai la forza di non perdere la testa, e l'autocontrollo, tutto ad un tratto la sua bocca si schiantò sulla mia con il suo uccello duro premuto contro le mie parti più sensibili, poi tornai di nuovo alla realtà e dissi, «Non devo dimostrare nulla a te. Ma ... se tu vuoi dimostrare di essere un altro stronzo, possiamo provarci.»

Così tanto per il mio autocontrollo, persi la ragione in quel momento e sognai ad occhi aperti, essendo così vicina a lui. Fece solo crescere la mia infatuazione. Mi chiesi come sarebbe stato realizzare quella fantasia, avere solo lui che mi baciava in questo momento ...

Lui sorrise, accarezzandomi la guancia con il palmo della mano.

«Sei una sfida irresistibile, Jillian. Ci sto, davvero, ci sto. Vediamo quanto ci metti a crollare.»

Capitolo 4

Jillian

A cosa diavolo stavi pensando?

Stavo già camminando nell'ufficio di Scarlett da circa dieci minuti, aspettando che lei arrivasse. Dopo aver riaccompagnato Anna a casa dei nostri genitori e aver ascoltato le loro lamentele sul fatto che diventassi più vecchia ogni secondo che passava e che non avessero ancora dei nipoti, andai direttamente in ufficio, imprecando per tutto il tragitto.

Non potevo credere di aver accettato la significativa offerta di Oliver. Credevo davvero che per noi fosse possibile vivere sotto lo stesso tetto e rimanere calmi? Come potevo vederlo ogni mattina con addosso solo un asciugamano che difficilmente sarebbe rimasto fermo intorno alla sua vita e restare calma allo stesso tempo? Non potevo credere di essere così stupida! Ovviamente lui non voleva altro che venire a letto con me, ed io ... Be', ovviamente non mi dispiaceva affatto. Dannazione ...

«Buongiorno, raggio di sole! Come è andata la tua serata?» chiese Scarlett, entrando nel suo ufficio poco prima che pensassi di poter svenire per lo stress di tutti i pensieri e le preoccupazioni che si stavano accumulando nella mia testa.

Sbattei la porta non appena lei varcò la soglia, e la fissai furiosamente. «Sapevi che Oliver alloggia ancora nel tuo appartamento?»

«Cosa? Me ne ero completamente dimenticata. Pensavo che se ne fosse già andato, e non ci ho più pensato di recente, con l'organizzazione del matrimonio e tutto il resto, la mia mente è stata occupata altrove.»

«Be', non se n' è andato, giusto perché tu lo sappia.»

A giudicare dal piccolo sorriso che le sfiorava gli angoli

delle labbra, sapeva che mi stavo per sbottare ancora. Scommetto che sembravo un drago incazzato e sputafuoco.

«Spero di non avervi causato una situazione imbarazzante, ragazzi?»

«Di che tipo di situazione stai parlando?» sbottai, sforzandomi davvero di trattenere la rabbia in modo che lei non si accorgesse di quanto fossi furiosa per tutta la situazione.

«Come incontrarsi nudi al mattino o vederlo mentre fa la doccia o —?»

Risi senza umorismo. «È dannatamente vicino alla verità.»

Lei ridacchiò. «Scommetto che Oliver era più che felice di dimostrare il suo —»

«Uh, per favore risparmiami il tuo sarcasmo. Non era completamente nudo, e nemmeno io.»

«Ma sembrava comunque che voi ragazzi poteste anche esserlo, giusto? Dal momento che nessuno di voi era preparato per incontrare l'altro proprio lì.»

«Be', i suoi occhi possono strappare di dosso i vestiti ad una donna molto più velocemente delle sue mani!»

«Per quanto tempo ha intenzione di restare lì?»

«Chi diavolo lo sa?» Mi sedetti sul divano, incrociando le braccia. «Ora, sono costretta a stare lì e guardarlo camminare per il tuo soggiorno completamente nudo.»

«Sembra che voi due vi divertirete così tanto insieme.»

«Non mi stai aiutando per niente!» Le lanciai un'occhiataccia omicida.

«C'è qualcos'altro che dovrei sapere?» Mi studiò per quella che sembrò un'eternità.

«No», riposi, evitando di guardarla.

«Cazzate. Riesco a leggerti come un libro aperto, sai?»

Feci un gesto stizzito. «Okay, va bene, va bene ... Sì, è

dannatamente sexy, e non sono assolutamente pronta ad ammetterlo, e ogni volta che chiudo gli occhi, lo vedo strapparmi questi dannati vestiti di dosso, e io, be', merda ... Voglio solo che accada, voglio che le mie fantasie su di lui si avverino.» Iniziai quasi a piangere nel momento in cui le parole uscirono dalla mia bocca, come ho detto, non ero pronta ad ammettere che lo volevo, avevo appena vissuto una bella rottura schifosa con un giocatore proprio come Oliver; non avevo bisogno di altri drammi nella mia vita.

«Allora, lui ti piace?»

«Cosa? Sei fuori di testa, Scarlett? Scopa tutto ciò che si muove. Come può piacermi? Mi piacciono il suo corpo e il suo culo sexy ma non è la stessa cosa, Non mi piace come persona!» Stavo quasi urlando a questo punto, mi sentivo così frustrata.

«Okay.» Scarlett si sedette accanto a me. «Dimmi, Jillian, quando è stata l'ultima volta che hai voluto davvero qualcuno tanto quanto vuoi lui?»

«Wow, aspetta un attimo, amica mia. Non ho detto che lo voglio.»

«Certo, l'hai detto. Circa trenta secondi fa. Quindi torniamo alla domanda.»

«Non so, perché?»

«E Mark?»

«Non ricordarmi mai più quel pezzo di merda!»

«Okay, dimentichiamo Mark. E il resto dei tuoi ... appuntamenti galanti?»

«Ora, mi stai facendo sentire come una sgualdrina. Non vado a letto con chiunque, sai? Uscire con dei ragazzi non significa necessariamente che io faccia sesso con loro.»

«Okay, okay, mi dispiace se quello che ho detto ti ha fatto sentire sporca. Ma seriamente, Jill ... Vai ad un appuntamento ogni ventiquattro ore circa, ed è quasi sempre con un uomo diverso.»

«Di nuovo, questo non significa che vado a letto con tutti! Per la cronaca, ho avuto solo pochi partner sessuali diversi.»

«Lo so. E ricordo tutti i loro nomi, perché hai fatto in modo che sapessi ogni piccolo dettaglio su ognuno, a partire dalle dimensioni del pene, fino al dopobarba che usavano. Ma sto dicendo è che tu più di tutti sai quanto possa essere insignificante una relazione.»

«Be', grazie, Scar. Ora, mi sento davvero una puttana.»

«Dio, sembra che tu non abbia colto il mio punto di vista!»

«Perché non sei più specifica, allora?»

«Hai sempre detto che il modo migliore per gestire una relazione di cui non sei sicura è quello di stabilire le regole prima ancora che il gioco inizi. Quindi, perché non segui i tuoi consigli con Oliver?» Mi lanciò uno sguardo significativo, affermando che sapevo esattamente di cosa stava parlando ed era meglio che non fingessi il contrario. Sì, ricordavo di averle detto esattamente questo, ma dare consigli e accettare consigli, anche se erano i miei, erano due cose completamente diverse.

La guardai, deglutendo. Non sapevo cosa dire. Per la prima volta in assoluto, rimasi senza parole. Non ero pronta per nessun gioco, né con Oliver né con nessun altro.

«Perché sono sicura che con Oliver, non sarebbe solo un gioco, sarebbe un disastro», dissi e sospirai pesantemente.

«Perché?»

«Non è ovvio? È uno che spezza il cuore, cazzo! E non sono entusiasta all'idea di raccogliere i pezzi del mio cuore una volta che lui avrà finito di frantumarlo. Non so nemmeno cosa sia un cuore spezzato! Sai che non ho mai pianto per un uomo, nemmeno quando ho scoperto la verità su Mark. Nel profondo, ero più che felice di aver capito la verità prima che i miei sentimenti per lui si trasformassero in un'ossessione incurabile.»

«È perché non hai mai amato nessuno degli uomini con cui sei stata.»

«Cosa? Non è vero!»

«È vero, tesoro. Perché se tu amassi un uomo, non lo cambieresti così di frequente quanto la biancheria intima. Sei sempre stata tu quella che ha spezzato il cuore dei ragazzi, forse è per questo che ora hai così paura del karma che potrebbe tornare sulla tua strada?»

Non che non apprezzassi l'onestà di Scarlett, ma in qualche modo, le sue parole mi fecero molto pensare.

«Forse hai ragione», conclusi infine, alzandomi in piedi. «Comunque, è ora di mettersi al lavoro.»

«Ehi, Jill, non ti sei offesa per quello che ho detto, vero?»

«Certo che no. Avevo davvero bisogno di sentire le tue parole.»

«Chiamami, se hai bisogno di me.»

«Certo», le sorrisi brevemente e andai alla mia postazione di lavoro.

Nel momento in cui stavo per controllare il programma di Dominick per la giornata, lo schermo del mio cellulare lampeggiò con un nuovo messaggio di testo.

"Anche un po' di zucchero e spezie andrebbero bene."

Cosa? Il numero era nascosto, ma ero sicura di conoscere il nome del mittente.

"Vaffanculo, Oliver. Ho del lavoro da fare."

"Lo so, ma stavo parlando della spesa che hai promesso di fare."

"Non ti ho promesso niente!"

"Ci siamo promessi di essere gentili, quindi fammi un favore e sii una brava ragazza, ed esaudisci il mio piccolo desiderio. Sto preparando la cena e mi servono zucchero e spezie."

"Chi avrebbe mai pensato che sapessi cosa fare in cucina oltre ad usare il tavolo come tuo parco giochi personale?"

"Mio, mio ... Quindi ci hai pensato anche tu? Ed io che pensavo che avresti interpretato questo irresistibile ruolo da Regina delle Nevi un po' più a lungo di così."

Che maiale ... "Va bene, farò la spesa!" Premetti "inviato" e tornai al mio lavoro, cercando davvero di non pensare alle immagini che le sue parole mi facevano balenare nella mente. Quel bastardo ovviamente sapeva essere non solo un gran rompiscatole, ma anche una distrazione.

Circa un'ora dopo, ricevetti una chiamata dalle Risorse Umane, per dirmi che avevano trovato una candidata per il posto di segretaria di Dominick. Mi dissero anche che potevo andare a firmare il mio nuovo contratto per il posto di direttore dell'Ufficio Affari Internazionali.

Mi dimenticai di Oliver e della sua immaginazione malata in pochissimo tempo. Non riuscivo a credere che stavo davvero ottenendo il lavoro che sognavo da secoli! Volevo anche correre a baciare Dominick per aver realizzato quel mio sogno, ma poi cambiai idea, pensando che la nostra relazione di amicizia difficile da definire non includesse il bacio o qualcosa del genere.

Sorrisi felicemente e ringraziai persino Dio per essere stato così generoso. Forse non riusciva a ricordare tutte quelle domeniche che passavo a letto e non in chiesa? Lo chiesi a me stessa.

Ma c'era un'altra persona che dovevo assolutamente ringraziare. Mi precipitai nell'ufficio di Scarlett, aprii la porta senza bussare e l'abbracciai forte.

«Sei la mia migliore amica di sempre! Grazie di tutto, non avrei mai avuto questo lavoro senza di te!»

«Okay, okay, non uccidermi con la tua felicità», rispose lei ridendo. «Hai ringraziato anche Dom?»

«Non ne ho avuto il tempo. Inoltre, non è ancora arrivato.»

«Oh, giusto. Ma non dimenticare di farlo. Sono sicura che

sarà felice di sapere che è finalmente riuscito a farti sorridere, invece di darti solo altre ragioni per deriderlo.»

«Sono così eccitata ora, non mi importa nemmeno baciargli il culo per un altro giorno. Ma domani —» Mi sedetti, chiudendo gli occhi sognante. «Domani avrò il mio ufficio e una segretaria, e il tuo amato Dominick mi chiamerà chiedendomi se ho un minuto per fermarmi nel suo ufficio. Non è la cosa migliore che mi sarebbe mai potuta capitare?» Ridemmo entrambe.

«Sono felice che tu sia finalmente riuscita a cambiare idea, passando dal fare sesso con Oliver al tuo lavoro.»

E proprio così, la mia felicità sparì. «Non potresti darmi almeno qualche altro secondo per godermi la mia euforia?» guardai Scarlett con aria accusatoria.

«Beh, prima o poi, o per essere precisi stasera, dovrai tornare sulla terra e ammettere che lo vuoi.»

«Oh, Dio, sto davvero iniziando a odiarti, Scar. Davvero.»

«Non essere una gatta che graffia, torna a casa e festeggia la tua promozione con uno dei bastardi più belli e irresistibili del pianeta.»

«Non posso credere che tu dica sul serio.»

«Be', che tu ci creda o no, sono sicura che la tua resistenza non durerà a lungo. Conoscendo Oliver, posso anche scommettere che entro la fine di questa settimana al massimo, non sarai in grado di pensare a nient' altro che a lui. Soprattutto se aggiungerà altro carburante alla tua vagina già in fiamme facendo del suo meglio per stuzzicarti.»

Scossi la testa incredula. «Da quando hai iniziato a usare il mio linguaggio per schiaffeggiarmi?»

«Smettila di cercare di ingannarti, tesoro. Meglio andare a schiaffeggiare il culo sexy di qualcuno.»

«Mio Dio, uscire con Dominick ti ha trasformato in una sgualdrina ossessionata dal sesso.»

Lei si morse il labbro inferiore, guardandomi

misteriosamente.

«Cosa?» chiesi, cercando di capire cosa nascondesse dietro quel suo sorrisetto. «Niente. Sto solo pensando.»

«A cosa?»

«Non te lo dirò.»

«Uh, andiamo Scarlett! Sai che odio gli indovinelli!»

«Te lo dirò quando arriverà il momento giusto.»

Gemetti, irritato. «Va bene. Meglio che vada a fare qualcosa di utile.»

«Sì, è meglio», replicò, guardandomi pensierosa.

«Smettila», la avvisai. «So cosa stai pensando: Ma non ho intenzione di arrendermi così facilmente.»

«Buona fortuna, Baby. Buona dannata fortuna.»

Alzai gli occhi al cielo e andai ad incontrate la persona che stava morendo dalla voglia di diventare la nuova segretaria di Mr. Diavolo.

Con mia sorpresa, si rivelò non essere solo un'altra giovane sognatrice, che pregava che il suo primo lavoro fosse facile.

«Salve, lei è Mrs. Smith?» chiesi alla donna sulla quarantina, in piedi vicino alla mia scrivania.

Lei sorrise piacevolmente, dicendo, «Sì, sono io. E lei deve essere Jillian? Una signora del piano di sotto ha detto che mi avrebbe fatto fare un giro.»

Mi dispiaceva un po' per quella donna. Era ovviamente una brava persona, quindi non potevo nemmeno immaginare che lavorasse fianco a fianco con il mio ex capo.

«Sì, sarò più che felice di aiutarla. Può mettere la giacca nell'armadio laggiù», dissi, indicando una delle porte di legno.

«Pensa che Mr. Altier voglia parlare con me prima che inizi a lavorare per lui?»

«Oh, sono sicura che non gliene frega un ca ... Voglio dire, si fida dell'opinione del direttore delle Risorse Umane.»

Oh, Dio, perché qualcuno carino come Mrs. Smith vorrebbe lavorare per qualcuno impossibile come Dominick?

«Crede che oggi sarà in ufficio così potrò almeno presentarmi?» chiese, controllando di nuovo il suo vestito nel riflesso dello specchio.

«Spero di sì.»

La donna sembrava un po' nervosa, e mi chiesi se fosse pronta a sentire Dom che le abbaiava contro ogni ora o quasi. Lui odiava le persone nuove, soprattutto se non facevano correttamente ciò che voleva.»

«Come ha saputo della selezione per il posto?» chiesi.

«Una mia amica lavora in uno dei vostri uffici, quindi mi ha chiamato quando ha sentito che Mr. Altier cerca una nuova segretaria, e ho immediatamente inviato il mio curriculum.»

«Dove ha lavorato prima di venire qui?»

«Sono rimasta a casa per circa due anni. Non riuscivo a trovare nulla di ben pagato e non potevo permettermi di lavorare gratis; ho un marito malato di cui prendermi cura.»

«Oh ... Allora ha preso la decisione giusta.» Speravo davvero che le mie parole fossero vere. La signora ovviamente non era qui per una fetta di torta, ma per lavorare sodo.

«Okay, che ne dice se le faccio fare un giro orientativo mentre Mr. Altier non è in ufficio?»

«Sarebbe fantastico. Grazie.»

Poche ore dopo, fui più che felice di rendermi conto che la mia giornata lavorativa era finita e che potevo finalmente tornare a casa, non importava quanto odiassi l'idea di dover rivedere Oliver.

Facendo un respiro profondo, gli inviai un messaggio, "Ti serve qualcos'altro oltre a zucchero e spezie?" Giuro che probabilmente avrebbe riso mentre lo leggeva e avrebbe risposto con qualcosa di sconcio, ma sapevo anche che non avevo il minimo desiderio di andare a fare la spesa dopo una giornata di lavoro non-stop.

"Se te lo dico, lo farai?" fu la sua risposta.

Ero così stanca che non alzai nemmeno gli occhi al cielo. "Sì, a meno che tu non voglia che ti lecchi via lo zucchero e le spezie."

"Dannazione, ragazza, lo sai che mi hai appena letto nel pensiero?"

"Il che significa che non hai bisogno di nient' altro, giusto? E se anche fosse, dovrai andare a comprartelo da solo!"

Dio sapeva che stavo cercando di essere una brava ragazza. Almeno per quanto era possibile, considerando che a malapena sapevo come si faceva.

"Ti aspetto a casa, baby", disse un nuovo messaggio.

Uh ... Un giorno lo avrei ucciso, probabilmente oggi.

Dopo aver fatto la spesa, salii in auto e quando stavo per tornare a casa, il mio cellulare squillò.

«Jeremy? Perché cazzo mi stai chiamando di nuovo?»

«Eravamo d'accordo di incontrarci oggi, ricordi?»

Guardai l'orologio. «Sto per andare a dormire, quindi non credo sia possibile», mentii.

Dopo una breve pausa, lui disse, «Mi manchi, Jillian.»

E quella era l'ultima cosa che mi aspettavo di sentire da Jeremy. «Davvero? Sfortunatamente, non me ne frega niente di quello che provi.»

«Dico sul serio, Jill. Penso a te continuamente.»

Oddio, non poteva stare zitto, augurarmi la buonanotte e levarsi dai piedi?

«Scusa, Jer. Sei in ritardo di circa un anno per dire che ti manco. Mi sto vedendo con qualcun altro.»

«Oh ... Non lo sapevo.»

«Se è tutto quello che volevi dirmi, è meglio che vada a casa ora. Qualcuno mi sta aspettando», dissi queste parole senza pensare, ma nel momento in cui capii il loro significato, mi arrabbiai ancora con Jeremy e il dannato destino che aveva portato Oliver nella mia vita. Come se non avessi abbastanza problemi da affrontare ...

«Ciao, Jer. Ora devo proprio andare.» Chiusi la chiamata prima che lui potesse dire qualcos'altro. Conoscendo il mio ex fidanzato, giuro che mi avrebbe chiamato almeno altre dieci volte entro la fine della settimana.

Quando tornai a casa, ero stanca come sempre. Ma dimenticai tutte le mie preoccupazioni e i pensieri nel momento in cui vidi Oliver, ballare in mezzo alla cucina, con una padella tra le mani, con addosso un paio di jeans e un grembiule sul petto nudo ...

Senza parole, mi appoggiai allo stipite della porta e sorrisi, guardandolo. Perché mai eravamo così simili?

Perché non poteva essere solo un ragazzo a caso che avevo incontrato al club e con cui volevo passare una notte al massimo? Perché non riuscivo a smettere di pensare a cose a cui non avevo mai pensato prima?

Cosa c'era di così diverso in quell'uomo da cui non riuscivo a staccare gli occhi nemmeno per un secondo? Non poteva essere la mia benedizione, così mi fermai al pensiero che fosse una maledizione.

Sì, una maledizione sexy. Poi però ...

Avevo solo una vita da vivere, quindi forse dovevo mandare le dannate preoccupazioni e i dubbi all'inferno e godermela e basta?

Capitolo 5

Oliver

Capii che Jillian era a casa nel momento in cui chiuse la porta dietro di sé. Sapevo anche che mi stava osservando. Dopo il nostro interessante momento di quella mattina, pensai che avrei iniziato la mia bella-e-dolce giornata con la preparazione della sua cena; ero sicuro che non se lo sarebbe mai aspettato da me. Ma quello che io non mi aspettavo da lei, era questo ...

Lasciando cadere una borsa della spesa sul tavolo, si diresse senza parole verso la sua stanza, lasciando cadere tutti i vestiti sul pavimento, per tutta la strada, pezzo per pezzo ...

Porca vacca ...

Sentii il palmo della mia mano bruciare. Letteralmente. Iniziò anche a puzzare un po' di bruciato.

«Cazzo!» Posai sul fornello la padella che stavo ancora tenendo tra le mani e misi la mano sotto l'acqua fredda corrente del lavandino. Ci sarebbe stata una brutta ustione lì domani. In questo momento, sembrava solo un po' rossa e irritata, ma domani sarebbe stato molto peggio. Grandioso ...

Pensando a non più di due secondi su cosa fare dopo, andai nella stanza di Jill. Si era cambiata e indossava una camicia che la copriva a malapena, e non potei fare a meno di dire, «Se il tuo piccolo show era un tacito invito, avresti potuto spogliarti proprio in cucina e risparmiarmi il viaggio fino a qui.»

«Com'è stata la tua giornata, Oliver?» chiese, ignorando le mie parole.

«Maledettamente buona, la tua?»

«Lo stesso. In realtà, sono stata finalmente promossa, quindi che ne dici di festeggiare?» Si avvicinò, abbastanza da farmi sentire l'aroma del suo profumo e vidi dei diavoli danzanti nei suoi occhi.

Cosa stava combinando esattamente?

«E come suggerisci esattamente di festeggiare?» chiesi con attenzione, a cautela in grado di trasformare le mie parole in una domanda intelligibile. Ero eccitato in tutti i posti giusti, e l'unico scenario che potevo vedere nella mia mente, era congratularmi con lei nel modo più eccitante che potessi pensare in quel momento, stendendola sul letto e dandole ovviamente proprio ciò che voleva, a giudicare dal suo spettacolino mentre andava in camera da letto; semplicemente non ci si spoglia di fronte ad un uomo con cui non si vuole divertirsi.

Si avvicinò di un altro passo e avvolse i lacci del mio grembiule attorno al suo dito. «Sto morendo di fame», disse con la voce più seducente di sempre. «Che ne dici di darmi da mangiare?»

I suoi occhi incrociarono i miei, e potevo giurare che non voleva altro che la scopassi proprio in questo momento. Le sue labbra color ciliegia erano aperte, le guance arrossate e non potevo lasciarla uscire da questa dannata stanza senza almeno un bacio.

Facendo scivolare i palmi delle mani lungo le sue gambe nude, la sollevai rapidamente e avvolsi le sue gambi intorno ai miei fianchi, bloccando il suo corpo tra la porta chiusa e il mio busto.

«Ti avevo detto che prendermi in giro non ti avrebbe fatto bene.»

Poi le mie labbra si posarono sulle sue, e proprio così, persi la battaglia che non era nemmeno ancora iniziata. Anch' io ero perso, ma mi importava solo di assaporare ogni centimetro di quelle labbra che morivo dalla voglia di baciare ... Non so nemmeno per quanto tempo. In quel momento, mi sembrava fosse per sempre.

Con mia sorpresa, la risposta di Jillian alle mie mosse fu tutt' altro che fredda. In effetti, il dolore nei miei pantaloni mi rendeva semplicemente impossibile stare in piedi. La ragazza ovviamente sapeva baciare, facendo scivolare la lingua tra le mie labbra e succhiandole dolorosamente, lentamente e scherzosamente. Con le mani avvolte intorno al mio collo, interruppe il bacio e mi guardò con il fuoco negli occhi, non mi sarei mai aspettato nulla del genere da lei. Chi diavolo stavo cercando di ingannare sperando di poter essere un bravo ragazzo con lei? Scopami a morte, la volevo come un pazzo.

«Non voglio che la nostra cena si raffreddi», disse.

«Mi assicurerò che rimanga in caldo tutto il tempo che ci serve per finire questo.» Dio, mi stava facendo andare su di giri. Io già sapevo che lei indossava un perizoma, e non vedevo l'ora di poter toccare ciò che era nascosto sotto il morbido tessuto.

«Un accordo è un accordo», replicò, sorridendo leggermente.

Non capii immediatamente di cosa stesse parlando.

«Hai promesso di essere un bravo ragazzo, ricordi?» puntualizzò, inclinando la testa verso di me.

«Essere un bravo ragazzo significa anche tenere le mie mani, le mie labbra e il resto del mio corpo lontano da te?»

Il suo sorriso si allargò. «In effetti, sì.»

«Il che significa che ho già infranto tutte le dannate regole.»

«Hai ancora la possibilità di rimediare.»

Lentamente, la misi giù, tenendo le mani strette intorno alla sua piccola vita.

«Non hai intenzione di aiutarmi, vero?»

Lei scosse la testa con quello sguardo diabolico nei suoi occhi che già amavo così tanto.

Mi chinai e le sussurrai all'orecchio, «Allora non posso prometterti nulla. A meno che tu non voglia riscrivere le regole del nostro accordo.»

«Per prima cosa, voglio assaggiare qualsiasi piatto tu

abbia preparato per cena.»

Feci un sorrisetto. «E se fosse il pasto più delizioso che tu abbia mai assaggiato?»

I suoi occhi scivolarono lungo il mio grembiule. «Allora potrei considerare di cambiare le regole», disse, rivolgendosi alla porta.

Con le mani sui suoi fianchi, dissi in un sussurro, «Allora, ti farò dimenticare tutte le regole e fidati, posso essere davvero bravo a far impazzire una donna.»

«Vedremo.»

«Mm ... Profuma di paradiso», disse Jill, alzando il coperchio della padella. «Come si chiama questo piatto?»

Riuscivo a malapena a pensare al cibo, vedendola sulla punta dei piedi, con quella dannata camicia che mostrava la parte migliore dei suoi fianchi che le mie mani ricordavano ancora scivolare su e giù.

«Ehm, Una Delizia», dissi alla fine, prendendo i piatti.

«Suona bene.» Lei sorrise e andò ad apparecchiare la tavola. «A cosa ti servivano zucchero e spezie?»

«Pensavo che ne avessimo già parlato.»

«Non leccherò nulla finché non avrò controllato le tue abilità culinarie.»

«Fino a quando? Dannazione, sembra fottutamente promettente.»

Lei si allontanò rapidamente da me, ma riuscii comunque a notare quel sorriso malizioso che le illuminava il viso.

«Allora dimmi, cosa hai fatto per convincere mio fratello a darti una promozione?»

«Niente a cui la tua mente dispettosa possa pensare. Ho semplicemente fatto bene il mio lavoro e ho lavorato sodo.»

«So che è quasi impossibile ottenere la benedizione del Diavolo, quindi immagino che tu sia dannatamente brava in qualsiasi cosa tu faccia.»

«Lui non è così male, sai?»

Risi. «No, certo che no! Specialmente dopo che ti ha promosso. Ehi, c'è qualcosa che posso fare per sollevare almeno un po' di più questa tua bella camicia.»

«Riesci a pensare a qualcosa di diverso dall'infilarti nelle mie mutandine?»

«No.»

«Come pensavo, Tu es une cause perdue, Olivier — Sei una causa persa, Oliver.»

«Merci du peu! Je ne savais pas que tu parlais Français — Non sapevo che parlassi francese!»

Lei si appoggiò al tavolo, incrociando le braccia. «Non sai molto su di me.»

Mi avvicinai, appoggiando le mani sui suoi fianchi. «Muoio dalla voglia di conoscerti meglio.»

«Oh, ci scommetto.»

I nostri visi erano a pochi centimetri di distanza, e non sapevo nemmeno come fossi riuscito a non baciarla di nuovo, soprattutto con il ricordo delle sue labbra che toccavano le mie solo pochi istanti prima, ero sicuro che non avrei mai dimenticato.

Ho baciato molte ragazze, ma quasi nessuna di loro riusciva a eccitarmi in un batter d'occhio. Ma con Jillian, tutto era diverso. Mi sentivo come un gatto, che giocava con un topo che era abbastanza intelligente da non avvicinarsi troppo a me. Be', forse non sempre.

Inspirai profondamente e costrinsi il mio corpo a tornare ai fornelli per finire di preparare la salsa.

«Chi ti ha insegnato a cucinare?» chiese lei. Potevo sentire i suoi occhi che mi osservavano da vicino. Non sapevo fino a che punto saremmo arrivati con i nostri giochi, ma non vedevo l'ora di scoprirlo.

«Mia nonna. Era l'unica persona che non mi ha mai giudicato, indipendentemente da ciò che gli altri pensavano di me.»

«Hai detto che era?»

«Sì, è morta qualche anno fa.»

«Scusa, non lo sapevo.»

«Va tutto bene. Nessuno di noi è immortale.»

«È per questo che fai del tuo meglio per ottenere tutti i piaceri che la vita può offrirti?»

Mi voltai e la vidi sorridere. Dio, quel sorriso, oh, adoravo quel sorriso, era così bella; sexy da morire, e così fottutamente dolce. Potevo quasi sentire il sapore della sua pelle sulla mia bocca, come quando desideri per un cibo in particolare, sei così affamato di quel cibo che puoi sentirne il sapore; be', era quello che succedeva a me, un desiderio per la pelle di Jill, volevo assaggiarla di nuovo, volevo il suo corpo vicino al mio.

«Sei dannatamente brava a leggere tra le righe», commentai.

«Questo è l'unico modo per sopravvivere nuotando nelle stesse acque con uno squalo come te.»

Risi sottovoce. «Non so chi sia più pericoloso tra noi due.»

«Ottima osservazione.»

Ancora una volta, non potevo fare a meno di ammettere quanto mi piacessero le nostre piccole conversazioni stuzzicanti.

«Okay, penso di essere pronto per arrivare alla fase due», dissi. «Dammi il tuo piatto.»

Prese uno dei piatti e si avvicinò per mettersi accanto a me.

«Qual era la fase uno?»

«Le tue labbra», risposi, avvicinandomi al suo viso.

«Carne, vino e spezie. Delizioso», disse lei, ignorando la mia risposta.

«Aspetta di assaggiarlo.» Misi qualche pezzo di carne sul

piatto e aggiunsi la salsa e gli spaghetti. «Adesso chiudi gli occhi.»

Si accigliò. «Per quale motivo?»

«Per sentire la delizia, naturalmente.»

Senza parole, obbedì, e per un secondo, non riuscii a pensare a nient' altro che a quanto avrei voluto assaggiare ogni centimetro del suo corpo. Mi venne in mente un'idea. Immergendo un piccolo pezzo di carne nella salsa, lo misi tra le labbra e mi avvicinai a quelle di Jillian. Nel momento in cui la salsa le toccò le sue labbra, i suoi occhi si spalancarono e lei si bloccò, rendendosi finalmente conto di cosa stava succedendo. Esitò solo un secondo, prima di mordere, e sorrise, dicendo, «Dolce e piccante.»

Sorrisi, soddisfatto di me stesso. «Te l'ho detto, ti sarebbe piaciuto. Aspetta di vedere gli altri miei talenti.»

«A differenza della cucina, non dubito del resto.»

Risi. «Sapevo che oggi non era il primo giorno in cui volevi giocare con me.»

«Non ho intenzione di giocare con te, Oliver.»

«Oh? Allora come lo chiamiamo?»

«Un accordo amichevole?»

Feci una smorfia. «Sembra così dannatamente noioso. A meno che non stiamo parlando di un'amicizia con dei benefits?»

«Dipende da cosa intendi.»

«Sappiamo entrambi cosa intendo, non è vero?»

«Hmm... Non ne sono sicura. Puoi essere più specifico?»

«Osi sfidare il diavolo?» chiesi con un sorriso ironico.

«Non ho paura di lui.»

No, davvero?

Posai il piatto con un tintinnio sul piano di lavoro della cucina, mi tolsi il grembiule e andai da Jill, che ovviamente non si aspettava che facessi qualsiasi cosa avessi in mente. Sollevandola un po', la sistemai su uno sgabello e rimasi tra le sue gambe aperte.

Alzò lo sguardo su di me, ovviamente sorpresa dall'intimità dei nostri corpi che si toccavano.

«Ora, lascia che sia chiaro, tesoro», dissi, avvicinandomi alle sue labbra. «Regola numero uno: se giochiamo, giochiamo onestamente, senza soste intermedie o docce fredde.»

«Ma—»

Le misi un dito sulle labbra, dicendo, «Regola numero due: se mi prendi in giro, sii pronta a pagarne il prezzo. Te l'avevo detto che giocare con me non ti avrebbe fatto bene. Ma dannazione, io adoro giocare con te. Quindi sì, se pensi di spogliarti di fronte a me e che io me ne starò ancora seduto a fingere di guardare la TV o di cucinare, ti sbagli di grosso. Avevi ragione, prendo tutto ciò che questa vita mi dà, comprese le cose che mi piacciono di più.» Mi fermai solo per un momento per farle scivolare una mano lungo il fianco fino a toccare la seta del suo perizoma. «Regola numero tre: se ti faccio venire, non significa che ti sposerò domattina.»

«Ho il diritto di correggere le tue regole?»

«Certo.»

«Se mi fai venire, non significa che divento di tua proprietà.»

«Senza legami?»

«Nessun senso di colpa.»

Io sorrisi. «Va benissimo per me.»

«Anche per me.» Lei ricambiò il sorriso, facendomi scivolare il palmo lungo il petto.

Non sapevo cosa stesse pensando, ma una cosa la sapevo per certo — non importa quante volte stabilivamo e cambiavamo le regole, niente sarebbe più stato lo stesso tra noi dopo questo.

«Stai ancora morendo di fame?» chiesi, facendo un passo indietro.

«Assolutamente sì.»

«Bene. Perché non voglio che le ore che ho passato a cucinare vadano sprecate. Speravo di fare colpo su di te.»

«Ci sei già riuscito.»

«Ad essere onesto, non ho mai dubitato di me stesso.»

Non so come siamo riusciti a finire la nostra cena senza strapparci i vestiti a vicenda, ma potevo giurare che i suoi pensieri erano lontani dal cibo o dal vino, o da qualsiasi cosa decente. Non parlavamo molto, e ogni volta che la notavo leccarsi le labbra, o morderle, cercando di trattenere un altro sorriso, non volevo altro che possederla proprio lì, sul tavolo che si trovava tra di noi. Lei sarebbe stata il dessert più delizioso di sempre ...

«Smettila», disse dopo un po'.

«Smettere cosa?» chiesi, sorseggiando il mio vino.

«Mi stai osservando così da vicino, cercando di capire cosa sto pensando, ma immagino che sappiamo entrambi cosa accadrà nel momento in cui lasceremo questa cucina.»

«Possiamo stare qui, se vuoi. E non c'è bisogno di affrettare le cose, se non ti va. Possiamo parlare, guardare un film, ascoltare della buona musica, ballare.»

«Hai una chitarra qui?»

«Ne ho sempre una con me, perché?»

«Suona per me.»

Per un secondo, pensai di non aver capito bene.

«Non hai mai suonato per le tue ... amiche?»

No, non suonavo mai per nessuno. Non avevo una band, scrivo solo canzoni per qualcun altro, e qualche volta, le cantavo anch'io, ma non avevo mai suonato per nessuno, specialmente per una ragazza. In qualche modo, sembrava sempre troppo personale e intimo.

Ma stasera ... Be', forse era la prima volta in assoluto che volevo suonare per qualcuno. Non so perché, ma volevo sentire l'opinione di Jillian. E oltre alla mia cucina, volevo che le piacessero le mie canzoni.

«Okay, prendi il mio vino.» Mi alzai in piedi e andai in soggiorno a prendere la chitarra. Jill mi seguì.

Si sedette sul divano, con le gambe raccolte, guardandomi in silenzio. Ero un po' nervoso, e forse non era il momento migliore per ammetterlo, ma volevo anche che Jill vedesse l'altro lato di me.

Mi sedetti accanto a lei, con la chitarra tra le mani e iniziai a suonare una delle mie canzoni preferite.

«L'ho scritta un paio di anni fa, quando stavo in Montana.»

«Cosa facevi lì?»

«Viaggiavo.»

«Cantala per me.»

Questa volta, non esitai nemmeno per un secondo. In realtà volevo cantare, ho sempre amato cantare. A differenza di qualsiasi altra cosa, mi ha sempre fatto sentire vivo e completo.

"Sparisci nell'ombra,

Lasciando il mio cuore sanguinante per le frecce avvelenate...

Perdere la testa e perdere l'anima,

Ti sto perdendo e sto perdendo il controllo...

Vieni e salvami dalla mia notte infinita,

Mia dolce maledizione, ne vale la pena ...

Vieni e salvami dalla mia solitudine, dalla mia prigione;

Per amarti, non ho bisogno di una scusa, non mi serve una ragione ...

Resta con me per un momento o due,

Qualsiasi cosa tu voglia che faccia, la farò ...
Qualunque cosa tu voglia che dica, io la dirò.
Se solo mi permettessi di amarti, se solo restassi ...

Vieni e salvami dalla mia notte infinita,
Mia dolce maledizione, ne vale la pena ...
Vieni e salvami dalla mia solitudine, dalla mia prigione;
Per amarti, non ho bisogno di una scusa, non mi serve una
ragione ...

Ovunque tu vada, portami con te
Senza di te morirò, se solo tu sapessi
Quanto velocemente batte questo mio cuore
Il sogno di te scompare, nel crepuscolo fugace ...

Continuavo a suonare la melodia, ma avevo paura di guardare la ragazza al mio fianco. Nemmeno con sesso mi ero mai sentito così connesso come in questo momento, con questa canzone. Quando il brano finì, misi da parte la chitarra e mi rivolsi di nuovo a Jillian.

Era ancora seduta lì, a guardarmi con uno sguardo nei suoi occhi che non riuscivo a decifrare. Non stava ridendo o parlando, e non riuscivo a smettere di pensare a cosa le passava per la testa.

Avevo paura di chiedere la sua opinione, avevo paura anche solo di muovermi.

E se odiava questa canzone? Avevo rovinato tutto? Pensavo fosse della buona musica.

Un attimo dopo, lei si alzò, posò il bicchiere di vino sul tavolino e tornò dove mi trovavo io.

In silenzio, si sedette sulle mie ginocchia con le gambe

avvolte intorno ai miei fianchi e mi baciò lentamente, teneramente, come se avesse paura che la respingessi.

Avvolgendo le braccia intorno a lei, le lasciai guidare il bacio. Non volevo fermarmi o fare domande. Volevo semplicemente perdermi nel momento, nel profumo della sua pelle, riempiendomi le narici, nella sensazione del suo cuore che batteva contro il mio petto, nel tocco delle sue labbra che baciavano le mie, nella sensazione del suo sesso premuto così forte contro il mio.

I miei occhi erano chiusi e non volevo aprirli, assaporando ogni piccola cosa che le sue mosse e i suoi tocchi stavano risvegliando in me. Ero entusiasta all'idea che qualsiasi cosa lei stesse facendo saremmo finiti in uno dei nostri letti? Diavolo, sì! Ero pronto per quello? Come non mai. Ero pronto ad affrontare qualsiasi cosa stesse per succedere dopo che entrambi avevamo ottenuto ciò che volevamo? Non sapevo la risposta a quella domanda e francamente, in questo momento, non me ne fregava niente.

Capitolo 6

Jillian

Non avevo idea di cosa stessi facendo ...

Non sapevo perché lo stavo facendo, o cosa avrei pensato e sentito quando tutto fosse finito. Ma in quel momento, non mi importava. Ero così presa dal momento; non credo di essere mai stata così entusiasta di qualcosa che sia Oliver che io sapevamo sarebbe successo dopo.

Interruppi il bacio a malincuore, con la paura di guardarlo negli occhi. In realtà era la prima volta che mi vergognavo di essere me stessa. Non aveva senso negare l'ovvio — volevo

Oliver. No, anzi, ero ossessionata dall'idea di eccitarmi e bagnarmi con lui.

Mi mise un dito sotto il mento, dicendo, «Per la cronaca, non ti lascerò uscire dal mio abbraccio, tanto presto.» Mi guardò attraverso le ciglia scure e quasi ringhiai per l'intensità del desiderio che riempiva il suo sguardo color miele.

«Il mio letto o il tuo?» chiesi.

«Sono un bastardo egoista, sai? Adoro giocare nel mio territorio.»

Feci un sorrisetto. «Questo è un dato di fatto.» Senza pensare, mi avvicinai, sfiorando di nuovo le sue labbra con le mie. Mi sembrava di non riuscire a smettere di baciarlo.

Non notai il momento in cui varcammo la soglia della sua camera da letto. La mia camicia sparì in pochissimo tempo, lasciando il mio corpo nudo esposto al suo sguardo indagatore. Sentii il suono del suo respiro; lui scosse leggermente la testa, chiudendo per un secondo gli occhi, come se cercasse di scrollarsi di dosso qualche pensiero, o forse dei dubbi? Non che dubitassi del suo desiderio, ma per un momento, pensai che non fosse ancora pronto ad essere così vicino a me.

I suoi occhi scrutarono i miei, bevendo in ogni tratto del mio viso, del mio collo, del mio seno.

«Ce que tu es belle — Sei così bella.» Le parole furono dette in un sussurro, ma potevo ancora vedere la profondità nascosta dietro di esse. La profondità che non ero sicura di poter gestire ...

Pensi troppo, dissi a me stessa. Allungai la mano, accarezzandogli la nuca. «Dillo», sospirai sulle sue labbra socchiuse.

«Dire, cosa?»

«Lo sai.»

Non gli ci vollero più di pochi secondi per capire di cosa

stessi parlando.

«Je te veux — Ti voglio.»

«Je suis toute à toi — Sono tutta tua.»

E poi fu lui che si spinse in avanti, premendo le sue labbra sulle mie, le nostre lingue si mescolarono. Aprii la cerniera dei suoi jeans e li spinsi giù, insieme ai boxer, trascinando piccoli baci lungo il suo petto sexy. In qualsiasi altra situazione, non lo avrei mai fatto, ma con Oliver, volevo impazzire, volevo perdermi in lui e sentirlo perdersi in me.

Le mie labbra si fermarono proprio sul suo uccello indurito, lo guardai e sentii il calore pulsare dentro di me e scorrere nelle mie vene come fuoco, riempiendo ogni piccola parte del mio corpo e della mia mente.

Avvolgendo le dita intorno alla sua asta eretta, passai la lingua sulla punta, godendomi quel piacevole gemito che gli sfuggiva dalla gola.

«Dio, signorina, mi stai facendo impazzire.»

Non gli risposi. Invece, spinsi le labbra verso il basso, prendendolo completamente in bocca.

«Signore, non puoi nemmeno immaginare quanto sia fantastico da quassù.» La sua mano scivolò tra i miei capelli, tirandoli leggermente. «Lo ammetto, ti ho immaginata fare questo ... molte volte.»

Risi involontariamente. «Davvero?» chiesi, alzandomi in piedi. Le mie labbra lasciarono il posto al palmo della mano, continuai ad accarezzargli leggermente il membro eretto, morendo dalla voglia di sentirlo penetrare in me.

«Dannazione, sì.»

«Cos' altro hai immaginato di fare con me?»

«Vuoi che te lo dica o che te lo mostri?»

«Quello che ti piace di più.»

Lui sorrise, avvolgendomi un braccio intorno alla vita. «Non mi piace parlare molto.»

«No, davvero? E io che pensavo che non sapessi mai stare zitto.»

«È solo quando non ho niente di meglio da fare.» Mi spinse sul letto, in equilibrio sopra di me. «Sei sicura di potercela fare?»

Abbassai lo sguardo sul punto in cui la mia mano lo toccava poco fa. «Sicuramente voglio scoprirlo. E tu sei sicuro di farcela?» chiesi scherzando leggermente su di lui.

«Piccola cattiva, non sei solo una rompiscatole, Jillian, ogni tua parola è una sfida. E sai una cosa?» Si fermò, facendo scorrere il palmo lungo l'addome e fino al bordo del mio perizoma. «Sono più che pronto a mostrarti quanto amo affrontare nuove sfide.»

Le miei mani scivolarono sul suo petto, sentendo la solida forza dei muscoli sotto la sua pelle. Ogni centimetro del suo corpo era teso, e questo ci ha rendeva simili. Non era la mia prima volta con un uomo, ovviamente, ma in qualche modo sembrava che lo fosse.

Posizionando i fianchi tra le mie gambe aperte, si avvicinò e mi posò un piccolo bacio sul collo, poi fece scivolare le labbra fino al mio seno. Potevo sentire il suo uccello eccitato premere forte contro il mio clitoride. Senza preavviso, succhiò uno dei miei capezzoli in profondità nella sua bocca; dannazione, era semplicemente impossibile rimanere calmi e silenziosi. Inarcando la schiena per dargli un migliore accesso a qualsiasi cosa volesse baciare e toccare, chiusi gli occhi, tuffandomi tra le onde di piacere che mi attraversavano. Mai in vita mia il tocco di un uomo era stato così eccitante. Non volevo che smettesse. Volevo che rivendicasse ogni centimetro del mio corpo come suo, e non mi importava davvero se fosse troppo presto per lasciare che pensieri del genere prendessero il controllo della mia razionalità. Accidenti, come diavolo avrei potuto pensare a qualcosa di diverso da quelle sue labbra consapevoli, che si facevano strada lungo la mia pancia, con le sue dita che ancora mi stuzzicavano un capezzolo, accarezzandolo e pizzicandolo leggermente, quel tanto che bastava per renderlo doloroso, ma in modo piacevole.

Con l'altra mano, spostò il mio perizoma di lato per far scorrere il dito lungo la linea dal mio clitoride fino al mio sesso. Poi mi guardò, leccandosi le labbra con la punta della lingua. Voleva farmi capire dirmi cosa stava per fare. Pensava che l'avrei fermato? Assolutamente no. Allargai le gambe, rispondendo alla sua domanda tacita.

Sorrise leggermente, gemendo; il suono era così basso e rauco. «Leggo sempre tra le righe. Anche se non parli ad alta voce.» Era fisicamente impossibile sopportare il suo tono provocante.

Allungai la mano e mi accarezzai il clitoride con un dito, guardando le sue sopracciglia sollevarsi per la sorpresa. «Quante volte hai pensato a me, facendo questo?» chiese, spostando lo sguardo tra il mio viso e la mia mano.

«Solo una volta», risposi senza esitazione. Non mi ero nemmeno resa conto che si trattasse di lui, finché non lo udii fare questa domanda.

«Chi l'avrebbe mai pensato —»

«E tu, invece?» chiesi, sentendo la sua presa sul mio fianco stringersi. «Ti sei mai toccato immaginandomi mentre faccio la stessa cosa?»

Lui deglutì a fatica. «Non sapevo che potessi leggermi nel pensiero.»

«Quando?»

«Quando cosa?» domandò, fissando ancora affamato il mio dito che disegnava piccoli cerchi intorno al clitoride.

«Quando è stata l'ultima volta che ti sei masturbato pensando a me?»

«Questa mattina.»

Come pensavo ...

«Mostrami cosa pensavi mentre lo facevi.»

Ringhiò piano, chinandosi e girando la testa per succhiarmi l'interno coscia. Dio, stavo per impazzire con le sue labbra su di me. Per prima cosa, lo sentii succhiarmi delicatamente; il sangue mi martellava nelle orecchie per l'eccitazione. Poi sentii la sua lingua scorrere su e giù, e poi le sue labbra coprirono il mio clitoride, circondandolo, più e più volte.

Reclinai testa all'indietro, inarcando il corpo desiderando di più.

«Non fermarti», dissi, temendo che tutto sarebbe semplicemente svanito, come un sogno al mattino. Lui rise piano, il suono morbido vibrò contro la mia pelle.

«Te l'ho detto — niente soste intermedie. Inoltre, non vedo l'ora di vederti venire.»

E non sai nemmeno quanto sono vicina ...

Aggiungendo le dita a qualsiasi cosa le sue labbra mi stessero facendo, le fece scivolare dentro di me, rendendo la dolce tortura ancora più difficile da sopportare.

Gemendo, riuscii a dire, «Se avessi saputo che eri così bravo, ti avrei chiesto di giocare con me un po' di tempo fa.»

Rispose solo con un'altra risata, spingendo le sue dita consapevoli più in profondità dentro di me e succhiandomi ancora più forte, se possibile. Mi sentivo come se stessi per crollare da un momento all'altro, e non volevo che qualsiasi cosa stesse facendo finisse.

«Fermati», dissi, quasi supplicando.

«Cosa?»

«Ti voglio che dentro di me adesso.»

Lui scosse leggermente la testa. «Sono così eccitato, non sono sicuro di poter essere gentile con te ora.»

«Non me ne frega niente della gentilezza. Ti voglio, ora, duro, profondo e selvaggio.»

«Uh, perché non l'hai detto in cucina? Morivo dalla voglia di scoparti proprio lì. Scoparti da dietro contro quel dannato tavolo, ripagandoti per tutte le prese in giro e i giochi con me.»

«Fallo ora, per favore.»

Esitò per un momento, ora guardandomi con occhi che non riuscivo a leggere. Non sapevo cosa stesse pensando, ma nel profondo, non volevo saperlo. Tutto quello a cui riuscivo a pensare ora era quanto desiderassi quel brivido di piacere che entrambi morivamo dalla voglia di provare.

Accarezzandomi il viso con le mani, mi baciò profondamente, allontanando tutti i mei pensieri. Poi allungò una mano verso il comodino e prese un pacchetto di preservativi, aprendone uno con i denti, poi lo fece rotolare rapidamente giù per la sua asta.

Non potei fare a meno di sorridere. «Potresti stabilire un record olimpico per essere il più veloce a trovare, aprire e indossare un preservativo. Deve essere molto eccitato, Mr. Altier.»

«Aspetti solo che le mostri cos'altro posso fare altrettanto bene, Miss Murano.»

Ridacchiai e risposi, «Avanti, muoio dalla voglia di scoprire il resto dei tuoi famosi talenti.»

Era sdraiato pesantemente su di me, il suo cuore batteva forte contro il mio seno.

«Dimmi solo di fermarmi, se divento troppo selvaggio per te.»

«Fidati, non lo sentirai mai da me.»

Sogghignò. «Questa è la risposta giusta.» Con queste parole, si spinse profondamente dentro di me, riempiendo ogni piccola parte del mio corpo che lo bramava.

«Dannazione, è così bello», respirò nella curva del mio collo. «Si sta così bene dentro di te. Morbida e calda, e per non parlare di quanto sei stretta. Perfetta.»

Lo guardai e i nostri occhi rimasero incatenati insieme per un momento. Poi chiusi i miei, chiudendo la vista delle sue iridi color miele, che mi guardavano con desiderio. Qualunque cosa significasse, era sbagliata. O forse stavo semplicemente immaginando delle cose, litigando con i miei demoni interiori che non erano mai esistiti? Come se pensasse la stessa cosa, Oliver sospirò e affondò il viso tra i miei capelli, le sue spinte divennero più veloci e più energiche.

Sollevai le gambe più in alto, cercando di essere ancora più vicina a lui. Si tirò fuori e scivolò di nuovo dentro di me, rimanendo lì solo un po' più a lungo di prima. I miei muscoli si strinsero intorno a lui e gemette rumorosamente.

«Smettila di fare così», sussurrò tra i baci. «Riesco a malapena a controllarmi quando lo fai.»

I nostri fianchi danzavano in sintonia, perfettamente in armonia con le mosse dell'altro. Non ci furono altre parole, e nessuno di noi ne aveva bisogno. Sembrava che ci conoscessimo da sempre. Era sufficiente lasciar andare i nostri dubbi e far muovere i nostri corpi in una connessione perfetta.

Mi piaceva la sensazione della sua erezione che mi riempiva. Amavo il modo in cui la sua presa sui miei fianchi si stringeva ogni volta che sentiva di perdere il controllo. Amavo la sensazione delle sue labbra sulla mia pelle. In effetti, amavo tutto di quel momento ... Mi baciava profondamente e poi di nuovo dolcemente, riprendendo il ritmo e fermandosi abbastanza a lungo da farmi iniziare a rimpiangere la sensazione del suo uccello duro, incredibilmente grande. Dio, non potevo credere che mi mancasse già la sensazione di lui che si muoveva dentro di me. Non riuscivo a credere a quanto fosse veloce questo momento di profonda connessione. Si trattava solo di sesso? Speravo davvero che lo fosse, perché non volevo assolutamente diventare dipendente da un uomo che non sapeva nemmeno cosa fosse un rapporto amoroso con una donna.

«Sai almeno quanto cazzo sei bella sotto di me?»

Dannazione, non volevo sentire quelle parole. Non volevo che lui parlasse affatto. Perché in qualche modo, tutto quello che stava dicendo sembrava così dannatamente sincero, come se amasse davvero stare con me.

«Non credo di essere mai stato più ossessionato da qualcuno, davvero.»

Tutto ad un tratto, volevo che tutto finisse, e mi odiavo per averci pensato. Le parole di Oliver mi vennero in mente. Aveva ragione, avevo morso più di quanto potessi masticare ...

Posai le mani su suo petto e lo spinsi leggermente via, facendolo rotolare sulla schiena. Le sue sopracciglia si sollevarono in una domanda silenziosa.

«Ora è il mio turno di stare sopra», dissi, sorridendogli. Quando in realtà, stavo per iniziare a piangere, ma non potevo fargli sentire la mia debolezza, proprio non potevo ...

Con le sue mani sui fianchi, continuavo a muovermi verso l'alto e a scivolare verso il basso, godendomi ogni singolo secondo del nostro gioco. Ora, sembrava ancora più inebriante, se possibile. Con gli occhi chiusi, continuavo a portarci entrambi verso vette che non vedevo l'ora di raggiungere.

«Guardami», disse lui improvvisamente, avvicinandomi al suo petto. «Apri gli occhi, Jillian.»

Obbedii e fui subito colta alla sprovvista da quello che vidi nel suo sguardo. Il desiderio, il fuoco, la fame ...

«Voglio vedere i tuoi occhi mentre ti faccio venire.» E poi, si spinse forte dentro di me, tenendo ancora il mio petto premuto saldamente contro il suo. Sapevo che non mi avrebbe lasciata andare finché non avessimo finito. E maledetto il momento in cui avevo accettato di far parte del suo gioco, stavo perdendo la testa, tutto in una volta ...

Venni con un forte gemito, sentendo ancora i suoi fianchi

ondeggiare contro i miei.

«Ecco, Baby, ecco.» Continuava a muoversi dentro di me, lentamente, scherzando. «Dammene un altro.»

Oh, no ... Non ero così pronta per quello...

«Solo un altro, Baby.»

«Non posso.» Le parole uscirono in un sussurro impotente, ma lui non volle ascoltare.

«So che puoi.» Mi mise una mano dietro il collo e avvicinò le mie labbra alle sue, scacciando ogni piccolo dubbio che avevo sullo stare con lui. Accidenti a te, Mr. Sensualità ... Sapeva che volevo di più, e sapevo che lui poteva darmi molto di più di questo.

Continuava a baciarmi, a succhiarmi la lingua, a rubarmi ogni piccolo suono che facevo. Iniziai a tremare quando accelerò, e sapevo che non c'era modo di lasciare il suo letto senza quella sensazione dolorante tra le mie gambe che andava sempre di pari passo con una notte di sesso intenso. Le sue spinte divennero più affamate, finché entrambi non capimmo che stavo per venire di nuovo, e lui fece del suo meglio per rendere quel mio secondo orgasmo ancora più devastante, ancora più disarmante ...

«Sì, così, Baby.» Mi baciò di nuovo; un bacio così dolce, che volevo urlare ... «Dio, sei stata incredibile. Non sapevo che potessimo essere così ... in sintonia.»

Uh, se solo riuscisse a smettere di parlare.

Ero ancora sdraiata sopra di lui, con il timore di muovermi, di guardarlo negli occhi, di affrontare la realtà che già sapevo avrebbe fatto schifo ...

Con cautela, mi fece rotolare sulla schiena e si tirò fuori, facendomi sentire ancora più persa e rotta di quanto non fossi prima di darmi due dei migliori orgasmi di sempre. Maledetti i miei ormoni, non mi davano mai tregua. Anche ora che sapevo che mi sarei pentita di questa serata in meno di sei ore, non riuscivo a smettere di pensare a quanto fosse bello stare con Oliver. Perché, oh perché diamine non potevo fare finta di niente? Proprio come facevo sempre? Cosa dovevo fare adesso?

«A cosa stai pensando?» chiese Oliver, togliendomi una ciocca di capelli dal viso.

«A te», dissi, non fissando nulla in particolare.

«E cosa pensi di me?» chiese con un sorriso.

Mi voltai a guardarlo. Non sapevo cosa rispondergli. Ovviamente, non potevo dirgli la verità. Non riuscivo ad ammettere quanto mi piacesse quello che era successo tra noi. Non ero abbastanza coraggiosa da ammetterlo, nemmeno con me stessa, preferendo pensare a tutto tranne che a quanto fosse bello cedere alla tentazione.

«Il tuo silenzio mi spaventa», disse, disegnando cerchi invisibili sulla mia pancia. «Sono andato così male?»

Risi. «No, sei stato perfetto.»

«Il che significa che non ti dispiace se lo rifacciamo un giorno, o forse anche stasera?»

«Io ... non penso di potercela fare di nuovo stasera.» O qualunque altro giorno.

«Pensavo che fossi più forte di così.»

«Sì, è quello che pensavo anch' io di me stessa», commentai, alzandomi in piedi.

«Dove stai andando?»

«Ho bisogno di bere un po' d'acqua e una doccia», dissi, avvolgendomi in un lenzuolo e camminando rapidamente verso la porta prima che lui potesse dire qualcosa per farmi restare.

Chiudendo la porta dietro di me, emisi un respiro che non mi ero nemmeno resa conto di aver trattenuto. Ero così confusa, non credevo di essermi mai sentita così bene e così male allo stesso tempo dopo aver fatto sesso. Cosa diavolo c'era di sbagliato in me? Scossi la testa, frustrata e andai nella mia stanza, sperando che almeno dopo una lunga doccia calda sarei stata in grado di addormentarmi e smettere di pensare di tornare di corsa nel letto di Oliver e implorarlo di ripetere di nuovo il nostro gioco. Sicuramente non avevo bisogno di altre preoccupazioni da aggiungere a tutte le stronzate che stavano accadendo nella mia mente adesso.

Capitolo 7

Oliver

Ma che diavolo? ...

Fu il primo pensiero che mi venne in mente dopo aver visto Jillian uscire dalla mia stanza. Ero così scioccato di sapere che non ci sarebbe stata nessuna doccia insieme o persino discorsi post-sesso, che non sapevo cosa avessi fatto di sbagliato per farla scappare via da me in quel modo. Pensavo che ci fossimo divertiti insieme. In effetti, era uno dei, se non il primo, e l'unico sesso incredibilmente bello che avessi mai fatto in vita mia.

Non mi era mai importato niente se non del piacere fisico. Sì, puoi chiamarmi avido bastardo, o come ti pare, ma è vero. Il sesso era sempre stato solo sesso, nient' altro. E oggi, improvvisamente avevo capito che poteva essere qualcosa che era molto più di questo. Non che stessi per infrangere la mia regola del no-al-matrimonio-di-mattina, ma per la prima volta in assoluto, volevo parlare, stare a letto e parlare e ridere, e forse prendere in giro una ragazza un po' di più prima di arrivare al secondo round. E cosa avevo adesso? Un letto vuoto, nessuno con cui parlare, nessuna speranza di fare altro se non dormire, o non dormire per il resto della notte. Ma che diavolo?

Gettai da parte la coperta e andai in bagno a farmi una

doccia, di cui ovviamente avevo bisogno anch'io. Il resto della notte e il giorno successivo promettevano di essere pessimi ...

Entrai nella doccia calda, accogliendo le gocce d'acqua che mi scorrevano addosso. Non posso dire che fosse rilassante, piuttosto al contrario non riuscivo a smettere di pensare di fare la doccia con Jillian. Potevo ancora sentire il suo odore su di me. La sua pelle sembrava così incredibilmente morbida sotto il mio tocco, le sue labbra erano così lisce che si muovevano in sincronia con le mie, il suo sesso era così dannatamente umido, dolce e caldo; non potevo dimenticare la sensazione di penetrarla. Merda, in questo momento non riuscivo a smettere di pensare a lei. Tutto di lei era così inebriante, era tutta l'esperienza di fare l'amore con lei, dall'odore della sua pelle morbida, alla sensualità del suo corpo, e il modo in cui mi guardava, il modo in cui si muoveva era semplicemente incredibile; non ne avevo mai abbastanza di lei. Volevo di più, di più di tutto: baciare, leccare, toccare, scopare ... Dio, era fantastica a letto; così reattiva, così sensuale e così bella. Se solo potessi dire con la musica quanto fosse meraviglioso stare con lei, mi piacerebbe scrivere una canzone su quanto fosse fantastica. Mai in vita mia avevo desiderato qualcosa o qualcuno più di quanto volessi lei, in questo momento ...

Chiusi quella dannata doccia e mi asciugai il corpo con l'asciugamano. Poi tornai nella mia camera da letto buia che profumava ancora del miglior sesso che avessi mai fatto.

Il mio cellulare ronzava sul comodino. Lo sbloccai e vidi un messaggio di Amalia.

"Che stai facendo, tesoro? Vuoi unirti a me per un drink?"

"Diavolo, sì."

Pensavo che forse un drink, o meglio due, mi avrebbero almeno aiutato a smettere di pensare alla ragazza che ovviamente non voleva altro che qualche orgasmo da me.

"Passo a prenderti tra dieci minuti. Va bene?"

"Perfetto!"

Amalia era una di quelle ragazze che non faceva mai domande inutili, anche se ero abbastanza sicuro che un giorno sperasse segretamente di mettermi al dito una fede nuziale. Certo, sapeva che andavo a letto con altre ragazze. Questo era più che ovvio dopo avermi visto con una donna nuova, ogni sera o quasi. Ma continuava a venire qui ogni tanto; beveva un po', parlava un po' e scopava un sacco. E la parte migliore di tutto, era che se ne andava non appena era tutto finito. Senza legami ... Lo scenario era sempre stato così; perfetto e funzionava sempre.

Di nuovo, pensai a quello che era successo tra me e Jillian, e di nuovo, non riuscii a trovare alcuna spiegazione logica per la sua fuga. Aveva detto che ero bravo a letto, quindi perché era scappata subito dopo aver fatto l'amore? Dopo tutto, condividevamo lo stesso appartamento, poteva restare nella mia camera da letto, soprattutto considerando che non mi dispiaceva affatto.

***

«Ehi, Bellezza. Non ti vedo da un po'», mi salutò Amalia, baciandomi sulle labbra. Lo faceva sempre e non mi sembrava che mi importasse, ma stasera ... Be', a quanto pare avevo ragione, dopotutto, e tutto quello che riguardava stasera stava per andare a farsi fottere.

«Va tutto bene? Sembri un po' teso. Vuoi che allenti un po' la tua pressione?» chiese scherzosamente, infilando la mano sotto la mia camicia.

«Uhm, forse. Solo un po' più tardi, okay? Penso di aver bisogno di un drink prima, ho avuto una giornata infernale.»

«Come desideri», sorrise, anche se potevo vedere quella delusione familiare attraversare il suo bel viso. Era la figlia di un uomo d'affari persiano e di una donna americana. I suoi occhi verde brillante contrastavano con la pelle color cioccolato, facendo cadere in ginocchio tutti gli uomini che la vedevano per la prima volta e baciavano il terreno su cui camminava. Ed io non ero un'eccezione a questa regola. C'era stato un tempo in cui non riuscivo a fare a meno di studiare tutte quelle sue bellissime curve con molta attenzione. Ma come con qualsiasi altra donna, un giorno mi ero semplicemente annoiato della sua bellezza che sembrava essere nient' altro che un quadro senza vita messo all'asta. Potevo averla quando volevo, non c'era nessuna sfida, il sesso era bello ma era solo sesso. Ci vuole molto di più del buon sesso per tenermi sulla corda; infatti, non era mai successo, con nessuna donna.

«Quindi a casa tua o a casa mia?» chiese Amalia.

«La mia è ancora in fase di ristrutturazione.»

«Allora la mia.» Avviò il motore e ci tuffammo nella notte che prometteva molto di più di quello che era successo dopo essere arrivati a casa di Amalia.

Bevemmo qualche drink, con qualche bacio appassionato dopo. Ma quando arrivò il momento per la parte più interessante, pensai che sarei morto di imbarazzo, proprio in quel momento. Il mio uccello non funzionava ...

«Be', speravo in una reazione più ... eccitante alla vista della mia nuova lingerie.»

Scossi la testa incredulo. Non sapevo cosa dire. Mi dispiace? Perché diavolo doveva succedere una cosa del genere? Ero eccitato e sveglio fino a poche ore prima, e ora? Il mio uccello credeva di aver già scopato abbastanza per una notte, o cosa? Chi diavolo era lui per pensare di poter prendere quella decisione per me?

«Devo andare», dissi, vestendomi il più velocemente possibile, umiliato.

«Cosa? Così?»

«A quanto pare lui ed io abbiamo bisogno di riposo», spiegai, indicando il mio arnese fuori uso. Ero frustrato oltre ogni comprensione, e non volevo nessuno che mi vedesse in quel modo, con il mio uccello floscio come un marshmallow fresco.

«Spero che non ti dispiaccia tenere questo ... uhm, incidente segreto?» dissi, prima di camminare verso la porta.

«Vattene, Oliver!»

«Ti chiamo più tardi.»

«No, non disturbarti!», scattò, sbattendo la porta dietro di me.

Sapevo che non avrebbe mai tenuto la bocca chiusa, ma speravo ancora che questa notizia non si trasformasse nell'ultimo pettegolezzo, alla portata di tutti. Be', tanti auguri per un pio desiderio ...

Tornai a casa, sapendo il motivo esatto della mio improvviso fallimento. E in questo momento, probabilmente stava dormendo tranquillamente nel suo letto, senza nemmeno sapere che domani avrei voluto ucciderla a mani nude.

Non riuscii quasi a dormire quella notte. Ma quando pensai che finalmente sarei riuscito ad addormentarmi, mio fratello mi chiamò.

«Buongiorno. Sei solo?»

«Sfortunatamente, sì», sbottai.

Dal tono della sua voce intuii che stava sorridendo per la mia risposta.

«Non mi sorprende dopo il fallimento di ieri sera, eh?»

Cosa?

Mi misi a sedere nel letto. «Come lo sai?» chiesi, il desiderio di dormire svanì in pochissimo tempo.

«Che ne dici di fare colazione con me?»

«Pensi davvero che io voglia parlarne?»

«Sono sicuro di no, ma penso che tu debba trovare una buona spiegazione per l'articolo a pagina 6 dei giornali scandalistici. Sono sicuro che la mamma sarebbe più che felice di leggerlo.»

«Di che diavolo stai parlando?» Il mio fallimento con Amalia era a pagina 6? Di già? Incredibile, cazzo …

«Quella dolce signora che una volta pensava che fossi gay quando mi ha visto dormire nella tua stanza degli ospiti, ha detto alla stampa che eri, cito le sue parole, 'incredibilmente malato e bisognoso di una cura adeguata.' E per questo motivo, ha organizzato un'asta di beneficenza per aiutarti a raccogliere abbastanza soldi per un trapianto genitale.»

«È fuori di testa, cazzo?»

«Tutto è possibile. Quindi perché non trascini finalmente il tuo uccello e il tuo culo incredibilmente malati fuori dal letto e fai colazione con me?»

«Zitto, Dom. Sarò lì tra venti minuti.»

A giudicare dall'orario che lampeggiava sullo schermo del mio cellulare, Dominick era già al lavoro, il che significava che dovevo andare nel suo ufficio e affrontare l'imbarazzo di Scarlett e forse anche di Jillian che rideva di me. Di sicuro non perdevano mai l'occasione di mettermi in croce.

Ma la realtà si rivelò ancora peggiore. Nel momento in cui uscii dall'ascensore, vidi Jillian parlare con la nuova segretaria di Dom. Quando lei mi vide, riuscì a malapena a trattenere un sorriso. Aspettò che la signora andasse nell'altra stanza e poi si voltò verso di me, incrociando le braccia.

«Bene, bene, Mr. Popolarità. Sembra che il tuo povero attrezzo sia fuori forma. Due fighette in una sola notte si sono rivelate troppo per lui?»

Respirai affannosamente. «Non è come pensi.»

Mi rivolse lo sguardo più omicida di sempre. «Davvero?

Pensavo che l'articolo fosse abbastanza chiaro. Ieri sera, dopo avermi scopato, hai pensato che ci fosse ancora un sacco di tempo per scopare qualcun'altra, giusto? E poi hai chiamato una delle tue amiche e BAM — il tuo uccello ha solo pensato che fosse troppo per una notte.»

La presi per mano e la tirai verso la porta più vicina, che si rivelò essere l'ufficio di Scarlett.

«Ora, lascia che ti spieghi, tesoro.» Chiusi la porta dietro di me e guardai Jill. «Non ho telefonato a nessuno. E no, non avevo intenzione di andare a letto con lei», mentii.

«Davvero? Allora come spieghi la sua dichiarazione più che sicura, che dice che hai bisogno di un trapianto genitale? E non dirmi che era una specie di scherzo. Sul serio, Oliver, pensavo che fossi molto meglio di così.» Mi guardò con tanta delusione, mi sentii quasi umiliato come la sera precedente.

«Meglio rispetto a cosa?»

«Scappare a scopare con qualcun'altra subito dopo che hai appena finito di scopare me, idiota!»

«Sei stata tu a scappare per prima, quindi tecnicamente, non stavo scappando.»

«E allora?»

«Pensavo che fossi stata abbastanza chiara quando hai detto che non volevi altro che un'avventura di una notte.»

«Pensi davvero che io sia così squallida?»

«Dopo quello che ho sentito dire su di te ...»

Non mi accorsi nemmeno che la sua mano si era alzata e un secondo dopo, atterrò proprio sulla mia guancia destra, con uno schiaffo molto doloroso che sicuramente meritavo.

«Ora, se vuoi scusarmi, ho altri idioti da scopare.»

La presi per mano prima che potesse andarsene. «Quello che è successo tra noi ha significato qualcosa per te?»

Si voltò, ridendo sarcasticamente. «Stai scherzando? Era solo un gioco, ricordi?»

«Allora perché diavolo mi rimproveri per aver visto Amalia?»

«Forse perché pensavo che fossi molto meglio di quello che gli altri mi avevano sempre detto di te!»

Si liberò della mia presa e corse fuori dall'ufficio, chiudendo la porta dietro di sé. Cavolo ... Buongiorno a te, amico!

Fissai il mio riflesso nello specchio, vedendo una macchia rosso vivo lasciata dallo schiaffo di Jillian. Aveva ragione, dovevo essere meglio di così. Volevo essere migliore di così. Allora perché cazzo non ero rimasto a casa o non avevo provato a parlare con Jill? Sapevo che c'erano cose di cui dovevamo discutere.

La porta si aprì e Scarlett e Dominick entrarono nell'ufficio.

«Avanti, ditemi cosa ne pensate, famiglia», li esortai, andando a sedermi sul divano.

Si scambiarono un'occhiata.

«Cos'è successo la notte scorsa?» chiese mio fratello, appoggiandosi alla scrivania di Scar.

«Niente di speciale. Quella stronza, intendo Amalia, mi ha chiamato e mi ha invitato per un drink. Ho accettato. Siamo andati a casa sua, abbiamo bevuto quel dannato drink e poi, be', lei voleva fare sesso e ovviamente io non ero dell'umore giusto.»

«Che cosa è successo prima?» chiese Scarlett, come se potesse leggermi dentro.

«In che senso?» finsi di non sapere di cosa stesse parlando.

Lei alzò gli occhi al cielo, facendo un respiro profondo. «Sei andato a letto con Jill prima?»

«Be'... Aspetta, come fate a saperlo?»

Scarlett scosse la testa, guardandomi con la stessa accusa che avevo già visto negli occhi di Jillian. «Lei ha letto l'articolo?»

«Sì.»

«Congratulazioni allora, Oliver. Hai appena incasinato tutto. Di nuovo.» Poi girò i tacchi e uscì dall'ufficio, lasciando soli me e Dom.

Sospirai, passandomi le mani tra i capelli. «Dillo.»

«Dire cosa?» chiese mio fratello, avvicinandosi al telefono. «Mrs. Smith, potrebbe portare due tazze di caffè nell'ufficio di Scarlett?» Fece una pausa, aspettando la sua risposta. «Sì, grazie», rispose cordialmente, e riattaccò il telefono.

«Dì quello che vuoi dire.»

«Non sapevo che tu e Jill ...»

«Non c'è niente da sapere, okay? È successo per caso.»

«Va bene, ma comunque ... Avevi davvero bisogno di un'altra donna subito dopo aver lasciato il suo letto?»

«In realtà, lei ha lasciato il letto per prima. E per la cronaca, era il mio letto.»

Dom sorrise. «Naturalmente.»

«Ehi, non ti è mai successo niente del genere? Solo non dirmi stronzate sull'essere leale e rispettabile. So che tu eri tutt' altro, almeno fino a Scarlett, e ora sei perfetto, ma non startene lì seduto a guardarmi come se non avessi mai fatto un solo errore in vita tua», dissi irritato.

«Non sono un santo. Ma due donne, in una notte ... Sul serio, Oliver?»

«Ok, va bene, sono uno stronzo, lo so. Non so a cosa stavo pensando.» Mi appoggiai allo schienale del divano, sospirando. «Penso che avevo solo bisogno di uscire da quell' appartamento.»

«Perché? Così è successo tra te e Jill? A parte l'ovvia risposta alla mia domanda, naturalmente.»

«Non lo so. Davvero, non ho idea di cosa ho fatto di sbagliato, perché per me era tutto più che perfetto, cazzo. Non ho mai fatto del sesso migliore in vita mia, e so che è piaciuto anche a lei. E poi lei ... Ha detto che aveva bisogno di una doccia e se n' è andata.»

«Okay, e tu non hai cercato di fermarla ... Perché?»

«Non sapevo cosa fare! Mai in vita mia una donna mi ha lasciato prima che fossi pronto a mostrarle la porta.»

«Capisco.»

«Cosa cazzo capisci?»

«Capisco che il tempo che hai trascorso con Jillian è stato più di semplice sesso, con una ragazza a caso.»

«Cosa intendi dire?»

«Quello che voglio dire è che a nessuno importa davvero di quello che quella stronza ha dichiarato ai giornali. Nemmeno ai nostri genitori. Forse la mamma non sarà felice di leggere l'articolo, ma ti conosce. Sono sicuro che capirà che è solo un altro stupido scherzo di una delle tue amanti. Ma c'è una persona la cui opinione è importante. E penso che tu sappia di chi sto parlando. Jillian è una brava ragazza, un po' sconsiderata, ma comunque brava. Non avresti dovuto farle del male in questo modo. Pensavo che sapessi che era diversa dalle altre stupide donne con cui vai a letto di solito.»

«Lo so, dannazione, lo so che è diversa! Non so cosa mi abbia spinto ad andare con Amalia ieri sera.»

«Io sì.»

«Illuminami allora.»

Dominick sorrise con quel cazzo di sorriso che avevo sempre odiato.

Mi sentivo come se la storia si stesse ripetendo, tranne che questa volta ero dalla parte del ricevente, e non si trattava di Scarlett e Dom, ma di Jillian e me.

È così che mi sono comportato quando lui ha incasinato le cose con Scarlett.

«Lei ha ferito il tuo ego lasciando il tuo letto prima di quanto ti aspettassi. E ovviamente, se penso a quanto tu sia avido e bastardo, sono sicuro che non volevi altro che dimostrare a lei e a te stesso che potevi avere qualsiasi donna volessi, e che non doveva essere Jillian, una ragazza che forse per la prima volta in assoluto, ti ha fatto provare qualcosa. Qualcosa di molto diverso, molto più forte, ed è più di una semplice attrazione fisica.»

«Mio Dio, uscire con Scarlett ti ha trasformato in un patetico fifone. È questo che fa l'amore agli uomini? Riesci almeno a sentirti in questo momento?» chiesi, e poi aggiunsi con un tono beffardo, «È più di un'attrazione fisica. Che diavolo significa? Tu facevi le stesse cose alle donne. Un'avventura di una notte con una donna, una sera, e poi un'altra, con una donna completamente diversa la sera dopo, e ora mi stai giudicando, quando è stata Jill a lasciare me la notte scorsa.»

«Pensi che non ti succederà mai, vero?»

«Sono sicuro che non sarò così patetico.»

Lui si mise a ridere. Proprio a ridermi in faccia. «Poverino, non sai nemmeno quanto sei vicino a diventare un cucciolo innamorato, pronto ad eseguire tutto ciò che la tua ragazza, o anche alla fine tua moglie, ti dirà di fare.»

«Non essere ridicolo. Non mi innamorerò mai. Mai! È sufficiente guardarti per capire che l'amore è qualcosa con cui non vorrò mai rovinare la mia vita, come ho detto solo un minuto fa, sei un patetico fifone, fratello.»

«E io che pensavo che avresti dimostrato che non sei un coglione come pensano tutti.»

«Posso dimostrarlo anche senza amore. Il mio amore per me stesso non è abbastanza?»

«Il tuo amore per te stesso è sufficiente solo per dimostrare che è vera l'opinione comune sul fatto che sei un coglione. E se io fossi, come hai detto? Un fifone patetico? Scarlett è fantastica e siamo fortunati a stare insieme», disse, prendendomi in giro, pur essendo sincero sul suo amore per Scarlett.

«Fantastico, allora continuerò ad essere me stesso», dichiarai, alzandomi in piedi.

«Buona fortuna!»

Fottiti, sapientone ...

Uscii nel corridoio e mi diressi verso l'ascensore, ancora più arrabbiato e frustrato di quanto non fossi prima di venire qui.

Con chi ero arrabbiato? Con me stesso, suppongo. Perché non aveva senso essere arrabbiato con mio fratello che ovviamente aveva ragione su tutto, non importa quante volte lo definivo un sapientone.

Salii su un taxi e diedi all'autista l'indirizzo del mio appartamento. Jill non avrebbe mai accettato di continuare a vivere sotto lo stesso tetto con me, dopo quello che era successo tra noi.

Avevo bisogno di parlarle, le dovevo almeno delle scuse, ma sapevo anche che non avrebbe mai risposto al telefono se l'avessi chiamata in quel momento, così digitai un messaggio e premetti "invia".

"Mi dispiace, ho rovinato tutto. Ieri è stata la migliore serata della mia vita, se non fosse per qualsiasi cosa sia successa che ti ha fatto andare via ... Perdonami se puoi, ti prego."

Capitolo 8

Jillian

Scarlett entrò nel mio ufficio senza nemmeno bussare.

«Stai bene?» indagò con cautela, cercando di valutare la mia reazione, sedendosi di fronte a me.

«Per niente.»

Lei annuì, esitando prima di fare la domanda successiva. «Perché te ne sei andata?»

«Come?»

«Perché te sei andata via dopo ... sai ... essere stata a letto con Oliver?»

«Non avrei mai dovuto andare a letto con lui, in primo luogo, è stato un enorme errore da parte mia.»

«Ti sei pentita?»

«Pentimento non è la parola giusta. Odio me stessa per essere caduta preda del suo incantesimo, e ancora di più odio il momento in cui ho deciso di permettermi di lasciarmi andare in quel momento.» Sospirai, appoggiandomi allo schienale della mia poltrona.

«Ti è piaciuto quello che è successo tra voi due, vero?»

«Ancora, piacermi non rende l'idea. Dio, l'ho adorato!» Sbattei la mano sulla scrivania, poi mi alzai in piedi, incapace di stare ferma e iniziai a camminare per la stanza. «È stato fantastico, lui è fantastico. Non credo di aver mai fatto del sesso migliore in vita mia. Ora capisco perché le ragazze cadono ai suoi piedi e lo amano. Dannazione, se solo non fosse un tale coglione! Persino io non andrei mai a letto con due uomini in una notte, e sono piuttosto permissiva con la morale, giusto? Se dico che è sbagliato, sai che è un casino!»

«Non è andato a letto con quella ragazza, lo sai?»

«Lo so, ma questo non cambia il fatto che lo avrebbe fatto o che avrebbe voluto farlo. E non riesco a credere di essermi fidata di lui, sperando davvero che il nostro piano di convivere sotto lo stesso tetto avrebbe funzionato.»

«Qual era il piano?» chiese, ovviamente già sapendo la risposta.

«Niente di speciale», spiegai, agitando la mano. «Solo alcune semplici regole.»

«Come regole di seduzione?»

«Uh, stai zitta. Conosci Oliver, anche meglio di me. E conosci anche me. Quindi, pensavi davvero che saremmo stati capaci di stare lontani l'uno dall'altro e fingere di essere ingenui e rispettabili, mentre pensavamo solo a fotterci a vicenda?»

Lei scoppiò a ridere. «In realtà, ero sicura che recitare la parte della donna fredda e innocente non sarebbe durato più di qualche ora.»

La fissai incredula. «Uh, non posso credere che tu non abbia nemmeno provato a darmi un po' più di credito per la mia abilità nel resistere alle tentazioni.»

«Sto per sposare uno dei fratelli Altier, ricordi? Quindi so dannatamente bene che la resistenza è l'ultima cosa a cui puoi pensare mentre sei in una stanza chiusa con uno di loro.»

«Quindi cosa dovrei fare adesso?» Quasi piangevo, sedendomi di nuovo sulla mia poltrona.

«Perché non provi a parlagli?»

«Stai scherzando? Di cosa mi suggerisci esattamente di parlargli?»

«Del secondo round?»

«Sei fuori di testa, Scarlett?» Stava invertendo i ruoli, avevamo avuto quasi la stessa identica conversazione quando lei e Dominick avevano iniziato ad andare a letto insieme. Le avevo consigliato di andare avanti e giocare con lui, ma prima assicurarsi di stabilire le regole.

Lei ridacchiò. «No, ma sono sicura che il secondo round avverrà prima che tu te ne accorga.»

Alzai gli occhi al cielo. «No, non ho intenzione di parlargli e non andrò di nuovo a letto con lui. MAI!»

«Ma tu vuoi farlo, vero?»

Gemetti, disperata. «Sì. Ma ancora non lo farò.»

«Va bene, come vuoi. Ma solo per la cronaca, lui non voleva ferirti.»

«Sì, sì. Dimmi qualcosa che non so. Pensava solo che scoparsi un'altra ragazza subito dopo essere venuto a letto con me mi avrebbe migliorato la giornata, giusto?»

Lei scosse la testa sorridendo. «Dagli un'altra possibilità.»

«Di quale possibilità stai parlando? La possibilità di rovinare tutto di nuovo? Non pensi che una volta sia più che sufficiente?»

«Be', ho già detto tutto quello che volevo, quindi ora sta a te decidere cosa fare.»

Il mio cellulare squillò, indicando la ricezione di un nuovo messaggio di testo.

«Oh, mio Dio. Pensa davvero che un messaggio possa convincermi a perdonarlo?»

«È da parte di Oliver?»

«Sì.» Cancellai il messaggio e spensi il telefono. Ovviamente si sbagliava sui limiti della gentilezza del mio cuore.

«Non essere infantile, Jill. Chiamalo.» Scarlett sorrise e se ne andò.

Nei suoi dannati sogni!

Il mio primo giorno da direttrice fu pazzesco. Avevo bisogno di sapere tutto sul lavoro del mio ufficio e, per peggiorare le cose, Jeremy continuava a chiamarmi senza sosta. Alla fine, risposi al telefono, insultandolo mentalmente.

«Cosa c'è?» Quasi abbaiai contro di lui.

«Per favore, dammi un minuto, Jillian.»

«Facciamo trenta secondi, ho un sacco di lavoro da fare.»

«C'è una cosa di cui penso che dobbiamo parlare. Non al telefono, però, di persona.»

«E quale sarebbe questa cosa?»

«Te l'ho detto, non dovremmo discuterne al telefono. Possiamo incontrarci da qualche parte e parlare come persone adulte e civili?»

«Non sapevo nemmeno che conoscessi il significato di questi ultimi due aggettivi.»

«Per favore, Jill. Ti chiedo solo un'ora.»

Sapevo che incontrare Jeremy era l'unico modo per fermare qualsiasi cosa stesse succedendo nella sua mente, non mi avrebbe lasciato in pace finché non avessi accettato di vederlo.

«Va bene. Farò una pausa a mezzogiorno. Vieni al caffè al piano di sotto.»

«Grazie Jill. Non te ne pentirai.»

Me ne sono già pentita, pensai tra me, appena terminata la conversazione.

«Miss Murano, Mr. Altier è qui per vederla.»

Sorrisi, poiché la situazione era più che imbarazzante per me.

«Fallo entrare», dissi alla mia segretaria.

«Bene, bene, Miss Murano», cantò Dominick, guardandosi intorno. «Vedo che ti sei già sistemata nel tuo nuovo ufficio. Ti serve altro? Come un altro tavolo o forse un divano?»

«No, grazie. Sto bene così. Ma se intendi che potrei aver bisogno di un divano per qualcosa che a te e a tuo fratello piace così tanto fare, posso assicurarti che non accadrà mai qui, né in qualsiasi altro posto.»

Dom rise. «Non fraintendermi, Jillian, ma conosco troppo bene mio fratello. Quindi ti consiglio vivamente di ordinare un divano aggiuntivo, o se non uno in più, almeno uno un po' più grande. Questo sembra troppo fragile.»

Uh, quel bastardo ovviamente non mancava di darmi sui nervi.

«Sei venuto qui perché la tua nuova segretaria è troppo vecchia per le barzellette sporche che inventa la tua mente contorta?»

Lui sorrise, scuotendo la testa. «In realtà, sono venuto qui per scusarmi per Oliver. So che può essere un po'...»

«Insaziabile?»

«Esattamente. Comunque, gli ho parlato e posso assicurarti che sa di aver fatto qualcosa di sbagliato.»

«Qualcosa? Ascolta Dominick, so che è tuo fratello e che continuerai a difenderlo, non importa con quante donne pomicerà o andrà a letto, ma non sono proprio dell'umore giusto per la tua conversazione d'amore fraterno, in questo momento. Anche se non lo conosco bene quanto te, lo conosco abbastanza da credere che qualsiasi cosa sia successa ieri notte non cambierà mai. Lui sarà sempre così. È solo che non sono pronta ad affrontarlo. E francamente, non voglio. Non ho bisogno di un uomo nella mia vita che non sappia cos'è il semplice rispetto. Quindi digli di andare a farsi fottere. Potrebbe anche ficcarsi le sue scuse nel suo ...»

«Okay, ho capito. Glielo dirò.»

«Sì, grazie.»

«Ma comunque ... Pensa a un divano migliore.»

«Vattene, Dom! O chiamerò la sicurezza.»

Lui si mise a ridere. «E cosa gli dirai? Che il capo dell'azienda è preoccupato per il tuo benessere e la tua salute? Uh, che vergogna.» Si strofinò i due indici nel segno universale della vergogna.

«Fuori!»

«Okay, okay. Buona giornata, Jillian!»

«Anche a te, stronzo!»

Non riuscivo a credere che anche ora che non ero più la sua segretaria, Dominick trovasse ancora il modo di farmi incazzare. A quanto pare, era la mia punizione per tutto ciò che avevo fatto di sbagliato in vita mia. E conoscendo me stessa, probabilmente non potevo nemmeno elencare tutte quelle cose in una sola lista, sarebbe stata infinita. Quindi credo di essermi meritata ciò che avevo adesso.

Me lo meritavo ...

A mezzogiorno, scesi al caffè, sperando sinceramente di non odiare Jeremy ancora di più dopo qualsiasi cosa volesse dirmi. Non ero nemmeno sicura di odiarlo. Preferirei dire di avere una 'irritante indifferenza' verso di lui; non lo odiavo, ma nemmeno mi piaceva. Non mi ero arrabbiata più tanto quando ci eravamo lasciati, non ricordavo nemmeno il motivo esatto della nostra rottura. Cioè, sì, era stato a causa di un'altra sua scappatella, ma non mi era mai importato chi fosse o come fosse. A quei tempi, era solo un buon motivo per mettere finalmente fine alla nostra relazione incasinata. Quindi non sapevo cosa ci fosse di così importante da non poter aspettare di parlarne con me, o semplicemente parlarmene al telefono.

Riconobbi immediatamente Jeremy. Era seduto ad uno dei tavolini, guardando l'orologio con impazienza. Accanto a lui c'era un enorme mazzo dei miei fiori preferiti, rose rosa. Quel bastardo era sempre stato dannatamente bravo a adularmi.

Feci un respiro profondo, preparandomi mentalmente per la conversazione imminente, sfoderai il mio miglior sorriso e andai a salutarlo.

«Jeremy, che ... sorpresa inaspettata.»

«Ciao Jillian! Questo è per te.» Mi diede i fiori e osò persino baciarmi sulla guancia.

«A cosa devo l'onore di vedere qui la tua tuo bella faccia?» Mi sedetti e incrociai le braccia, osservandolo da vicino. Era ancora un dannato bel figlio di puttana. Non potevo negarlo. Il suo viso e il suo corpo erano probabilmente l'unica ragione per cui la nostra storia d'amore era durata più a lungo del resto delle mie relazioni.

«Ho pensato molto a te.»

Uh, ci risiamo, stesse persone, stessa vecchia storia ...

«Sai, dopo che ci siamo lasciati, non ho più amato nessuno quanto amavo te.»

«Mi amavi? È una grande notizia per me. Non pensi che andare a letto con ogni ragazza su cui posavi gli occhi sia stato un modo molto ... insolito di dimostrare il tuo amore?»

«Ascolta, Jill ... Lo so, non sono perfetto.»

«Sei senza speranza. Ed è molto peggio che essere semplicemente imperfetti.»

«Lo so, lo so. Ma ... Ti amo ancora. non ho mai smesso di amarti.»

Scossi la testa, un po' frustrata. «Seriamente, se questo è tutto quello che volevi dirmi, è meglio che vada. Perché ho cose molto più importanti da fare che sedermi qui e ascoltare le tue stronzate.»

«Perché non mi credi?»

«Perché dovrei?»

«Tutti meritano una seconda opportunità.»

Oh, no ... Oggi ero davvero stanca delle parole "seconda possibilità".

«Hai ragione, Jeremy. Ma la tua seconda possibilità era prima della terza, della quarta e della quinta. Non credi che significhi che hai superato il limite per chiedere un'altra possibilità? Inoltre, te l'ho detto, ora mi vedo con qualcuno.»

«Lui chi è?»

Proprio quando stavo per rispondergli che non erano affari suoi, vidi Oliver, che attraversava la strada davanti al nostro edificio.

«Eccolo qui, il mio ragazzo», pronunciai le parole come se fossero avvelenate, ma riuscii comunque a mantenere quel finto sorriso dipinto sul mio viso, penso di averlo persino fatto sembrare un po' passionale in modo che mi credesse quando gli dissi che Oliver era il mio nuovo uomo. «Meglio che vada prima che mi veda parlare con il mio ex ragazzo, potrebbe diventare un po' geloso, non sarebbe carino.»

Sapevo che Jeremy mi avrebbe seguito, così come sapevo che stavo per commettere l'errore più grande della mia vita.

Uscendo nel corridoio, con quel dannato mazzo di fiori tra le mani, mi precipitai da Oliver, dicendo abbastanza forte da essere udita da tutti, «Ecco il mio cowboy affamato. Già ti manco?» Poi attirai le sue labbra sulle mie e lo baciai appassionatamente, non solo perché volevo che Jeremy mi vedesse, ma anche perché in realtà morivo dalla voglia di farlo dal momento in cui avevo lasciato il suo letto la scorsa notte.

«Dio, mi sei mancata così tanto», mi soffiò sulle labbra.

Oh cavolo, probabilmente pensa che io sia una psicopatica.

Lo guardai e tutto quello che stavo per dirgli morì sulle mie labbra. Lo desideravo ancora, più che mai ...

«Quando finisce la tua pausa?» chiese, aggrottando la fronte alla vista il bouquet tra le mie mani. «E questo da parte di chi diavolo è?»

«Sei qui per parlare dei fiori o hai intenzione di scusarti?»

«Non me ne frega un cazzo dei fiori. Volevo vederti.»

«Bene. Allora hai circa quindici minuti per mostrarmi quanto sei dispiaciuto per essere stato uno stronzo.»

Senza parole, mi spinse nell'ascensore, premendo i pulsanti con impazienza. Non appena le porte si chiusero dietro di noi, le sue labbra si schiantarono sulle mie con un'intensità famelica che mi faceva sentire calda e bagnato in tutti i posti giusti. Per un secondo, pensai di soffocare per la mancanza d'aria. Ma poi, lasciai che quelle sue labbra sorprendenti facessero del loro meglio, e dopo aver capito che non c'era niente di più importante che sentirlo di nuovo su di me, rinunciai a resistere e chiusi fuori la dannata realtà che ero sicura mi avrebbe fatto rimpiangere questo momento, così tante volte. Uh, chi se ne frega?

Gettando i fori da parte, Oliver bloccò i miei polsi sulla parete sopra la mia testa. «Questa è la prima e l'ultima volta che lasciamo che quei maledetti pettegolezzi rovinino il nostro gioco, è chiaro?»

«Direi che è la prima e l'ultima volta che ti lascio scopare dopo che hai voluto fare la stessa cosa con qualche altra, figlio di puttana.»

Sorrise malizioso. «Ne prendo nota.»

Le sue labbra tornarono dritte sulle mie, la sua lingua accarezzò la mia in un lento ballo.

Cosa stai facendo? chiese la voce nella mia testa.

Chiudi quella cazzo di bocca, le risposi mentalmente.

«La tua gonna è troppo stretta. Ti dispiace se la rovino un po'?»

«Non pensi che lo faremo qui, vero?» Fissai Oliver, un po' scioccata. Anche per una come me, pomiciare in ascensore era un po' troppo.

«Hai un'idea migliore?»

«Certo che sì.»

«Solo non dirmi che vuoi farlo proprio nella sala riunioni di Dom.» Ridacchiò, baciandomi il collo e la clavicola.

«Certo che no, idiota. Ho un mio ufficio ora, ricordi?»

«Accidenti, avrei dovuto pensarci prima, ma c'è una cosa che non vedo l'ora di fare.» Premette il pulsante rosso di arresto e l'ascensore si fermò bruscamente con un forte scricchiolio.

«Che diavolo pensi di fare?»

Ignorando la domanda, sollevò la mia gonna a tubino, abbastanza da toccare il tessuto delle mie mutandine.

«Tutto quello a cui ho pensato oggi, è stato il modo in cui la tua morbidezza mi ha bruciato le dita. Voglio sentire di nuovo i tuoi succhi scivolare lungo il mio palmo», disse, affondando le dita dentro di me.

Oh, Signore ...

«Voglio sentire quei piccoli suoni, che sfuggono dalle tue deliziose labbra ogni volta che spingo le dita più in profondità dentro di te.» Ogni sua parola era accompagnata dai gesti che descriveva. «Voglio vederti venire per me, ancora e ancora.»

«Oh, Dio, ti prego, smettila. Qualcuno potrebbe sentirti.»

Ma Oliver non mi ascoltava, le sue mosse si trasformarono in una pazzia incontrollabile. Avvolgendogli le braccia intorno al collo, lo baciai avidamente, proprio come piaceva a me. Il suo basso gemito vibrò sulle mie labbra.

«Porca puttana, non imparerò mai a controllarmi con te. Sei così bagnata che voglio scoparti proprio qui e ora. Non solo con le dita, ma sul serio.»

«Che ne dici del nostro piano per il tavolo della cucina?»

«Diavolo, sì, ti scoperò anche lì.»

Il mio polso accelerò alla visione di quello scenario che si avverava. Nascondendo il viso nella curva del suo collo, emisi un altro gemito, semplicemente incapace di tenere la bocca chiusa con le sue dita che ancora mi penetravano.

Stavo per crollare e lo sapevamo entrambi. I miei muscoli si irrigidirono e Oliver mi avvolse un braccio intorno alla vita in modo da non farmi cadere a causa del mio orgasmo.

«Sto venendo», gli sussurrai all'orecchio.

«Oh, sì, questa è la cosa migliore che abbia mai sentito da te, Baby.»

Lui accelerò e sentii il fuoco familiare sotto la mia pelle, rotolare giù dove stavo per esplodere, completamente persa e senza fiato, ma finalmente soddisfatta.

Fino a quel momento, non mi ero nemmeno resa conto di quanto volessi che Oliver mi facesse provare quell'indescrivibile estasi, quell' ondata di sentimenti ed emozioni che in qualche modo si trasformava nelle cose migliori che avessi mai provato.

E poi, mi lasciai andare ... Tutto d'un tratto: la mia rabbia, le mie paure, i miei dubbi. Non volevo altro che prolungare questo momento il più possibile, ma d'altra parte, mi resi conto che non era altro che un altro orgasmo, che in realtà, era solo un bisogno fisico che non significava necessariamente qualcosa di più grande ...

«Dio, ti odio, Oliver» dissi, ridendo piano. Non potevo credere di averglielo lasciato nell'ascensore. Cavolo, ero irrimediabilmente fregata ...

«Puoi odiarmi quanto vuoi, tesoro. Finché ti faccio urlare il mio nome nella notte, puoi anche insultarmi e pubblicare tutte le stronzate che desideri sui giornali, non mi interessa. Finché mi fai battere il cuore così velocemente come sta battendo ora, non voglio altro che le tue gambe strette intorno a me e spingermi sempre più in profondità dentro di te.»

«Accidenti, sembra che tu abbia un piano preciso», commentai, sistemandomi la gonna. Riuscivo a malapena a respirare, ed ero sicura di non avere un aspetto migliore di una scopa, ma d'altra parte ... Chi se ne frega?

Una voce maschile risuonò nell'altoparlante.

«Mr. Altier, Miss Murano, state bene? Mi dispiace che ci sia voluto così tanto per metterci in contatto con voi. Non ci eravamo accorti che qualcuno fosse rimasto bloccato nell'ascensore.»

Tirai un sospiro di sollievo. Grazie a Dio.

«Stiamo benissimo», disse Oliver, sorridendomi malizioso. «Aspettiamo che qualcuno ci salvi.»

«Stiamo facendo del nostro meglio per liberarvi il prima possibile.»

«Non c'è bisogno di affrettarsi. Miss Murano ed io ci stiamo divertendo molto qui.»

«Di nuovo, scusate se vi abbiamo fatto aspettare.»

«Questo non è giusto», dissi in un sussurro.

«Cosa? Mentire sulla nostra piccola avventura?» Oliver

allungò una mano e tolse alcuni capelli che si erano attaccati alla mia guancia. «Inoltre, hai bisogno di qualche minuto in più per riprendere fiato.»

«Be, grazie per avermi tenuto qui», dissi, passandomi una mano tra i capelli spettinati.

«Sei sempre la benvenuta, tesoro. Che ne dici di trasformarla in una piccola tradizione?»

«Non puoi dire sul serio. Inoltre, se Dominick lo scopre, sarò licenziata anche prima che la nostra sessione di petting sia finita.»

«Anche prima che io riesca a farti venire?»

Alzai gli occhi al cielo. «Avevo ragione ieri sera quando ho detto che semplicemente non sai come tenere chiusa quella bocca da baciare.»

«Non dimenticare che non abbiamo finito qui.»

«In che senso?»

«Voglio ancora vedere il tuo nuovo ufficio.»

Capitolo 9

Oliver

Dal momento in cui entrai nel mio appartamento, che profumava ancora come un barattolo di vernice fresca, capii che non potevo assolutamente rimanere lì e morire intossicato, perché era esattamente quello che sarebbe successo se fossi rimasto lì dentro. Per prima cosa, pensai di chiamare alcuni dei miei amici e chiedere se potevano ospitarmi per un po'. Ma poi, mi resi conto che c'era solo un posto in cui volevo essere in quel momento. Così chiamai di nuovo un taxi e tornai alla Wilson's Publicity.

Non mi aspettavo di vedere Jillian nell'atrio, ma quando corse da me e mi baciò, pensai che avrei perso la testa. Fino al momento in cui le sue labbra si bloccarono sulle mie, non mi ero nemmeno reso conto di quanto volessi un suo bacio, anche uno soltanto. Restituii volentieri il bacio, cercando di esprimere con tutto il bisogno e il desiderio che cercavo di sopprimere da ieri sera. L'unica cosa che non andava nella situazione era un maledetto mazzo di fiori che lei teneva tra le mani. Ma dopo avermi detto che avevo quindici minuti per scusarmi per quello che avevo fatto, tutto quello a cui riuscii a pensare, era chiuderla in una stanza buia, e mostrarle quanto fossi dispiaciuto per aver incasinato le cose. E a quel punto, l'ascensore sembrava il posto perfetto per farlo.

Nel momento in cui le mie dita toccarono la pelle morbida dell'interno della sua coscia, il mio sangue ribollì per l'eccitazione. Non sapevo cosa fosse, una semplice attrazione fisica a cui non potevo resistere, o qualcos'altro che mi avrebbe spinto ad andare a trovarla più di una volta mentre stava lavorando.

Sembrava così bella, con le guance arrossate e gli occhi così luminosi e profondi, dove sarei annegato volentieri. C'era una battaglia dietro il suo sguardo, ma sapevo che mi voleva ancora, tanto quanto io volevo lei. Potevo sentirlo, ed ero più che pronto a dimostrarle quanto mi mancasse la sensazione del suo corpo perfetto che si muoveva in sincronia con il mio. Il suono dei suoi gemiti mi stava facendo impazzire. Con difficoltà riuscii a trattenermi dal trascinarla proprio lì in quel maledetto ascensore, infatti, non desideravi altro che quello. Ma sapevo anche che lei aveva bisogno di più tempo per potersi fidare di nuovo di me. Forse non per credere che non fossi uno stronzo come tutti pensavano, ma abbastanza da bruciare di nuovo le lenzuola con me. Poi c'era il fatto che niente mi aveva mai ferito così tanto come quando Jill mi aveva detto che pensava mi comportassi meglio; semplicemente non mi ero reso conto che lei credeva davvero che fossi un bravo ragazzo. Mi faceva venire voglia di essere un uomo migliore, e questo mi spaventava a morte.

Quando finii di giocare con lei, la guardai aggiustarsi la gonna, e tutto ciò a cui riuscii a pensare fu di strappargliela di dosso, proprio nel momento in cui lei varcò la soglia dell'appartamento più tardi quello stesso giorno. Naturalmente, non riuscivo a smettere di pensare alla scena della cucina che avevo già così vividamente immaginato nella mia mente. Dannazione, stavo diventando irrimediabilmente dipendente da ogni piccola cosa che Jillian voleva mostrarmi e farmi.

E questo che diavolo significava?

«Ecco qui, il mio ufficio», disse con orgoglio, aprendo la porta al suo nuovo regno. Era abbastanza spazioso, con una scrivania a forma di mezzaluna, cassetti, alcune sedie e un divano che odiai a prima vista.

«Non sembra molto accogliente», dissi, indicandolo.

Lei rise, scuotendo la testa. «Non riesco a credere che tu e tuo fratello vi assomigliate così tanto.»

Mi accigliai, guardandola di nuovo. «Cosa vuoi dire?»

«Il divano è stata la prima cosa che ha notato, quando è venuto a trovarmi stamattina.»

Scoppiai a ridere. «Immagino che lui sappia meglio di chiunque altro che un divano comodo è la prima cosa a cui devi pensare per trasferirti in un nuovo ufficio.»

«E non voglio nemmeno pensare a cosa gli possa servire.»

«La stessa cosa per cui avremmo bisogno anche noi di un buon divano qui», dissi, tirandola verso quel pezzo di arredamento che sembrava stesse per cadere in pezzi con un solo tocco.

Lei ridacchiò, guardandomi. «Se roviniamo questo divano, Dominick non mi lascerà mai dimenticare che mi ha detto che me ne serve un altro, o almeno uno migliore.»

«Cercheremo di stare attenti», dissi, sollevandole di nuovo la gonna.

«È assurdo», commentò nel momento in cui le feci scorrere la lingua lungo la coscia, il profumo della sua pelle mi riempiva le narici con il suo dolce, dolce aroma.

Lei era in piedi con le mani sulle mie spalle, e se non fosse stato per quel dannato divano, la segretaria seduta a pochi metri dalla porta chiusa e le persone che camminava lungo il corridoio, avrei fatto tutto ciò che volevo farle molto più velocemente e più forte.

«Hai chiuso a chiave la porta?» chiesi tra un bacio e l'altro.

«Non me lo ricordo.».

«Allora immagino che dobbiamo essere molto silenziosi. Giusto?» chiesi con un tono provocante e sexy.

Le arrossì. «Non posso credere che una delle cose che sto per fare il mio primo giorno in un nuovo posto di lavoro, sia scopare il fratello del mio ex capo, proprio qui nel mio nuovo ufficio.»

Feci un sorrisetto. «Sembra così scandaloso.»

«E lo è davvero», disse, fissandomi.

«E lo adoro», replicai in un sussurro, prima di abbassarle il perizoma quanto basta per far scorrere la lingua sulla parte più sensibile del suo corpo.

«Oh, Dio, Oliver, non dovremmo farlo.»

«Qui o proprio in generale?»

«Entrambi.»

Sorrisi, facendola sedere sulle mie ginocchia. «Risposta sbagliata.»

Vedevo che era eccitata quanto me, ed ero sicuro che

avesse molta voglia di altro petting malizioso in ascensore.

«Siediti su di me», dissi, con un piccolo bacio proprio sotto il lobo dell'orecchio.

«Sono seduta su di te.»

«No, siediti sul mio uccello.»

Scosse leggermente la testa, apparentemente cercando di decidere tra ciò che desiderava e ciò che sarebbe stata la cosa giusta da fare.

«Non me ne andrò finché non otterrò esattamente quello che voglio», dissi, guardandola negli occhi.

«E cosa vuoi esattamente?» chiese, allungando la mano verso la mia cintura.

«Tu, sopra di me.»

«E se entra qualcuno entra?»

«Mi assicurerò che lui o lei veda la scena di sesso migliore e più erotica di sempre.» Per la verità ero sicuro che la porta fosse chiusa a chiave, perché l'avevo chiusa io stesso nel momento in cui l'avevo chiusa dietro di me. Non ero così folle da lasciarla aperta. Ma in qualche modo, pensavo che prendere un po' in giro Jillian avrebbe solo reso quel fuoco nei suoi occhi ancora più luminoso.

Con lei seduta sulle mie ginocchia e le sue gambe avvolte intorno ai miei fianchi, mi alzai un po' per abbassare i miei jeans con una mano quanto bastava per farle fare ciò di cui avevo bisogno e che desideravo.

«Ora», mormorai, posizionando il mio uccello in erezione all'ingresso del suo sesso.

Lei scivolò lentamente, gettando indietro la testa, e chiudendo gli occhi nello stesso momento in cui io chiusi i miei, iniziai a sentire quell' eccitazione familiare che bruciava dentro di me, facendomi sentire più vivo che mai sentito. Per un secondo, pensai che sarei morto se lei avesse deciso di fermarmi. Non riuscivo nemmeno a immaginare di fermarmi adesso. Dopo quello che era successo in ascensore, ero così agitato, che non ero mai stato così desideroso a fare sesso, come con lei in quel momento.

Stavamo così bene insieme, come se potessimo davvero leggerci la mente a vicenda, sapendo esattamente quello che piaceva all'altro e che desiderava di più. Sapevo che le piaceva duro e veloce, e lei sapeva che mi piaceva lento e scherzoso. Alternando i nostri desideri e le nostre esigenze, arrivammo al punto in cui non potevamo più fermarci, ed ero più che felice di ammettere che le era piaciuto tanto quanto a me.

«Non credo che mi stancherò mai di essere dentro di te», dissi, sollevando i fianchi quanto bastava per spingerla di nuovo giù.

«Non credo che mi stancherò mai di sentirti dentro di me» disse lei, accarezzandomi il viso con le mani. Poi si chinò e mi baciò, lentamente, con attenzione, come se avesse paura di rovinare qualcosa. Credo che sia stato proprio il momento in cui percepii alcuni cambiamenti in me. Non sapevo esattamente cosa significassero, ma c'era una cosa che sapevo per certo ... Non c'era modo di uscire indenne da questo piccolo gioco ...

Accantonando questo pensiero, le succhiai il collo, mordicchiandole la pelle morbida della clavicola e della spalla, il nostro ritmo diventava sempre più veloce e più ruvido.

«Dio, è così bello», disse lei, senza fiato. Sembrava un po' persa, persa nel momento. Ma lo eravamo entrambi. Perché non importa dove stesse accadendo, in un letto o su quel divano, che speravo seriamente non cadesse a pezzi nel momento in cui ci saremmo alzati, il sesso era ancora così incredibilmente perfetto, dannatamente bello, inebriante e così complice ... Direi anche che non avevamo solo fatto sesso, noi ...

«Miss Murano, Mr. Altier mi ha detto di ricordarle che ha una riunione in agenda per questo pomeriggio», annunciò la segretaria in vivavoce. «Comincia tra dieci minuti.»

«Cazzo, mio fratello ha un tempismo fantastico, sceglie sempre il momento peggiore per ricordarmi della sua esistenza.» Ringhiai per come all'improvviso quel momento era completamente rovinato.

«Fallo e basta», disse Jillian, guardandomi con così tanta disperazione, che mi stava implorando di continuare a muovermi. Non credo di aver mai visto quello sguardo sul viso di una ragazza prima di quel momento. Dominick aveva ragione, lei era speciale. E forse non volevo ammetterlo, ma sapevo che ci sarebbe stato un giorno in cui il resto delle sue parole si sarebbe avverato ...

Le diedi qualche spinta più profonda, facendo del mio meglio per farle ricordare questo momento, per sempre. Non volevo che pensasse che era solo sesso, solo un altro momento di soddisfazione fisica. Volevo che lei desiderasse di più. Ed ero più che disposto a fare quello che voleva, ogni volta che lo voleva, ancora e ancora.

Venni con un ringhio basso, svuotandomi proprio dentro di lei, sentendola stringersi intorno a me, il suono del suo lieve gemito che si univa al mio. E poi, mi ricordai di un altro pensiero.

«Merda, non abbiamo pensato a prendere delle precauzioni», dissi, temendo che mi avrebbe schiaffeggiato di nuovo.

Lei impiegò qualche secondo per capire di cosa stessi parlando. «Non preoccuparti, prendo la pillola», mi rassicurò, sedendosi accanto a me, respirando affannosamente.

Non che non me lo aspettassi, dopotutto era una donna adulta ed io non ero il suo primo partner sessuale.

Girai la testa a sinistra e la vidi guardarmi in silenzio.

«A cosa pensi?» indagai, sperando che nessuno avesse udito tutto il rumore che avevamo fatto.

«Non posso credere che la storia si stia ripetendo.»

«Cosa vuoi dire?»

Lei ridacchiò, alzandosi in piedi. «Meno di un anno fa, rimasi scioccata nel sapere che Dom e Scar avevano fatto sesso nel suo ufficio, e ora guardaci! Noi non siamo diversi.»

«Sì, be', a parte il fatto che il divano di Scarlett sembra molto più comodo del tuo.»

Si avvicinò allo specchio e rise al proprio riflesso. «Come faccio ad andare alla riunione conciata così?» Si passò le mani tra i capelli, cercando di lisciarli come se fossero fuori posto, anche se pensavo che fosse fantastica anche così.

Mi misi dietro di lei, avvolgendole le braccia intorno alla vita. «A me sembri semplicemente perfetta. Direi —»

«Appena scopata?» lei rise di nuovo. «Sì, proprio perfetta per una riunione con tuo fratello. Sono sicura che coglierà l'ironia della situazione, considerando la conversazione che abbiamo avuto stamattina. A proposito, perché sei venuto qui?» chiese, voltandosi verso di me.

Non riuscivo a staccarle gli occhi di dosso. Avrei anche chiamato Dom, in modo da potergli dire che lei non avrebbe partecipato a quella dannata riunione, perché ancora una volta, non volevo che si allontanasse dal mio abbraccio. Volevo solo tenerla con me e non lasciarla mai.

Cavolo ... Doveva esserci qualcosa che non andava in me.

«Come hai già intuito, sono venuto qui per scusarmi per il mio comportamento.»

«Scuse accettate», sorrise, facendo scorrere la punta delle dita sul mio labbro inferiore.

«Significa che posso continuare a usare la stanza degli ospiti di Scarlett?»

«Solo se cucini qualcosa di delizioso, prima che io torni a casa.»

«Dannazione, ora mi sento come un bravo marito in attesa che sua moglie torni a casa, pronto a soddisfare ogni suo desiderio.»

Lei sorrise, la sua espressione si trasformò improvvisamente in una maschera illeggibile. «Non preoccuparti, tesoro, non importa quanto mi piacciano i diamanti, una fede nuziale è l'ultima cosa che voglio vedere al mio dito in questo momento.» Poi si voltò, andò alla sua scrivania e iniziò a raccogliere alcuni documenti.

«Immagino che sia ora che me ne vada.»

Lei mi guardò e sorrise, dicendo, «A meno che tu non voglia venire alla riunione con me.»

«No, grazie. Ho già visto mio fratello una volta oggi. Due volte in un giorno sarebbe semplicemente troppo.»

«A dopo allora.» Si fermò accanto a me, si alzò in punta di piedi e mi baciò sulla guancia.

«Tutto qui?» chiesi, un po' deluso.

«Te l'ho detto, per ottenere di più, devi sorprendermi di nuovo.» Mi fece l'occhiolino e uscì dall'ufficio.

È pazzesco, pensai, passandomi le mani tra i capelli. Quando diavolo è riuscita a trasformarmi nel suo schiavo? Non mi dispiaceva affatto cucinare di nuovo per lei. E raramente avevo sfoggiato le mie abilità culinarie per qualcuno. O forse ero troppo impegnato a scopare per pensare al cibo o a qualcos'altro?

Sorrisi tra me e me, e lasciai l'ufficio, scrivendo a Jillian un messaggio andando verso l'ascensore. "Sei sicura che non ci siano telecamere nascoste nel tuo ufficio? Sono certo che Dom sarebbe felice di sapere quanto sono monelli alcuni dei suoi dipendenti."

"In realtà, ci sono ... Ho chiesto alla sicurezza di installarle solo per uso personale."

"Porca vacca ... Mi mostrerai le registrazioni?"

"Dipende da quanto saranno buoni i tuoi prossimi piatti"

"Mi assicurerò che non lo dimentichi mai. Dom sa che non te ne frega niente di quello che lui dirà alla riunione?"

"Finché ho uno chef sexy che mi aspetta a casa, non mi interessa proprio."

Sorrisi involontariamente, sorpreso di non mi arrabbiarmi per le sue parole. In qualsiasi altra situazione, sarei corso il più velocemente e il più lontano possibile, temendo di vedere la lista delle commissioni e della spesa appuntata al frigorifero la mattina. Non riuscivo a credere che le parole di Dom stessero diventando reali così velocemente ... Ma con mia sorpresa, non mi spaventava a morte come avevo pensato all'inizio. Forse non ero ancora pronto a vedere cosa c'era sotto il mio naso? Comunque, pensavo di avere ancora un sacco di tempo per capirlo, così mi fermai a comprare alcuni ingredienti per le lasagne di pollo che erano uno dei miei piatti preferiti, e andai a casa.

Avevo ancora più di una settimana per pensare al business plan della mia società di produzione. Non avevo avuto la possibilità di parlare con Dom, ma speravo che non gli dispiacesse aiutarmi un po', ovviamente dal punto di vista finanziario. Una cosa su cui aveva sempre avuto ragione, era che oltre a scrivere e comporre canzoni, dovevo pensare a qualcosa di più serio. Il mio sogno era sempre stata l'unica cosa a cui non avevo mai rinunciato.

"Hai intenzione di indossare qualcosa sotto quel grembiule?"

Sorrisi, leggendo il nuovo sms. "No. Perché?"

"Bene. Stavo giusto per suggerirti di accogliermi vestito così ..."

"Piccola provocatrice, sei ancora al lavoro?" Guardai l'orologio sul muro e vidi che erano le sette e mezza di sera.

"Sì, sto aspettando alcuni documenti da Dom. Devo firmarli prima di andarmene."

"Lo chiamerò per velocizzare le cose."

"Grazie, non vedo l'ora di andarmene da qui."

"Non vedo l'ora di vederti ..."

Ci sono stati alcuni minuti di silenzio, e credo di sapere perché. Non credevo che il messaggio suonasse così ... Non sapevo nemmeno come definirlo. Ma era molto diverso da qualsiasi cosa avessi mai scritto in qualunque altro messaggio ad un'altra donna. Anzi, non mi ricordavo nemmeno una volta in cui morissi dalla voglia di vedere le mie amiche. E, be', Jill ... Non sapevo nemmeno se potevo chiamarla così. Credo che entrambi non volessimo dare un nome a qualsiasi cosa stesse succedendo tra di noi; mi sembrava troppo presto e dannatamente spaventoso dare un nome alla nostra relazione a questo punto.

Quando pensavo che Jill non avrebbe più risposto al mio messaggio, lei scrisse, "Anch'io ..."

Mi appoggiai al tavolo della cucina, fissando il messaggio. Qualcosa scattò dentro di me. Lo capii nel momento in cui il mio cuore iniziò a battere più forte alla vista del messaggio, ma non ero sicuro di volere che gli eventi e tutto ciò che provavo per lei si sviluppassero così velocemente. Tuttavia, desideravo che questa serata fosse speciale, e non che Jill e io la passassimo in letti diversi.

Chiamai il numero di Dominick, sapendo già che avrebbe riso di me.

«Ehi, che succede?» chiese, rispondendo alla chiamata.

«Potresti sbrigarti e lasciare che la mia adorabile coinquilina torni a casa?»

Lui scoppiò a ridere. «Ti ho detto che avresti perso la testa in pochissimo tempo.»

Alzai gli occhi al cielo. «Ti ho chiamato perché qui ho preparato la cena, e si sta raffreddando, e non voglio che lei si perda le mie lasagne di pollo.»

«Non ... esiste ... proprio! Stai cucinando per lei?»

«Sì, mi piace cucinare, sai?»

«Lo so. Ecco perché non riesco a credere che tu le abbia permesso di vedere questa ... parte normale di te.»

«Be', grazie, Dom. Ma apprezzerei davvero che chiudessi quella cazzo di bocca e finissi quei dannati documenti che stanno per rovinarmi l'intera serata.»

«Be', certo, mi sbrigherò, fratellino. Dopotutto, non capita tutti i giorni la gioia di sentire che ti comporti da gentiluomo, e non da stronzo.»

«Senti chi parla!»

«Okay, okay, sto già andando nell'ufficio di Jillian.»

«Grazie.»

«Ehi, Oliver, aspetta!»

«Cosa?» sbottai, già rimpiangendo la decisione di chiamarlo.

«Non bruciare la cucina di Scarlett. Le piace molto.»

«Non preoccuparti, non lo farò. A meno che Jill non appicchi un incendio qui dentro.»

«Oh, sono sicuro che il tuo incendio è già stato appiccato un po' di tempo fa.»

«Dannatamente vero, idiota. Buonanotte.»

«Anche a te, fratello.»

Capitolo 10

Jillian

«Finalmente, Dominick. Perché diavolo ci hai messo così tanto?» Afferrai i documenti che lui teneva tra le mani e tornai alla mia scrivania per firmarli.

Sapevo che il mio ex capo era uno stacanovista, ma oggi lo odiavo più del solito. Morivo dalla voglia di tornare a casa il prima possibile.

«Dunque ... Come è stato il tuo primo giorno con il nuovo incarico?» chiese con noncuranza, sedendosi di fronte a me. Mi sentivo ancora un po' a disagio per il fatto che era venuto nel mio ufficio, non importava quanto volessi questo nuovo lavoro e quanto fossi sicura di essere più che qualificata per farlo.

«Il solito, sai», risposi, forzando un sorriso.

Lui annuì, osservandomi da vicino.

«Cosa?» Istintivamente, i miei occhi guardarono lo sfortunato divano per assicurarsi che fosse ancora in piedi e sempre lo stesso. Fortunatamente, il divano non appariva diverso, era ancora tutto intero e pulito, una buona notizia.

«Ho visto le registrazioni», rispose Dominick, trattenendo a malapena un sorriso.

«Scusami?»

«Intendo le registrazioni delle telecamere di sicurezza dell'ascensore.»

Porca vacca ... Cazzo ...

Non credo che le mie guance fossero mai diventate rosse così velocemente, non credo di essere mai arrossita in realtà.

«Umm, cosa intendi esattamente?» chiesi, sperando che la mia strategia di fare finta di niente mi avrebbe aiutato in qualche modo.

Il suo sorriso si allargò. «Sappiamo entrambi cosa intendo, Jill. O vuoi che ti elenchi i dettagli di tutto ciò che ha fatto Oliver dopo aver premuto il pulsante di arresto.»

Sono fregata ...

«Okay, Dom, posso spiegarti.»

«Non disturbarti.»

«Sono licenziata?»

Lui scoppiò in una risata. «No, no, non lo sei. Ma se si fosse trattato di qualcun altro, allora sì, quella persona sarebbe stata licenziata in pochissimo tempo.»

Oh, mio Dio, ero mortificata. E sì, a quel punto, volevo uccidere Oliver a mani nude.

Gli occhi di Dominick si spostarono sul dannato divano e sorrise di nuovo. «Immagino che ora tu sappia che avevo ragione riguardo a questo divano», disse, sollevando il mento in direzione del divano, nel caso in cui non l'avessi visto.

«Non succederà mai più, lo giuro», dichiarai, con le mani che tremavano.

Lui si alzò in piedi e sorrise, guardandomi. «Conosco mio fratello troppo bene per crederci. Quindi faresti meglio ad ascoltare il mio consiglio riguardo al divano, perché la prossima volta, potrei non essere io a guardare le registrazioni. Per fortuna, stavo per usare l'ascensore quando uno degli addetti alla sicurezza mi ha detto che era rotto. Gli ho chiesto di mostrarmi le registrazioni delle telecamere che abbiamo in tutti gli ascensori di questo edificio, e nel momento in cui mi sono reso conto che tu e il mio prezioso fratello eravate la ragione per cui dozzine di persone erano tornate tardi dalla pausa, ho preso il CD e l'ho buttato via, prima che chiunque altro potesse vedere cosa fosse realmente successo lì dentro.»

«Grazie a Dio.». Tirai un sospiro di sollievo.

«Sono lontano dall'essere Dio, o un santo, o qualcosa del genere, Jillian, e lo sappiamo entrambi. Ho solo fatto quello che dovevo fare, sapendo quante volte avrei voluto ripetere lo stesso scenario con Scarlett.»

Feci una smorfia. «Zitto, Dom. Hai una mente così sporca.»

Lui si mise a ridere. «Senti chi parla!»

«Va bene, possiamo semplicemente ... dimenticarlo? A proposito, um ... quanto hai —»

«Visto? Non molto. In realtà, ho chiesto di interrompere il video nel momento in cui ho visto Oliver premere il pulsante di arresto.»

Oh, cavolo, ucciderò Oliver non appena lo vedrò.

«Respira, Jillian.»

«Molto divertente, Dom. Ora, saresti così gentile da lasciarmi andare a casa?»

«Non vedi l'ora di vedere il tuo playboy?»

Non riuscivo proprio ad abituarmi ai suoi commenti saccenti.

«Sto morendo di fame», scattai, preparando la mia borsa.

«Scommetto che vale per entrambi.»

«Ehi, perché non te ne vai da qui? Scarlett non ti sta aspettando a casa?»

«È andata a Los Angeles a trovare i suoi genitori.»

«Oh, capisco. Non avevi nessun altro da tormentare stasera; quindi, hai pensato che sarei stata la perfetta sostituta di Scarlett, giusto?»

«Mi manca già lavorare con te, Jill.» Lui sorrise, dirigendosi verso la porta. «Hai sempre capito tutto di me.»

«Sono sicura che Mrs. Smith farà del suo meglio per darti sui nervi. Buonanotte, Dom» dissi, uscendo nel corridoio.

«Notte, Jill! Saluta mio fratello.»

«Certo, certo.»

Chi avrebbe mai pensato che il mio primo giorno in un nuovo posto sarebbe stato così ricco di eventi? Accidenti a te, Karma, non potresti darmi tregua?

***

Ero nervosa e non sapevo perché ...

Tornando a casa, non riuscivo a smettere di pensare a qualsiasi cosa mi stesse aspettando lì. I ricordi delle scene dell'ascensore e dell'ufficio mi balenarono nella mente e le mie ginocchia iniziarono a tremare ancora di più. Non potevo fare a meno di ammettere che volevo di più, di più di tutto: baciare, ridere, sentire le labbra e le mani di Oliver su di me ... L'unico problema era che non ero sicura di essere pronta per qualcosa di più.

Ogni ora che passava, il mio desiderio di rivederlo diventava più forte. Ma nel profondo di me stessa, sapevo che era una brutta notizia.

Ci conoscevamo già da circa un anno, ma non avevo mai provavo niente di simile a quello che provavo per lui adesso. E i pensieri su ciò che era successo tra noi, complicavano tutto ancora di più.

Con la mano che mi tremava, girai la chiave nella serratura e la porta si aprì. Sorrisi alla familiarità della situazione. La sala dell'appartamento di Scarlett era piena di musica e potevo sentire Oliver cantare in cucina. Indossava qualcosa sotto il grembiule? Avevo un po' paura di scoprirlo. Posai la borsa e la giacca su una sedia e andai da lui.

Il profumo di qualsiasi cosa stesse cucinando era da leccarsi i baffi. E considerando che il caffè era l'unico alimento che avevo assunto oggi, per non parlare del pranzo strabiliante, non mi sorprendeva che stessi morendo di fame.

«Ehi, bellissima. Pensavo che non saresti più tornata a casa stasera.»

Sorrisi, appoggiandomi allo stipite della porta, un po' delusa.

«Jeans e maglietta?» chiesi, indicando il suo abbigliamento casual.

«Be', prima stavo per seguire il tuo consiglio sui vestiti, ma poi ho pensato di lasciare quella parte per il dessert.» Mi fece l'occhiolino. «Quindi com'è stata la tua giornata? Voglio dire, a parte quell'ora calda che abbiamo passato insieme.»

Andai al tavolo e mi sedetti, guardandolo mettere il cibo sui piatti. Un bicchiere di vino mi stava già aspettando. Bevvi un sorso e il mio corpo accolse grato il fuoco che mi provocò nelle vene.

«È stata una buona giornata. Tranne per la parte in cui Dominick è venuto nel mio ufficio, sorridendo e dicendo di aver visto le registrazioni della nostra piccola avventura in ascensore. Non sapevo avessero delle telecamere negli ascensori!»

Il cucchiaio che Oliver teneva tra le mani si bloccò a metà strada verso il piatto. Con cautela, si voltò, le sopracciglia alzate per lo shock.

«Quanto ha visto?»

Risi della sua espressione inorridita. «Non molto, ma ho avuto la tua stessa reazione alle sue parole e, naturalmente, quel cretino di tuo fratello non ha potuto fare a meno di usare questa cosa contro di me. Ha detto di aver distrutto il video subito dopo averti visto premere il pulsante di arresto.»

Oliver emise il respiro che scommetto non si era nemmeno accorto di aver trattenuto, e disse, «Be', spero che non ti licenzierà per questo, vero?»

«Ho ancora il lavoro, non importa quanto intensamente tu abbia cercato di portarmelo via.»

Sorrise di nuovo. «Posso impegnarmi molto di più, sai?»

«Senza dubbio. Ma la prossima volta dobbiamo stare più attenti. Non voglio che nessuno, incluso Dominick, pensi che non sono abbastanza brava per il mio nuovo lavoro.»

Oliver alzò gli occhi al cielo. «Va bene, la prossima volta lo faremo nel suo ufficio.»

«Ottima idea!» esclamai con un sorrisetto ironico. «Non dimenticarti di avvertirlo prima. Sono sicura che sarà entusiasta all'idea di vedere il tuo culo nudo al lavoro.»

«Oh, ne sono sicuro. Ora, che ne dici di assaggiare le mie lasagne? Spero che ti piacciano.»

Annuii, inalando l'odore di formaggio e pepe che era una delle cose che potevo mangiare senza sosta.

«Bene. Perché ho passato ore a cucinare, e non vedo l'ora

di ricevere la ricompensa per tutti i miei sforzi nel compiacerti. Dai, lascia che ti aiuti.» Prese la mia forchetta, staccò un pezzo di lasagna dal piatto e me lo portò alle labbra.

«Posso nutrirmi da sola, sai?» commentai, guardandolo.

«Lo so, ma il primo morso è sacro, hai solo una possibilità di assaggiare un cibo fantastico come questo per la prima volta.»

Sorrisi, mettendo in bocca la forchetta. «Mm, non si può descrivere. Che cosa hai aggiunto qui? Non ho mai assaggiato una lasagna così deliziosa!»

«Certo che no. Non mi hai mai permesso di cucinare per te.»

«Quindi ora ho te?» Non sapevo perché te l'avessi chiesto. Sul serio, mi uscì dalla bocca prima che potessi fermarmi.

«Sì, hai me. Per tutto il tempo che vorrai vedere il mio culo sexy qui dentro.» Cercò di ridere, ma riuscii a vedere quello sguardo nei suoi occhi, per farmi capire che sapeva che la domanda non era affatto uno scherzo.

«Cosa c'è come dessert?» chiesi, masticando un altro pezzo della migliore lasagna di sempre.

«Cosa ti piacerebbe?» chiese, sorseggiando il suo vino.

All'improvviso, non volevo altro che scappare di nuovo. Perché ancora una volta, la situazione sembrava solo un disastro da spezzare il cuore, e non sapevo cosa fare.

«Che ne dici se ... ci sediamo e guardiamo un film? È stata una lunga giornata e mi sento un po' stressata ed esausta.»

Lui esitò per un po', studiandomi attentamente. Poi annuì e disse, «Certo, se è quello che vuoi.»

Entrambi sapevamo che volevo molto di più, ma immagino che sapevamo anche di dover mettere una certa distanza tra l'ultima e la prossima volta che stavamo insieme in un letto. Pensavo anche di aver bisogno di una pausa da tutte le esperienze con Oliver. Per alleviare il silenzio teso, dissi, «Perché non ce la prendiamo comoda?»

«Tipo un passo alla volta?»

«Esattamente.» Sorprendentemente, Oliver intuiva sempre la mia opinione, come se potesse davvero entrare nella mia testa e capire quando doveva fermarsi o dire qualcosa che avevo bisogno di sentire.

«Okay, andiamoci piano», disse, sorridendo leggermente. C'era qualcosa nei suoi occhi che non riuscivo a decifrare. Pensava che fossi fuori di testa o qualcosa del genere? Dopotutto, era un po' troppo tardi per parlare di prendere le cose con calma quando le avevamo già prese tutte velocemente, con forza e in profondità ... Oh, Dio, eravamo entrambi in un mare di guai.

Terminata la cena tardi, lavammo i piatti e andammo in soggiorno a cercare un buon film da guardare.

«Che ne dici di Dirty Dancing?» chiese Oliver, mostrandomi il DVD.

«Oh, no, Scarlett ed io l'abbiamo già guardato un centinaio di volte. E chi avrebbe mai pensato che fossi un fan di Dirty Dancing?» Risi, sistemandomi sul divano.

«Mi piace tutto ciò che è proibito, lo sai, o almeno spero che tu lo sappia già.»

«Oh, sì, l'ho già capito.»

«Okay, odio il resto della collezione di film di Scarlett, quindi perché non ascoltiamo un po' di buona musica e condividiamo un altro bicchiere di vino?»

«Sembra un buon piano.»

Non mi importava molto del modo in cui avremmo trascorso il resto della serata, ma sapevo con certezza che doveva essere una notte senza sesso. Avevo bisogno di più tempo per capire come avrei gestito qualsiasi cosa stesse succedendo tra me e Oliver, e restare forte senza farmi spezzare il cuore nel frattempo.

«Allora, dimmi, Jillian, perché nessuna delle tue relazioni è mai durata più di una notte?» Oliver portò il suo vino dalla cucina e si sedette accanto a me sul divano.

«Chi ha detto che nessuna è durato più di una notte?» chiesi, un po' offesa.

«Mi sbaglio?» Eravamo seduti l'uno di fronte all'altro, non avevo voglia di parlare dei miei ex ragazzi, e non ero nemmeno davvero pronta ad ascoltare i dettagli degli incontri sessuali passati di Oliver.

«In realtà, sì ti sbagli. A dire il vero, Jeremy ed io siamo usciti insieme per quasi tre mesi.»

«Wow, davvero molto tempo. E dopo che è successo?»

«Lui mi ha tradito ... Parecchie volte, credo. Ma per fortuna, sono stata abbastanza fortunata da venire a conoscenza di una delle sue avventure, era l'ultima, l'ho lasciato non appena l'ho scoperto.»

«Deve essere stato un coglione per tradirti.»

«No, era solo un altro uomo il cui uccello non aveva idea di cosa significasse il termine monogamia.»

«Quindi ora pensi che tutti gli uomini siano come Jeremy?»

«Tu non sei la prova vivente di questa teoria?»

«Be' ...» Abbassò gli occhi, studiando il liquido rosso scuro nel suo bicchiere. «Forse è vero. Ma non significa che non abbia mai provato a smettere.»

«Hai provato a fermarti?» chiesi, incredula. «Lei come si chiamava?»

«Lei chi?»

«Il nome della ragazza per cui eri pronto a sacrificare la tua preziosa libertà?»

Lui sorrise senza senso dell'umorismo. «Ancora una volta, non posso fare a meno di ammirare la tua capacità di leggere tra le righe. Si chiamava Karrie. Avevamo entrambi vent' anni ed era la migliore relazione che avessi mai avuto in tutta la mia vita. Era del Montana, quindi la vedevo solo circa due volte al mese, al massimo, ed era una fortuna perché, a volte, c'erano anche molti mesi in cui non ci vedevamo affatto.»

«Quindi è a lei che hai dedicato quella tua canzone?»

«Uhm, forse. In realtà non ho mai dedicato le mie canzoni a nessuno, ma sì, l'ho scritta dopo uno dei nostri appuntamenti.»

«Allora, cosa è successo dopo?»

«Un giorno, lei ha smesso di rispondere alle mie chiamate. E i suoi amici si sono rifiutati di dirmi dov'era o perché se ne era andata di casa. Così presi la macchina e andai da lei. Non mi fermai se non per fare benzina lungo la strada, sperando di riuscire a scoprire qualcosa ... Qualsiasi cosa su ciò che le era successo, perché aveva semplicemente interrotto tutti i contatti con me o dove poteva vivere da quando si era trasferita.»

«Alla fine l'hai trovata o hai capito cos'era successo per farla andare via?»

«Sì, l'ho trovata. A casa dell'amico che ci aveva presentati.»

«Aveva iniziato a uscire con lui?»

«Non so quando o come fosse successo, ma quando lei aprì la porta e mi vide, era così spaventata ... E incinta.»

«Porca vacca ...»

«Ho avuto la tua stessa reazione. Lei cercò di spiegarmi la situazione, ma non volevo ascoltarla, non volevo sentire cosa aveva da dire al riguardo.»

«Sei sicuro che il figlio non fosse tuo?»

«Non ci crederai, ma non siamo mai andati a letto insieme. È stata la prima e l'ultima volta che ho cercato di essere un cazzo di gentiluomo, regalandole fiori, cioccolatini e altre stronzate. Questo è quello che ho ottenuto facendo il "bravo ragazzo".»

Svuotò il bicchiere in un sorso, e mi resi conto che parlare di Karrie non era facile per lui. Provava ancora qualcosa per lei? O era semplicemente arrabbiato per quello che lei gli aveva fatto?

«L'hai mai più vista?»

«No. Perché mai dovrei volerla rivedere? Ha fatto del suo meglio per dimostrarmi quanto fosse inutile tutto quello che facevo per lei. Mi ha fatto odiare me stesso per essere così dannatamente patetico da innamorarmi così tanto di una donna; non volevo che accadesse di nuovo.»

«Ed è per questo che hai pensato che fare sesso con tutto ciò che ha una vagina fosse il modo migliore per vendicarti di lei?»

«Te l'ho già detto, non vado a letto con tutte le donne su cui poso gli occhi.»

«Sì, lo so, ma hai capito cosa intendo.»

«Be', sì, in generale, hai ragione. Pensavo che concentrarmi su una donna in particolare fosse una perdita di tempo. Ero troppo giovane e troppo incauto per rendermi conto delle sciocchezze che facevo, solo in nome della vendetta.»

«Stai dicendo che ora sei una persona migliore?»

Lui sorrise e mi guardò. «Scommetto che non ci crederai mai, indipendentemente da quante volte ti dirò che ora sono una persona diversa.»

«È solo perché hai un modo molto speciale di dimostrarlo.»

«Okay, so cosa pensano tutti di me. Ma questo non significa che non posso cambiare, o che non sono già cambiato.»

«Non credo che le persone siano in grado di cambiare per sempre, possono cambiare per un breve periodo per impressionare gli altri, ma tornano sempre a essere sé stesse.»

«Mio fratello non è la prova che ci sono delle eccezioni a questa regola?»

«Chi dice che lui è cambiato? È sempre lo stesso stronzo

onnisciente. L'unica cosa giusta che ha fatto è stata chiedere a Scarlett di sposarlo.»

«Pensi che mi fidanzerò e poi mi sposerò?»

Non appena queste parole uscirono dalla sua bocca, rimasi senza fiato, perché mi accadde qualcosa, e sentii nel cuore una nuova sensazione che non avrei mai pensato di poter provare. Gelosia ...

«Penso che tutto sia possibile, anche per te, fidanzarti e sposarti.» Forzai un sorriso, mi sembrò la cosa più difficile da fare in quel momento. Perché diavolo il futuro di Oliver doveva preoccuparmi? Non è che non potevo immaginare la mia vita senza di lui o altro. Allora perché dovevo essere gelosa?

«Stai bene?» chiese Oliver, toccandomi la mano.

«Sì, perché?»

«Sembra che tu stia per vomitare.»

Forse mi sentivo così, perché per la prima volta in assoluto, mi odiavo per aver provato qualcosa. E quel qualcosa prometteva di portare ancora più guai nella mia vita già incasinata.

Sospirai. «Penso di essere pronta a chiudere la serata. Riesco a malapena a stare seduta qui e tenere gli occhi aperti.»

«Oh, giusto. Scommetto che le mie chiacchiere ti hanno annoiata a morte.»

«Mi hanno fatto venire sonno, direi.» Sorrisi di nuovo e mi alzai in piedi, morendo dalla voglia di nascondermi nella sicurezza della mia camera da letto.

«Jill, aspetta.»

Oliver mi prese per mano e non ebbi altra scelta che guardarlo di nuovo. Senza parole, avvicinò le mie labbra alle sue e mi baciò profondamente. Non era ruvido o appassionato, era lento, dolce e troppo dannatamente bello per essere vero ...

«Non ho potuto farne a meno», disse piano, interrompendo il bacio a malincuore. «Hai ancora il sapore dell'uva sulle labbra.»

«È solo il vino.»

Dio, ero così persa per lui. Non credevo che un bacio potesse farmi questo. Mai in vita mia ero stata così dipendente da qualcuno o qualcosa, ma in questo momento, sentivo di aver bisogno di tutto il mio autocontrollo per non strappargli la camicia e cedere alla tentazione più deliziosa di sempre.

«Sai qual è la parte migliore del bere vino?»

«No.»

«Il retrogusto», sussurrò a bassa voce, accarezzandomi il mento con la punta delle dita, i nostri volti erano ancora a pochi centimetri di distanza. «Bonne nuit, Jillian – Buonanotte.» Lui fece un passo indietro e riuscii a malapena a trattenermi dal baciarlo di nuovo.

«Anche a te, Oliver.» Rapidamente, mi voltai e mi diressi verso la mia stanza, desiderando solo le labbra e le mani di Oliver su di me.

Nel momento in cui mi chiusi la porta alle spalle, la consapevolezza mi colpì. Non ero solo completamente fregata, ero anche innamorata, innamorata dell'uomo più impossibile del mondo ...

Capitolo 11

Oliver

C'era qualcosa di seriamente sbagliato in me, in Jillian, e in tutta la situazione in cui ci eravamo cacciati. All'inizio pensavo che non le sarebbe dispiaciuto se l'avessi presa lì in ascensore, e ora si comportava come se fossimo solo amici, condividendo lo stesso appartamento. Be', non che non volessi essere suo amico. Questo concetto era nuovo per me, ma volevo comunque provarci. Dopotutto, c'era un momento giusto per tutto, quindi forse ora era il momento per me di iniziare a trattare le donne in modo diverso?

Non riuscivo ad addormentarmi, quindi mi alzai e tornai in soggiorno, sperando di riuscire a lavorare un po' sul mio business plan. Con i libri e i documenti sul pavimento vicino al camino, mi versai un altro bicchiere di vino e mi tuffai nei numeri e nelle strategie aziendali, alcune delle cose in cui ero sempre stato davvero bravo.

Poche ore dopo, sentii aprirsi la porta della camera da letto di Jill. Mi voltai e la vidi entrare in soggiorno.

«Perché sei ancora sveglio?» chiese, avvicinandosi al tavolo con una brocca d'acqua e versandone un po' in un bicchiere.

«Ho pensato che siccome non avevo niente di meglio da fare che passare il resto della notte a fissare il soffitto, probabilmente dovevo alzarmi e lavorare un po'.»

Lei sorrise leggermente, seduta accanto a me. «Perché non riesci a dormire?»

«Potrei farti la stessa domanda», risposi, guardandola. Indossava una camicia senza maniche, che la copriva a malapena, e di nuovo, pensai a quanto sarebbe stato meraviglioso perdersi nella musica di quei dolci suoni che emetteva ogni volta che eravamo insieme.

Gettò le sue ciocche marrone scuro dietro la spalla e guardò i fogli su cui stavo lavorando prima che lei entrasse nella stanza.

«Non penso che l'acquisto di un immobile così grande che verrà utilizzato solo per pochi uffici sarebbe un buon investimento», commentò, ignorando ovviamente le mie parole sulla notte insonne.

«Perché?» chiesi, curioso di sapere cosa avrebbe detto

dopo. Ho sempre ammirato le donne intelligenti.

«Sarai un novellino nel settore della produzione e, anche con il sostegno finanziario di Dominick, non dovresti sprecare i suoi soldi in immobili di lusso. Dovresti concentrarti sulla ricerca di un buon studio di registrazione con un team che sia in grado di trasformare in magia anche una voce senza speranza. Penso che non ha importanza se hai un ufficio pomposo, la qualità del tuo lavoro è ciò per cui le persone continueranno a venire da te.»

«Hmm … Forse hai ragione», dissi, sorpreso di non averci pensato io stesso. «Per cominciare, posso affittare un piccolo ufficio, dove potrei incontrare i miei clienti e firmare i documenti. E più tardi, quando avrò una lista abbastanza lunga di persone con cui lavorare, potrò trovare qualcosa di più grande e migliore. Ottima idea, grazie, tesoro», dissi, guardandola e sorridendo.

«Prego. A proposito, concordo sul fatto che Los Angeles è un luogo perfetto per iniziare la tua attività; è lì che vanno tutti gli aspiranti musicisti per farsi scoprire.»

«Davvero? Non ne ero del tutto sicuro, volevo solo dare un'occhiata alla zona per vedere se potevo trovare alcuni buoni studi di registrazione.»

«Oh, sono certa che ce ne sono molti. Fai attenzione ai brutti incontri.»

Risi. «Sono un ragazzo adulto, sai. E so leggere le persone molto bene.»

«Senza dubbio.» Mi guardò pensierosa, poi annuì come se fosse arrivata a qualche conclusione nella sua mente e si alzò, dicendo, «Sarà meglio cercare di dormire almeno un po'. Non voglio svenire nel bel mezzo della mia giornata lavorativa domani.» Si chinò e mi diede un bacio sulla guancia. «Torna nel tuo letto, Oliver.»

«Ti dispiace se vengo nel tuo invece? Mi comporterò bene, lo giuro.»

Lei fece un sorrisetto. «Sai almeno come comportarti?»

«Posso provarci.»

Lei esitò per un momento. «Va bene, ma dormiremo, nient' altro. Chiaro?»

«Cristallino.» Sentii l'eccitazione predatoria che mi attraversava. Rapidamente, raccolsi tutti i fogli sparsi sul pavimento, li misi sul tavolo e quasi corsi dietro a Jill nella sua stanza, chiedendomi se sarei stato in grado di toglierle le mani di dosso una volta che fossimo andati a letto insieme.

Lei si infilò sotto la coperta e me la sollevò per raggiungerla. «Lascia i tuoi trucchi da furbacchione fuori dal letto», mi avvisò, quando mi sdraiai accanto a lei.

«Non credo di ricordare l'ultima volta che ho fatto un pigiama party platonico con una ragazza, ma cercherò di essere un bravo ragazzo.»

«Meglio che ti comporti bene, o questa sarà l'ultima volta che succederà.» Si allontanò da me, e mi mancò immediatamente la vista delle sue labbra e la sensazione della sua pelle morbida che toccava la mia.

«Pensi che possiamo essere amici?» chiesi, non sapendo lo avessi chiesto.

Si voltò quel tanto che bastava per vedere la mia faccia. «Sì, assolutamente. Perché no? A meno che tu non stia parlando di nuovo di amici con benefits.»

«Quindi non ci saranno dei benefits?» indagai, sorridendole.

«Vedremo. Buonanotte, Oliver.» Poi si voltò di nuovo, ma pensai che non sarei riuscito ad addormentarmi mentre era così vicina; eppure, così lontana da me allo stesso tempo.

Lentamente, mi avvicinai un po' a lei e le avvolsi un braccio intorno alla vita, stringendola contro il mio petto. Giurerei di aver sentito ogni centimetro del suo corpo irrigidirsi per quel piccolo movimento.

«Gli amici non fanno così», disse in un sussurro.

Capii a fatica quello che aveva detto perché riuscivo a pensare solo al profumo della sua pelle che mi inebriava la mente. Era così bello averla di nuovo così vicina a me.

«Lo so», replicai, posandole un bacio sulla spalla. «Torna a dormire, Jillian.»

Inspirando profondamente, strinsi il mio abbraccio intorno alla sua vita, quando mi venne in mente un nuovo pensiero. Avrei fatto qualsiasi cosa per tenerla così, ogni notte, per tutto il tempo in cui me lo avrebbe permesso e avrebbe voluto addormentarsi tra le mie braccia ...

Con quegli strani pensieri che mi attraversavano la mente, alla fine mi addormentai, sentendomi incredibilmente felice, il che era molto raro che mi accadesse.

Sembrava non fosse passato più di un minuto prima di sentire la mano di Jillian scivolare sul mio braccio, e quando girai la testa per guardarla, lei mi mise un dito sulle labbra e si girò sul mio petto, sdraiandosi sopra di me. Non sapevo cosa fare. Riuscite a crederci? Probabilmente era la prima volta in assoluto che non sapevo cosa fare con una donna quasi nuda che giaceva sopra di me.

Lentamente, lei allungò la mano verso l'orlo della camicia e la sollevò, esponendo il seno perfetto e la pancia piatta; i suoi capelli ricaddero su una spalla.

«Wow, pensavo che saremmo andati piano», dissi, deglutendo, la parte inferiore del mio corpo si indurì alla vista davanti ai miei occhi, e per il fatto che lei era sdraiata su di me. Il chiaro di luna d'argento scivolava attraverso le tende, rendendo tutto ancora più surreale.

«Possiamo farlo lentamente, se lo desideri», disse, guardandomi. Non stava sorridendo o altro. Non riuscivo a capire cosa nascondeva dietro il suo sguardo misterioso. C'era qualcosa di diverso in lei stasera. Non sapevo cosa fosse, ma mi piaceva il modo in cui il mio corpo reagiva alla sua vicinanza. Mi sentivo in fiamme, ma non mi importava di essere ridotto in cenere, se solo lei avesse aiutato quel fuoco a bruciare in me per sempre.

Lasciai cadere le mani sul lenzuolo e seppi che sarebbe stata la resa più piacevole di sempre. Poi la guardai di nuovo, e qualcosa si ruppe dentro di me, e sapevo esattamente di cosa si trattava — era un muro che crollava, il muro che costruivo da anni, nel tentativo di tenere il mio cuore al riparo da tutto ciò che mi avrebbe fatto provare di nuovo dei sentimenti. E all'improvviso, quel muro si stava frantumando in milioni di piccoli pezzi, lasciando che quei sentimenti e quelle emozioni familiari; eppure, nuove, riempissero il mio cuore e la mia anima.

Non avevo bisogno di fingere di essere qualcun altro, potevo essere me stesso, vivo e libero. Allungai le mani e le accarezzai il viso, avvicinando le sue labbra alle mie. Non sembrava che le importasse. Mi mise le mani su entrambi i lati della testa e si sporse più vicino, più vicino, più vicino ... Finché non sentii il sapore familiare dell'uva sulle sue labbra.

La mia lingua scivolò tra le sue labbra socchiuse e iniziò un nuovo gioco, solo che questa volta, giocavamo lo stesso ruolo, il ruolo di due anime che morivano dalla voglia di essere una sola.

I miei palmi scivolarono lungo le sue spalle, la schiena e i fianchi. Dio, mi mancava la sensazione della sua pelle liscia sotto le mie dita. Le nostre labbra continuavano a danzare in una connessione perfetta, e nessuno di noi due sembrava essere in grado di smettere. Le mie mani si fermarono sul suo sedere e lo strinsi leggermente.

«Fammi entrare», sussurrai, sentendo il cuore che mi batteva selvaggiamente nel petto. «Ti prego.» Non mi vergognavo di chiedere l'elemosina. L'avrei implorata milioni di volte se avessi dovuto, solo per sentire l'ondata di sentimenti che solo lei sapeva suscitarmi nelle vene.

Si mise a sedere sulle ginocchia, con le cosce premute sui miei fianchi, il suo sesso sospeso sul mio uccello indurito. Dimenticai tutto tranne la sensazione della sua umidità e del suo calore che mi accoglievano. Lei scivolò lungo la mia asta e il mondo intorno a me scomparve. Volavo in alto sopra il suolo; ero un tossicodipendente e non riuscivo a respirare senza di lei.

Lei era perfetta. Tutto di lei era perfetto. Sembrava che bastasse fare un passo più vicino a lei per incontrarla a metà strada.

Facendo scorrere una mano verso il punto in cui i nostri corpi erano uniti insieme, premetti un dito sul suo clitoride, girandolo leggermente, guardandola gettare indietro la testa in estasi; le gocce di sudore le scintillavano sul collo e sulle spalle. In quel momento mi resi conto che era eccitata quanto me. Mi infilai in bocca il mio dito che aveva il sapore del suo sesso bagnato e lo succhiai, aveva il sapore della cosa più deliziosa di sempre, abbastanza dolce da farmi venire voglia di assaggiarne di più. Volevo penetrare dentro di lei e non lasciarla mai più uscire dal mio abbraccio. Volevo baciare, leccare e succhiare ogni parte del suo corpo. Potevo quasi sentire il sapore del suo profumo nella mia gola. E aveva un sapore così dannatamente inebriante, eccitante e calmante, tutto in una volta. Non vedevo l'ora di iniziare il nostro piccolo gioco.

La feci rotolare sulla schiena, osservando la sua bellezza sotto di me. Nessuno di noi parlò, ma servivano parole per dire quello che provavamo in quel momento, un tocco era più che sufficiente per dire tutto.

Mi chinai e le passai la lingua sul seno e sul ventre, assaporando ogni singolo respiro al suo fianco. Il mio palmo si fermò tra le sue cosce, allargandole, morendo dalla voglia di assaggiarla di nuovo. Lei gemette rumorosamente quando le mie labbra si fermarono sul suo clitoride, iniziai a leccarlo lentamente. La guardai, i suoi occhi pieni di passione incontrarono i miei.

Senza parole, mi misi tra le sue gambe aperte e le bloccai le mani sulla testa, spingendomi forte dentro di lei. Lei gemette di nuovo e io mi avvicinai per bere i suoni compiaciuti che provenivano dalle sue labbra.

Mi accolse completamente dentro il suo sesso bagnato e stretto e io rimasi lì un po' più a lungo del solito, improvvisamente ebbi paura di tirarmi fuori e perderla per sempre ...

Potevo percepire quanto rapidamente il suo cuore batteva contro il mio petto, potevo sentire tutti i cambiamenti del suo umore, potevo persino leggere ogni messaggio silenzioso che i suoi occhi mi stavano inviando.

Accelerai, le mie spinte diventarono più ruvide, più veloci. I miei muscoli si irrigidirono, il sangue mi attraversò come fuoco puro. Stavo ansimando, sentendo un dolore familiare che cresceva sotto la mia pelle, morendo dalla voglia di lasciarmi andare.

La mia presa sui suoi polsi si strinse, mi sentii drogato, e totalmente perso in lei. Sentivo il suono dei miei fianchi che sbattevano contro i suoi, minuscole gocce di sudore mi scorrevano lungo la schiena. Stavo per esplodere, volevo riempirla, dovevo darle quello che voleva, e prendere quello che desideravo più di ogni altra cosa. Mi spinsi in profondità dentro di lei e sentii il sollievo tanto atteso attraversare il mio corpo. Il suo orgasmo si unì al mio, i nostri gemiti risuonarono nel silenzio della notte.

Così bello, sempre così bello, così perfetto ...

Mi sdraiai accanto a lei, osservandola. Lei mi sorrise e io chiusi gli occhi, sprofondando nell'oblio del sogno più sensuale di sempre. Non riuscivo più a vederla, ma sentivo ancora il battito del suo cuore, in sintonia con il mio ...

La mattina dopo non iniziò esattamente come pensavo. Mi svegliò il suono di una macchina per il caffè; la parte del letto accanto a me era fredda e vuota. Mm ...

Mi sedetti, cercando di ricordare perché mi aspettavo che la giornata iniziasse con il letto caldo e Jillian vicino a me. E poi ...

Oh, merda, era solo un sogno ...

Sospirai, frustrato, gettando la coperta a terra. Come potevo credere che fosse tutto reale? Naturalmente, Jillian non avrebbe mai tradito i suoi principi così in fretta, ma nel profondo di me stesso, volevo sperare che forse almeno una parte del sogno fosse reale.

Nessuna fortuna ... Merda.

«Buongiorno, scusa per averti svegliato.» Lei entrò nella stanza con una tazza di caffè appena fatto e me la offrì. «Ne vuoi un po'?»

«Certo.» Presi la tazza dalle sue mani e guardai l'orologio sul muro. «Le 5:30 del mattino? Sei fuori di testa o qualcosa del genere?»

«Ho detto che mi dispiace di averti svegliato. Ma oggi devo essere in ufficio presto, ho il mio primo incontro ufficiale con il team del mio dipartimento.»

«Da quando hai iniziato a fissare le riunioni all'alba?»

«Da ieri.» Lei sorrise e andò alla cassettiera per prendere i suoi vestiti. «Dormito bene?»

Bene — non è la cazzo di parola che sto cercando...

«Sì, come un bambino. Ti ho detto che addormentarmi al tuo fianco mi avrebbe fatto bene.»

«Non passerai tutte le notti nel mio letto, vero?»

«Perché no? Ho mantenuto la mia promessa di tenere le mani lontane da te.»

«Non esattamente.»

«Abbracciarti non conta. Mi ha aiutato a riscaldarmi più velocemente.»

«Non che qui si congelasse.»

Alzai gli occhi al cielo. «Va bene, volevo tenerti tra le mie braccia. E quindi?» Mi alzai in piedi e andai a mettermi di fronte a lei. «Sei una donna dannatamente sexy, e io sono solo un uomo con un uccello che, grazie a Dio, funziona ancora e che sicuramente reagirà davanti a una donna come te. Pensi davvero che sia possibile vivere con te sotto lo stesso tetto e non pensare di diventare caldo e sudato insieme a te?»

«Be', non posso dire che non mi sia piaciuto venire a letto con te. Sto parlando di ieri sera, quindi se ne hai voglia ... dormire in questa stanza è meglio che dormire nella tua, puoi passare qui tutte le notti che desideri.»

Sorrisi, facendo un passo verso di lei. «Che ne dici della tua regola tieni-le-tue-mani-lontane-da-me? Possiamo cambiarla con voglio-le-tue-mani-e-le-tue-labbra-su-di-me?»

«Non esagerare, Oliver. Prima devo concentrarmi sulla mia riunione e poi, be'—»

«Farò del mio meglio per farti cambiare idea», promisi, avvolgendole le braccia intorno alla vita.

Mi guardò pensierosa. «E la tua regola del siamo-solo-amici?»

«Se la memoria non mi inganna, dovevano esserci dei benefici sexy, giusto?»

«No.» Si liberò dal mio abbraccio, prese la sua borsa e si diresse verso la porta.

«No? Pensavo avessi detto che ci avresti pensato?»

«Ci ho pensato e la risposta è no.»

«Perché?»

«Perché penso che sia meglio per entrambi.»

Non sapevo cosa significasse, e lei non mi diede la possibilità di fare altre domande, lasciando l'appartamento prima che potessi parlare di nuovo. E questo che diavolo voleva dire? Non riuscirò mai a capire questa donna.

Dato che cercare di riaddormentarmi era inutile, pensai di iniziare la giornata con una corsa. Mi aiutava sempre a rilassarmi, e speravo che questa volta non sarebbe stata un'eccezione.

Indossai un paio di pantaloncini, una maglietta, delle scarpe da ginnastica e uscii in strada, accogliendo il vento fresco del mattino che mi sfiorava le guance.

Non riuscivo nemmeno a ricordare l'ultima volta che avevo fatto una corsa mattutina. Quasi dimenticavo quanto potesse essere calmante e rilassante una corsa. Potevo stare da solo per un po' e pensare, pensare a tutto quello che stava succedendo nella mia vita.

I ricordi del mio sogno mi balenarono nella mente, ma scossi la testa, sperando che mi avrebbe aiutato a smettere di pensare a Jillian. In qualche modo, era diventata l'unica cosa a cui riuscivo a pensare giorno e notte.

Ma ciò che mi sorprendeva di più, è che non mi infastidiva così tanto. In effetti, ero più che felice di sapere che avevo finalmente trovato qualcuno con cui parlare e non solo con cui scopare. Anche se con Jillian, tutto era diverso. Ero un uomo diverso ogni volta che lei era presente, e dannazione, mi piaceva molto ...

Capitolo 12

Oliver

Dominick ed io eravamo seduti in un bar non lontano da dove si trovava la sede della Wilson's Publicity. L'avevo chiamato appena terminata la mia corsa mattutina, e anche se c'erano alcune cose molto importanti di cui volevo parlargli, non sapevo da dove cominciare.

«Okay, perché non sputi il rospo», mi incoraggiò, togliendomi il menu dalle mani. «Lo stavi leggendo capovolto.» Lui sorrise, restituendomi il menu, con il lato destro rivolto verso l'alto. «Riguarda Jillian?»

«Come ti viene in mente?» chiesi con voce cupa.

Era successo qualcosa durante la corsa. Stavo pensando a Jillian, non aveva senso cercare di concentrare i miei pensieri su qualcos'altro. Continuavo a ricordare le volte che l'avevo vista nell'ufficio di Dominick, prima e dopo l'altra sera, che aveva cambiato tutto. E poi capii che non si trattava solo del mio folle desiderio di vederla di più, di baciarla di più, di passare più tempo con lei. C'era una ragione per tutto ciò a cui stavo pensando ...

«Ti stai innamorando di lei, vero?»

Guardai mio fratello, e fu la prima volta in assoluto in cui non desiderai ucciderlo per aver detto la verità, che nel mio caso, era sempre come una bomba che mi esplodeva in faccia.

«È così ovvio?» chiesi, chiudendo il menu e gettandolo da parte. Non pensavo di riuscire a mangiare in questo momento. Mi sentivo come se avessi la nausea. È questo ciò che chiamano amore? Be', a quanto pare niente nella mia vita poteva mai essere facile, incluso un amore che non ero nemmeno sicuro di saper affrontare.

«In realtà, sì», rispose Dominick, studiandomi

attentamente. «Forse se non fossi tuo fratello, penserei che sia solo un'altra mattinata storta in cui ti sei alzato dal letto prima dell'ora di pranzo. Ma ci sono già passato una volta. Quindi sono abbastanza sicuro di aver ragione. E ti spaventa a morte, giusto?»

Sospirai irritabile. «Non rende nemmeno l'idea.»

Lui rise sottovoce. «Ed io che pensavo che non ti avrei mai sentito dire che sei capace di amare qualcun altro oltre a te stesso. Allora dimmi, fratello, quando è successo?»

«Chi diavolo lo sa? Aspetta, ehi, amo le altre persone, ma di solito non le donne. Oh, non importa», divagai. «Un giorno penso che possiamo semplicemente giocare, divertirci un po' e poi prendere strade diverse, nessuno si farà male, giusto? Ma poi lei inizia a fare cose a cui non riesco a smettere di pensare.»

«Del tipo?»

«Come essere sexy, irresistibile e perfetta, in ogni senso della parola.»

«Lo dici come se fosse una brutta cosa.»

«No, non è male, ma non penso di essere pronto a diventare dipendente da lei. Sai, non ho mai passato nemmeno due notti con la stessa ragazza, figuriamoci una settimana, un mese, un anno, o diversi anni, per quel che conta. E adesso, non è solo per il dannato sesso, sai?»

«Lo so.» Lui annuì, sorridendo. «So esattamente cosa intendi, perché ricordo ancora quando mi resi conto per la prima volta che mi stavo innamorando di Scarlett. E hai ragione, non si trattava solo di sesso. Era come se l'avessi vista e sentita dappertutto. Ovunque andassi, l'immagine di lei non lasciava mai la mia mente. Ogni ragazza che guardavo, non vedevo altro che il suo viso, le sue labbra, le sue curve ...»

«Okay, ho capito. E sì, sapientone, è esattamente come mi sento con Jillian. Dio, non posso credere di aver lasciato che una ragazza mi entrasse così in profondità. Cosa diavolo dovrei fare adesso?»

«Fai quello che vuoi, vai da lei e dille che la ami.»

«Non esiste proprio!»

«Perché no?»

"Perché solo poche ore fa, lei mi ha detto che non vuole altro che una relazione amichevole con me.»

«Cosa ti ha detto esattamente?»

«Perché è importante?»

«Perché niente è cieco e stupido come l'amore, idiota. Scommetto che lei ha detto una cosa e tu hai sentito l'esatto opposto.»

Mi accigliai, cercando di ricordare esattamente cosa avesse detto Jillian prima di andare al lavoro. «Penso che abbia detto che non verrà a letto con me, mai più.»

«C'è altro?»

«Dannazione, amico, da quando sei diventato un esperto di psichiatria, invece che un guru degli affari?»

«Rispondi alla domanda, cucciolo innamorato.»

«Prima di tutto, la notte scorsa non doveva finire in quel modo. Avevamo dei programmi, e poi lei ha detto che dovevamo rallentare o qualcosa del genere. Ho detto okay, perché non sapevo cos' altro dire. Poi abbiamo finito la serata e siamo andati a dormire, in letti separati. Non che ci abbia aiutato ad addormentarci, ovviamente. Alla fine, siamo finiti nello stesso letto, ma non abbiamo fatto sesso. Ci siamo solo addormentati insieme.»

«Wow, è quasi uno scoop come la notizia del tuo arnese che si ammoscia nel bel mezzo della tua avventura con Amalia.»

«Ha-ha, molto divertente, Dominick. Comunque, lei ha detto che potevo passare tutte le notti che volevo nel suo letto, e che avrebbe pensato ai benefits dei nostri pigiama party insieme. E poi le ho chiesto se voleva essere mia amica.»

«Cosa hai fatto? Sei un bambino dell'asilo o cosa, amico?»

Alzai gli occhi al cielo. «Anche tu e Scarlett siete amici, o no? Non pensi che una donna con cui vuoi avere una relazione più o meno seria dovrebbe essere prima di tutto tua amica?»

«Be', sì, ma quando dici frasi del genere, significano qualcosa di completamente diverso da quello che volevi che lei sentisse in quelle parole.»

«Cioè?»

«Quello che voglio dire è che poteva fraintenderti. Ti ha detto che non le dispiaceva che ti infilassi nel suo letto di notte, e poi le hai chiesto di essere tua amica. Voglio dire ... Come cazzo ti è saltato in mente?»

Ripensai alla conversazione che Jillian ed io avevamo avuto quella mattina, e ora le parole di Dominick cominciarono ad avere un senso. «Oh, dannazione. Ho rovinato tutto!», dissi, mettendo la fronte tra le mani, scuotendo la testa, urlando internamente.

«Volevo dire esattamente questo!»

Posai le mani sul tavolo e guardai dritto verso Dominick «Tu cosa faresti se fossi nei miei panni?»

«Andrei direttamente nel suo ufficio e le direi di dimenticare tutte le stronzate che le hai detto ieri sera e che non vuoi altro che stare con lei.»

«Mi sembra una buona idea. Grazie.» Mi alzai in piedi, pensando freneticamente a dove fosse il negozio di fiori più vicino mentre andavo verso l'ufficio di Jill.

«Ehi, Oliver, aspetta!»

«Cosa?»

«Cerca di stare lontano dagli ascensori questa volta.»

Sorrisi al ricordo che mi passò per la mente. «Mi dispiace, fratello, non posso prometterti nulla.»

«Dico sul serio.»

«Anch'io.»

Non credo di essermi mai sentito più stupido in vita mia.

Non mi importava davvero di sembrare un idiota innamorato senza speranza, che correva con un enorme mazzo di fiori e palloncini multicolori tra le mani. Non sapevo nemmeno perché li avevo comprati, era un po' infantile, ma sapevo che era anche una di quelle cose che Jillian non si sarebbe mai aspettata da me. Così pensai di farle una sorpresa.

Quando le porte si aprirono entrai nell'ascensore, con alcune altre persone dietro di me. Una di loro era una donna sulla cinquantina, e la ricordavo come la nuova segretaria di Dominick.

«Buongiorno, Mr. Altier», mi salutò, sorridendo alla vista dei fiori e dei palloncini tra le mie mani.

«Buongiorno.»

«Non credo che suo fratello sia qui, aveva un appuntamento stamattina.»

«Sì, lo so, era con me. Ma non sono qui per vedere lui comunque.»

Non era ovvio? Perché avrei dovuto comprare fiori e palloncini a Dom?

L'ascensore emise un segnale acustico riportando la mia attenzione sul fatto che si era fermato al mio piano, le porte si aprirono, aspettai impaziente che le persone davanti a me uscissero, e poi mi precipitai nell'unico posto in cui volevo essere.

La porta dell'ufficio di Jillian era socchiusa. Lei stava parlando con qualcuno, così mi fermai ad ascoltare.

«Per l'amor di Dio, Scarlett, ho bisogno di te qui!» Poi tacque, apparentemente in attesa di una risposta. «Lo so, ma vedrai i tuoi genitori tra una settimana, il giorno del tuo matrimonio, ed io qui sto morendo, quindi per favore prendi il primo volo per New York e vieni a salvarmi.» Seguì un'altra pausa. «Cosa? Certo che no! Non mi innamorerei mai di uno

come Oliver Altier. Pensi che sia fuori di testa o cosa? Sì, be',
adoro il suo culo, ma amarlo è qualcosa completamente diversa.
Nessuna santa si innamorerebbe mai di lui. Non è altro che un
disastro ambulante e ossessionato dal sesso. E no, non credo che
le persone come Oliver possano cambiare.»

Non notai il momento in cui mi cadde il mazzo di fiori sul
pavimento, i dannati palloncini volarono fino al soffitto e si
sparsero per tutto il corridoio.

Bentornato alla realtà, amico.

Sorrisi senza umorismo, scuotendo la testa; era come se
qualcuno mi avesse appena rovesciato in testa un secchio di
acqua ghiacciata, svegliandomi dalle mie allucinazioni su Jillian.

Credevo davvero che fiori e palloncini avrebbero fatto
funzionare le cose con Jill? A quanto pare, sì, considerando
quanto era doloroso lo schiaffo delle sue parole. Mi voltai e
tornai agli ascensori, completamente distrutto.

Mai in vita mia mi ero sentito così fregato. Un secondo
prima pensavo che quello sarebbe stato il momento che avrebbe
cambiato tutto, e un secondo dopo avevo un motivo in più per
credere che affrettare le conclusioni non mi avrebbe mai fatto
bene. Perché pensavo che anche lei provasse qualcosa per me?
Dopotutto, il sesso fantastico non significava necessariamente
che lei volesse altro che venire a letto con me. Aveva ragione,
amare il mio culo non era abbastanza per amare anche me come
persona.

***

«Un doppio whisky», ordinai al barman del The Black
Rose. Ero dell'umore giusto per sentirmi completamente
distrutto, e non vedevo alcun motivo per non bere in questo
momento. Anche se era solo mezzogiorno, pensai che fosse il
momento perfetto per ubriacarmi, e dimenticare Jillian o almeno

cercare di dimenticare ... L'alcol di solito aiuta le persone, giusto?

Quando vidi il numero di Dominick lampeggiare sullo schermo del mio cellulare, ero ubriaco fradicio, con una bella mora in ginocchio che cercava di accontentare il mio cazzo con la sua bocca. Non avevo la minima idea di chi fosse o di come fossimo finiti nel retro del club a pomiciare.

«Come?» Scattai al telefono.

«Dove sei?» Dom chiese dall'altra parte della linea.

«Non sono cazzi tuoi.»

«Sei fatto o cosa?»

«Altre ipotesi?»

«Oh, Signore, sei ubriaco fradicio!»

Mi venne da ridere. «Oh, sì, e non mi sono mai sentito meglio di adesso. Rallenta, piccola», dissi alla mia nuova amica.

«Uh, non mi dire che hai mandato tutto a puttane, di nuovo!»

«Io non ho fatto niente.» Improvvisamente, le parole della conversazione con Jillian risuonarono nella mia testa e mi sentii male. «Smettila», dissi alla ragazza di cui non mi ero nemmeno preoccupato di chiedere il nome. Lei mi guardò, un po' perplessa. «Vai via.» Mi allacciai i jeans e dissi a Dom, «Puoi venirmi a prendere al The Black Rose?»

«Sarò lì tra dieci minuti.»

«Grazie.» Mi appoggiai stancamente al muro freddo dietro di me, non mi sentivo bene. Non che avessi la nausea perché ero ubriaco, ma in quel momento, odiavo tutto ciò in cui consisteva la mia vita, incluso quel maledetto whisky che ero sicuro non avrei bevuto mai più.

Come promesso, Dominick si presentò all'ingresso del club dopo circa dieci minuti. Salii sul sedile posteriore della sua auto e mi sdraiai, dicendo, «A casa.»

«Sì, signore.» Fortunatamente, mio fratello non iniziò a

fare domande. Mi portò a casa sua e mi aiutò a scendere dalla macchina, perché ovviamente non potevo farcela da solo.

«Spero che tu non mi abbia pisciato sul sedile posteriore», si lamentò, trascinando il mio corpo verso la porta d'ingresso.

Quasi risi delle sue parole. «Non me lo ricordo.»

«Che diavolo ti è successo? Mi aiutò a stendermi sul divano del suo soggiorno, poi si alzò con le mani sui fianchi, respirando affannosamente e guardandomi.

«Lei mi odia», dichiarai, sentendo ondate di sonno offuscare la mia mente.

«Perché dovrebbe odiarti? Cosa lei hai detto?» Dominick mi scosse per le spalle.

«Niente.»

«Che vuol dire niente? Dove sei andato dopo che abbiamo parlato?» Mi gettò un bicchiere d'acqua sul viso.

«Ehi! Che diavolo fai?» Non che l'acqua potesse rendermi sobrio, ma sicuramente aiutò i miei occhi a rimanere aperti per qualche altro minuto.

«Le ho comprato fiori e persino una dozzina di fottuti palloncini», sputai le parole come se fossero stati avvelenate. «Sono venuto in ufficio e sai cosa è successo dopo? L'ho sentita parlare con la tua preziosa Scarlett.»

«Stavano parlando di te?»

«Sì, non credo che conoscano nessun altro Oliver Altier, un famoso figlio di puttana che è solo un disastro ambulante ossessionato dal sesso.»

«Oh, merda. Quindi hai sentito Jillian dirlo a Scar?»

«Esattamente.»

Dom scosse la testa. «Parlerò con Scarlett.»

«Riguardo a cosa?»

«Sono sicuro che Jillian non intendeva una parola di quello che ha detto.»

«Ed io sono dannatamente sicuro di sì, invece.» Mi

appoggiai allo schienale del divano, chiudendo gli occhi. «Lei ha ragione, sono un disastro.»

«Perché non dormi un po' prima di riparlare di questa conversazione?»

«Non ne parleremo mai più.»

«Come vuoi. Rimarrai qui o devo trascinare le tue ossa ubriache nella stanza degli ospiti?»

«Non mi interessa davvero», borbottai, prendendo un piccolo cuscino dalla sedia più vicina per mettermelo sotto la testa. «Starò bene», dissi, sapendo che Dominick era ancora lì che mi guardava.

«Solo non vomitare sul mio tappeto, okay?»

«Non posso prometterti niente.»

«Bene. Solamente ... Resta qui e cerca di dormire un po'.»

«Aha.»

Svenni nel letto in men che non si dica. Ma dopo pochi secondi udii di nuovo la voce di Dom. Stava parlando con qualcuno al telefono.

«Sì, è qui», non riuscivo a sentire la voce dall'altra parte, ma lui rispose, «No, non credo.» Pausa. «Va bene, ci proverò.» Chiuse la chiamata.

«Che ore sono?» chiesi assonnato, l'ambiente circostante ancora offuscato davanti ai miei occhi.

«Quasi le dieci.»

«Perché sei ancora a casa?»

«È sabato.»

«Oh, giusto.» Cercai di mettermi seduto e mi pentii immediatamente del movimento; mi faceva male la testa come se fosse stata colpita da qualcosa di molto pesante.

«Caffè?» domandò Dom.

«Sì, sarebbe fantastico. Ma prima, ho bisogno di una doccia. Puzzo come un bidone della spazzatura.»

«Come ti senti?»

«Non è ovvio? Di merda.»

«Ho bisogno del tuo aiuto per una cosa oggi, quindi fammi un favore e preparati tra mezz' ora.»

«Sei pazzo? Non posso uscire quando riesco a malapena a stare in piedi.»

«È proprio per questo che ho bisogno che tu esca. Perché so che se ti lascio qui, svuoterai il mio bar prima che io riesca a tornare a casa. E non sono così entusiasta all'idea di chiamare un'ambulanza, o peggio — vederti morto.»

«Uh, per favore, pensi davvero che sarò in grado di bere di nuovo, a breve?»

«Tutto è possibile. Sbrigati, sto aspettando.»

Che rompiscatole, pensai tra me e me, dirigendomi verso il bagno.

Sapevo che mio fratello si preoccupava per me, lo faceva sempre. Anche quando ero al liceo, e al college, gli piaceva sempre interpretare quel ruolo da fratellone.

La mia mente si rifiutava ancora di pensare lucidamente, e non credo che sarebbe stata in grado di farlo presto, ecco perché ero un po' grato a Dom per avermi fatto uscire e respirare l'aria fresca.

«Dove andiamo?» indagai, mentre indossavo gli occhiali da sole e allacciavo la cintura di sicurezza, sperando che il caldo e il sole non mi uccidessero.

«Devo comprare un regalo di nozze a Scarlett e ho bisogno del tuo aiuto per sceglierlo.»

«Sai già cosa vuoi comprarle?»

«Stavo pensando a un braccialetto o a un paio di orecchini.»

«Sembra così fottutamente noioso.»

Lui si mise a ridere. «Okay, tu cosa suggeriresti?»

«Perché non le compri una motocicletta?»

«Una cosa?»

«Una motocicletta, una moto, sai?»

«Per quale motivo?»

«Potresti comprartene una anche tu, e fare un viaggio in moto con lei. Vai in un altro stato, goditi il vento che soffia sul tuo viso e il sole, che scalda le tue guance e pensa solo alla donna che ami.»

Potevo sentire gli occhi di Dominick su di me.

«Cosa c'è?» chiesi, rivolgendomi a lui.

«Quando hai detto che eri fottuto, non sapevo che fossi così perso.»

«Vaffanculo, Dom. Non sono dell'umore giusto per tornare alla conversazione di ieri sera.»

«Va bene, ma posso chiederti una cosa?»

«Dimmi pure.»

«Vuoi ancora stare con Jillian?»

Esitai per un attimo. «Non lo so. Davvero non lo so. Forse lei è troppo per me. Il tempo me lo mostrerà.»

«E per quanto tempo esattamente hai intenzione di stare seduto e non fare nulla?»

«Hai sentito cosa ho detto? Non voglio parlare di lei adesso! È chiaro?»

«Ti darò un consiglio, fratello. Più tempo trascorri lontano da lei, prima lei troverà qualcun altro che le scaldi le lenzuola.»

«Non me ne frega niente. È libera di fare quello che vuole, con chiunque.»

Dom scosse la testa per quella che sembrava la centesima volta in una mattina, ma non replicò nulla.

Guardai fuori dal finestrino, pensando a cosa fare dopo. Ovviamente, non potevo più stare nell'appartamento di Scarlett. Così pensai di andarci più tardi, quando Jill e Scarlett sarebbero state fuori per la festa nuziale di Scarlett. Dovevo portare le mie cose a casa mia. Speravo di poter finalmente tornare lì dentro.

Ero davvero stufo marcio di avere un coinquilino. Dopotutto, vivere da solo era sempre stata una delle cose migliori nella mia vita senza speranza ...

Capitolo 13

Jillian

Il club era buio, era pieno di fumo bianco di sigaretta, musica ad alto volume e corpi che si contorcevano.

«Di chi è stata l'idea di venire qui?» chiesi a Scarlett, con un tono quasi irritato.

Era la festa del suo addio al nubilato, ma nonostante io fossi la sua damigella d'onore e la sua migliore amica, e dovessi godermi la serata, non ero affatto in vena di nulla se non di tornare a casa e addormentarmi. In primo luogo, perché avevo vissuto una settimana infernale, con riunioni e impegni di lavoro che pensavo non sarebbero mai finiti. E per peggiorare le cose, non riuscivo a smettere di pensare a Oliver. Non era tornato a casa ieri sera, e non sapevo dove fosse o con chi fosse.

Era arrabbiato con me o qualcosa del genere?

Le sue parole sull'essere amici mi erano sembrate bizzarre, considerando che era stato proprio lui a chiedermi se poteva unirsi a me nel mio letto. Sicuramente, non ti infili nel letto di una tua amica che ti sei scopato il giorno prima, per non fare altro che addormentarti, abbracciandola. Voglio dire, che diavolo era tutta quella merda?

Ignoravo la risposta a questa domanda, e francamente, non sapevo se volevo davvero conoscerla. Ecco perché pensai che fosse il momento di fermare qualsiasi cosa stesse succedendo tra me e Oliver. Poteva continuare a infilarsi nel mio letto quanto voleva, ma non avrei permesso che mi spezzasse il cuore, o peggio — lasciarmi piangere nel mio cuscino. È proprio per questo che pensavo che essere sua amica, senza benefits, fosse una buona idea. Potevo sopravvivere ai due giorni successivi in cui doveva tornare a casa sua.

«Josseline ha detto che era uno dei posti migliori della città», commentò Scarlett, dirigendosi verso un'area privata dove avevamo un tavolo riservato. Indossava un velo da sposa rosa corto, abbinato ad una minigonna stile scolaretta, la sua camicia era legata in un nodo sotto il seno, aveva persino i calzini al ginocchio e scarpe rosa con i tacchi alti di cui entrambe eravamo completamente pazze.

Abbassai lo sguardo sul mio outfit che non era molto diverso da quello di Scar, l'unica differenza era che il mio era blu invece che rosa.

Feci una smorfia. «Mi sento come una spogliarellista del liceo», dissi, sedendomi su un piccolo divano vicino a un tavolo rotondo.

«È questo il senso della serata», disse Josseline, unendosi a noi. «È l'ultima notte in cui la nostra bellissima sposa può essere selvaggia e spericolata, quindi perché non dimentichiamo tutto e tutti e ci divertiamo un po', signore?» Baciò sia Scarlett che me sulle nostre guance e si voltò verso la pista da ballo. «Diamo inizio a questa festa!» A proposito, il suo vestito era tutto rosso e la lunghezza della gonna non lasciava molto all'immaginazione. Fortunatamente, ero più bassa di lei, quindi almeno potevo essere sicura che la mia gonna fosse abbastanza lunga da coprirmi il culo.

«Oh, Dio, non penso di potercela fare», replicai, prendendo un bicchiere di succo d'arancia.

«Hai sentito cosa ha detto? È una serata divertente! Dai, Jill, che diavolo ti sta succedendo? Ti piacevano le feste!»

«Sì, è solo che ho avuto così tanto lavoro da fare negli ultimi due giorni, mi sento come se fossi ancora al lavoro, con l'unica differenza che non mi travesto da prostituta per andare in ufficio.»

Scarlett rise. «Non fare la lunatica, ordina dei Margarita e cerca di rilassarti un po'. Mi unirò a Joss sulla pista da ballo, vieni?»

«Vai, ti raggiungo più tardi.»

Forse Scarlett aveva ragione e avevo davvero bisogno di qualche Margarita prima di potermi rilassare e divertire. Così andai al bar e ordinai da bere per tutte e tre.

C'erano così tante persone nel locale, tornare al tavolo con le mani piene di drink non era facile. Speravo solo di riuscire a bere almeno un sorso del mio drink prima che si rovesciasse sul pavimento.

«Scusami!» Gridai, sperando che il ragazzo in piedi che mi dava le spalle, mi sentisse attraverso la musica. Si voltò e spalancai gli occhi per la sorpresa. «Jeremy, cosa ci fai qui?»

Sorrise, ovviamente felice di vedermi, prese i due bicchieri dalle mie mani e disse, «Ehi, bellezza, lascia che ti aiuti.» Feci un cenno al tavolo che le ragazze ed io stavamo condividendo, e Jeremy mi seguì fino a lì.

«Una mia amica mi ha invitato», disse, posando i bicchieri sul tavolo.

«Intendi una fidanzata?» Sorrisi, bevendo un sorso del mio drink. Ah, aveva il sapore del paradiso.

Lui sorrise timidamente. «Sì, Sheila, te la ricordi?»

«La tua vicina, giusto? Pensavo che fosse sposata.»

«Non più.»

«Oh, capisco. Spero che tu non sia stato il motivo del suo divorzio.»

«No, non ho niente a che fare con quello.»

«Be', comunque, è bello sapere che hai finalmente rinunciato alla folle idea di riavermi.»

"Dopo aver visto te e quel ragazzo, Oliver, baciarvi, ho

pensato che ... Era tempo di darmi una mossa.»

«Ehm, smettila di recitare la parte dell'uomo buono e morigerato. Scommetto che sei andato a letto con almeno due dozzine di ragazze diverse dal giorno in cui ci siamo lasciati; quindi, non ha senso cercare di fare colpo su di me, Jer. Sul serio, ti conosco troppo bene per credere che tu abbia vissuto come un monaco per più di un anno.»

Penso che nella mia situazione, anche pochi sorsi di Margarita fossero sufficienti per aiutarmi a tornare alla mia vecchia me stessa. Non mi importava davvero se Jeremy si fosse offeso per le mie parole, volevo solo sbarazzarmi della sua compagnia il prima possibile e magari andare a cercare qualcun altro con cui passare la serata.

«Divertitevi!» lo salutai, lasciando il mio drink sul tavolo e dirigendomi verso la pista da ballo dove Scarlett e Joss mi stavano già aspettando.

«Balliamo, bellezza?» Mi voltai al suono di una bella voce.

«Ci puoi scommettere!» Il tipo aveva forse solo qualche anno più di me, con i capelli ricci e castano scuro e gli occhi dello stesso colore. Il suo accento suonava un po' strano. Era inglese? Ma con mia sorpresa, mi sentivo come se avessi accettato di ballare con lui solo perché ero un po' disperata e un po' brilla.

Gesù, perché dovevo incontrare un bell'uomo che mi toglieva le mutandine appena un giorno dopo aver giurato che sarei rimasta lontana dagli uomini per tutto il tempo che il mio corpo e la mia mente e lo avrebbero permesso, e ora stavo ballando con un ragazzo che ero sicura poteva realizzare il più sporco dei miei sogni, e non desideravo altro che porre fine a questo ballo il prima possibile ... Il mio destino era uno stronzo esilarante.

«Io sono Rob, comunque, e tu sei —»

«Ji —» Nel momento in cui stavo per rispondere alla sua

domanda, i miei occhi incontrarono uno sguardo che pensavo non mi avrebbe mai più fatto tremare le ginocchia.

«Che c'è?» chiese Rob, guardandosi intorno, come se cercasse di vedere il motivo della mia improvvisa mancanza di parole.

«Scusa, la mia amica mi sta cercando», dissi, liberandomi del suo abbraccio.

Non può essere possibile, non può essere possibile ... Che diavolo sta facendo qui?

Mi guardai freneticamente intorno per assicurarmi che né Rob né il motivo della mia fuga improvvisa mi seguissero. Poi raggiunsi il nostro tavolo, sentendo il cuore battere selvaggiamente nel mio petto.

Perché Oliver era qui stasera? Sapeva che ci sarei stata anch'io? Era venuto a cercarmi?

«Ehi, tutto bene?» chiese Scarlett, prendendomi per mano.

Deglutii a fatica, spaventata a morte. Per un secondo, pensai che fosse Oliver, che mi aveva trovata. Fino ad allora, non mi ero resa conto che non ero andata al tavolo, ma nell'angolo più buio del club, apparentemente sperando che lui pensasse di avere le allucinazioni e di avermi scambiata per qualcun'altra.

«Sì, è solo quel tipo che mi ha chiesto di ballare. Penso che volesse qualcosa di più.»

«Sembra che tu abbia appena visto un fantasma.»

«Dannatamente vicino alla verità», mormorai. «Voglio dire, sto bene. Ho solo pensato di stare fuori dalla sua vista per un po'. Ehi, ehm ... Hai detto a qualcuno che venivamo qui stasera?»

«Certo. Dom lo sa, perché? Vuoi che venga a prenderti per portarti a casa?»

«Oh, no. Volevo solo assicurarmi che qualcuno sapesse dove trovarci.»

«Sei sicura di stare bene? Vuoi uscire a respirare un po' d'aria fresca?»

«Ottima idea. Andrò fuori.»

«Vuoi che ti accompagni?»

«No, tutto okay, starò bene.» Forzai un sorriso e mi diressi verso l'uscita, sperando di non incontrare Oliver lungo il tragitto. Niente da fare. Cavolo ...

Lui era proprio di fronte a me, con quel mezzo sorriso sexy che mi faceva sempre venir voglia di baciare le sue deliziose labbra.

«Vai da qualche parte?» chiese, facendo un passo vero di me. Sfortunatamente, c'erano troppe persone in piedi che ballavano intorno per mettere un po' più di distanza tra noi.

«Fuori», dissi, spostandomi per cercare di aggirarlo.

«Aspetta.» Mi afferrò una mano e mi tirò più vicino al suo petto. «Balla con me.» Mi guardò, e in pochi secondi, mi sentii senza ossa, senza cervello, il mio sangue che pompava nelle orecchie e il mio odio per lui svanito in pochissimo tempo.

Non potevo odiarlo, non volevo. Tutto ciò che desideravo ora, era stare di nuovo con lui, persa nel profumo della sua colonia, del suo calore, con le sue labbra e le sue mani sapienti su di me.

È tutta colpa tua, maledetto Margarita!

E dannato Oliver, che capì subito che le mie difese si erano frantumate. Sorridendo di nuovo, mi portò al centro della pista da ballo, dove c'erano solo poche altre coppie che ballavano qualche canzone lenta. Avvolgendomi le mani intorno alla vita, si chinò verso il mio orecchio, sussurrando, «Il tuo abbigliamento mi fa pensare a cose che sono sicuro non approveresti mai.» Sentii il suo respiro caldo sulla mia pelle, che mandava ondate di calore lungo il mio corpo, esattamente dove avevo più bisogno di lui.

Lo guardai, cercando di capire se c'era qualcosa che mi

avrebbe impedito di parlare. No ...

«Chi ha detto che non approverei quello che hai in quella tua mente sporca.» Oh, merda, non potevo crederci, stavo cadendo di nuovo nella stessa trappola, ma ... Maledetto Margarita, tu e la tua terapia alcolica, non potevo farne a meno.

Le mani di Oliver scivolarono lungo la mia schiena e sotto l'orlo della mia camicia allacciata, quel tanto da farmi sentire il fuoco del suo tocco sulla mia pelle.

«Ti voglio, ti voglio adesso», mi soffiò sulle labbra. Sentivo l'odore dell'alcol, quindi non ero sicura su cosa ci avesse influenzato di più, i nostri drink o le ventiquattro ore che avevamo trascorso separati.

«Cosa stai aspettando?» lo provocai, incontrando i suoi occhi. Li chiuse per un secondo, respirando profondamente.

«Tu risvegli la parte peggiore di me, Jillian.»

«Posso dire la stessa cosa di te.»

Poi, prima ancora di rendermi conto di quello che stava succedendo, le sue labbra erano sulle mie, riscaldandomi ogni centimetro, bruciandomi in cenere e rendendo il desiderio di stare con lui più forte e semplicemente impossibile da resistere.

Il bacio non durò a lungo, ma fu sufficiente per rendermi conto che lo desideravo ancora. Un sorriso soddisfatto apparve sulle sue labbra carnose, le sue mani scivolarono più in profondità sotto la mia camicia, sciogliendola e permettendogli un migliore accesso a qualsiasi cosa volesse toccare dopo.

«Sai cosa desidero di più adesso?»

«Cosa?»

Mi fece voltare, premendomi la schiena sul suo petto. Con le labbra che mi accarezzavano il lobo dell'orecchio, disse, «Voglio prenderti proprio qui, sulla pista da ballo, con tutte queste persone intorno che ci guardano, portandoci l'un l'altro ad altezze dove non potremo più ricordare i nostri nomi. Ti slaccerei il reggiseno e lo getterei sul pavimento, avvolgendo le mie labbra intorno a uno dei tuoi capezzoli induriti, succhiandolo e mordendolo lentamente, per gioco. Poi farei scorrere le mie labbra fino a dove posso sentire di nuovo la tua dolcezza, facendo scivolare un dito dentro di te e godendomi la vista della tua schiena inarcata sotto il mio tocco.» Le sue mani scivolarono un po' più in alto, sotto l'orlo del mio reggiseno, le sue labbra mi succhiarono il collo. «E poi, ti legherei le mani con questo tuo velo blu e ti metterei in ginocchio, abbracciandoti da dietro e penetrando nel profondo del tuo sesso bagnato.» Oh, Signore, poteva smettere di parlare e portarmi da qualche parte dove ripetere sul serio tutto quello che aveva appena detto? «Ti farei urlare, abbastanza forte da essere udita da tutti dentro e fuori questo club. Avvolgerei una mano intorno al tuo fianco e ti toccherei il clitoride, rallentando e aspettando che tu mi supplichi per avere di più. E tu imploreresti, te lo giuro. Perché so quanto ami venire per me. E quando vieni, sei così splendida, che non voglio altro che scoparti, ancora e ancora, solo per vedere quello sguardo di euforia che ti acceca gli occhi. E poi, ti darei il miglior orgasmo della tua vita, scivolando dentro e fuori dal tuo corpo finché non potremo più respirare né pensare.»

Deglutii a fatica, non sapendo cosa rispondere, perché ero già troppo vicina a venire solo per le sue parole, e scommetto che lui lo sapeva bene.

«Perché sei venuto qui?» chiesi di punto in bianco, perché all'improvviso tutto sembrava troppo, troppo da gestire; le parole di Oliver, la sensazione del suo tocco sulla mia pelle e i miei sentimenti erano troppo opprimenti, avevo bisogno di sapere dove stava andando a parare. Di certo non volevo che il mio cuore si spezzasse, e non avrei permesso che accadesse.

«Volevo vederti.»

«Per quale motivo?» Mi voltai e lo guardai negli occhi. In qualche modo, sentivo che qualsiasi cosa Oliver avesse dicendo prima non era reale, era come se volesse semplicemente prendermi in giro, per mostrarmi quanto mi mancava dopo averlo allontanato da me.

«Volevo che sapessi quanto mi sei mancata.» Tacque, facendo scorrere la punta delle dita sul mio labbro inferiore. «Ho passato una settimana lontano da te. Volevo anche sapere se ti mancavo anch'io, anche se solo un pochino. E ora, posso vedere che è così.»

La canzone lenta era finita e fu sostituita con qualcosa di più ritmico; tutta la magia del momento era sparita e rovinata. Se pensavo che ci potesse essere qualcosa di più del semplice sesso che spingeva Oliver e me insieme, ora sapevo per certo che non c'era altro che lussuria, che non eravamo in grado di soddisfare con nessun altro, a quanto pare. Ma volevo di più, avevo bisogno di molto di più ...

«Ti odio, Oliver», dissi, cercando di mettere più veleno possibile in quelle tre parole.

«No, non mi odi, piccola bella bugiarda. Sai dove trovarmi, vero?» Poi, si fece da parte e si allontanò dalla pista da ballo, lasciandomi completamente persa, eccitata e incazzata. Fottuto bastardo ...

Il resto della serata passò con una serie di eventi sfocati: un drink, un ballo, un altro drink, un altro ballo. Non credo di aver mai desiderato ubriacarmi come in quel momento. Non sapevo nemmeno di poter bere così tanto. Quando Scarlett, Josseline ed io eravamo pronte a lasciare il club, riuscivo a malapena a stare in piedi, la mia mente si stava spegnendo. Mi avvicinai al primo taxi che vidi in attesa accanto al marciapiede, ringraziai Joss per aver scelto il peggior club della città, ma lei si limitò a ridere alle mie parole, baciandomi su entrambe le guance e poi salì sul suo taxi. I suoi piedi erano nudi, il velo rosso avvolto intorno alla caviglia destra. Be', a quanto pare non ero l'unica damigella completamente distrutta quella sera.

Scarlett era l'unica persona più o meno sobria della nostra piccola compagnia. Mi abbracciò forte, promettendo di venire a controllarmi al mattino, anzi, al pomeriggio per l'esattezza, perché mentre lo diceva, potevo già vedere i primi raggi di sole filtrare tra le nuvole.

«Va bene, ma non suonare il campanello quando arrivi all'appartamento, per favore porta le chiavi in modo da poter entrare senza rumori irritanti», le raccomandai. «Sicuramente starò ancora dormendo quando arriverai.»

«Grazie per tutto, tesoro. Sai che ti voglio bene, vero?»

«Oh, merda, non iniziare a piangere su di me», commentai. «So che mi vuoi bene e te ne voglio anch'io, ma immagino che abbiamo solo bisogno di dormirci su e poi potremo sederci e parlare ancora del tuo imminente matrimonio e di qualsiasi stronzata lo seguirà.»

Lei rise e disse all'autista del mio taxi, «Si assicuri che arrivi dove deve andare, per favore.» Poi gli diede l'indirizzo del suo appartamento.

«Certamente, signora», rispose l'uomo, annuendo.

«A domani, tesoro!» Salii in macchina e la salutai attraverso il finestrino aperto. Sperai che l'autista non facesse manovre inutili per non stare ancora più male.

Nonostante tutto quello che era successo prima del momento in cui varcai la soglia dell'appartamento, ero sicura che a Scarlett fosse piaciuto il suo addio al nubilato. Dopotutto, era lo scopo principale di tutto ciò che avevamo fatto quella notte, e noi tre ci divertivamo molto insieme.

Senza Oliver, l'appartamento sembrava così vuoto. Un giorno era stato più che sufficiente per confermare le mie peggiori paure di innamorarmi di lui. Mi mancava da morire, anche se non riuscivo ancora a spiegarmi la sua improvvisa scomparsa. Non aveva chiamato o lasciato alcun biglietto dicendo che avrebbe trascorso la notte da qualche altra parte, pensai che semplicemente non volesse più vedermi. Avevo pensato a lui tutto il giorno, volevo anche chiamarlo un paio di volte, ma poi di nuovo, mi ricordai della mia conversazione con Scarlett e cambiai idea.

Certo, le avevo mentito sui miei sentimenti per Oliver. In effetti, ero sicura che ogni donna più o meno sana di mente si sarebbe innamorata di lui, non importava quante volte l'avesse delusa e rovinato le sue aspettative.

E non stavo parlando di letto, ovviamente, perché lì era un re e un Dio. Ed era proprio così, che ora, che ero sicura di essere profondamente innamorata di lui, non potevo immaginare di vederlo e continuare a fingere che fossimo solo amici. Con benefits o meno, questa amicizia era destinata a essere un fatale fallimento fin dall'inizio.

Aprii la porta della stanza da letto di Oliver e aveva ancora il suo odore. Mi avvicinai a uno dei cassetti e lo trovai vuoto. Quando era venuto a prendere le sue cose? Ero ancora troppo ubriaca per pensare a tutto tranne che ad addormentarmi, così mi avvicinai al letto di Oliver, gettai alcuni cuscini inutili sul pavimento e mi infilai sotto la coperta, inalando il profumo della sua colonia che potevo ancora sentire su tutta la biancheria da letto. Il giorno dopo prometteva di essere un inferno, ma in quel momento non me ne importava niente o quasi.

Feci un respiro profondo e chiusi gli occhi, sperando che almeno in sogno avrei potuto sentire le sue braccia familiari stringermi in un abbraccio ...

Capitolo 14

Oliver

Mi faceva malissimo la testa. Ero in piedi sotto la doccia, sperando che mi avrebbe aiutato a rinfrescarmi.

Non potevo credere di essere così debole. Mai in vita mia avevo pensato che un giorno mi sarei ubriacato a causa di una ragazza. E ieri era stata la seconda sera di fila che avevo passato con un drink in mano.

Quando chiesi a Dom dove si sarebbe tenuta la festa di addio al nubilato, lui mi rise in faccia e rispose che non me l'avrebbe mai detto.

«Pensavo avessi detto che non volevi vederla, mai più», disse, sorridendo alle sue stesse parole che scommetto pensava fossero la cosa più intelligente da dire.

«Perché ti interessa così tanto? Non dovresti pensare alle tue promesse di matrimonio, alle torte o a qualsiasi stronzata a cui di solito si pensa prima del Grande Giorno?»

«Ho già scritto i miei voti matrimoniali e Scarlett si è già occupata della torta, quindi non ho altro da fare che preoccuparmi per il mio fratellino.»

«Dimmi solo dove sono.»

«Per quale motivo?»

Alzai gli occhi al cielo. «Okay, va bene, lo ammetto — voglio vederla. Sei contento adesso?»

«Lo sarò quando saprò che anche tu sei felice. Sono andate al The Night Star. Cerca solo di stare lontano dalla vista di Scarlett. Mi uccide se scopre che ti ho detto dove trovarle.»

«Perché?»

«Perché pensa che dovresti lasciare in pace Jillian.»

«E perché dovrebbe volere una cosa del genere?»

«Perché ci tiene alla sua amica, e pensa che Jill stia

nascondendo qualcosa, e scommetto che quel qualcosa sono i suoi veri sentimenti per te.»

Sorrisi soddisfatto. «Giusto.» In qualche modo, dubitavo che Jillian provasse qualcosa di diverso dall'odio per me, e non cercava affatto di nasconderlo.

«Credi davvero che lei non provi altro che rabbia nei tuoi confronti, vero?»

«Non so cosa pensare. È tutto così fottutamente complicato!»

Dom rise. «Questo è ciò che chiamano amore.»

«Davvero? Se hai ragione, allora non penso di voler amare nessuno, mai.»

«Ma lo stai già facendo. Anche se ne dubiti, o semplicemente non vuoi ammetterlo, sono sicuro che prima o poi lo confesserai ad alta voce.»

Fissai mio fratello, pronto a replicare che si sbagliava, quando me ne resi conto — ero innamorato di Jillian. Non aveva senso negarlo. Mi spaventava a morte, ma d'altra parte — non volevo altro che sapere di più su come ci si sentisse ad amare e ad essere amati, ma non da una donna qualunque ... Da Jillian.

«Vado a parlarle, adesso», annunciai, dirigendomi verso la porta. Le parole che aveva detto a Scarlett mi risuonavano ancora in testa, ma se Dom aveva ragione, dovevamo sederci e parlare da adulti e finalmente smettere di cercare di ingannarci a vicenda.

«Buona fortuna!» fu la risposta di Dom.

Presi un taxi e andai al The Night Star. Sapevo che era uno dei posti preferiti di mia sorella a New York; quindi, non fui sorpreso di trovarci lei, Scarlett e Jillian che si divertivano.

Seguendo il consiglio di mio fratello, cercai di stare fuori dalla vista della sua fidanzata. Andai direttamente al bar e ordinai un drink, sperando che mi avrebbe aiutato a vincere la paura della mia prossima conversazione con Jillian. Non ero sicuro di cosa avrebbe risposto se le avessi detto che l'amavo, quindi sì, avevo bisogno di tutto il coraggio possibile per delle dannate parole d'amore. Dio, non avrei mai immaginato di poter essere così nervoso. No, non avrei mai immaginato di innamorarmi così tanto di qualcuno.

Guardai il tavolo dove speravo di vedere Jill, ma lei non c'era, stava andando verso la pista da ballo con un tizio, che la teneva per un braccio come se fosse una sua proprietà personale. Fottuto bastardo! Non so nemmeno come riuscii a non correre da lui e torcergli il braccio che stringeva Jillian.

Ingoiando rabbia e gelosia insieme a un altro sorso di whisky, continuai a guardarli mentre ballavano. Quando pensai che non potevo più sopportare la vista delle mani di lui, che accarezzavano la schiena di Jill, mi avvicinai a loro di qualche passo, aspettando che lei mi vedesse.

Alla fine, i nostri sguardi si incontrarono. Sapevo che non si aspettava di vedermi lì durante la festa di Scarlett. Rapidamente, lei abbassò gli occhi, disse qualcosa al suo accompagnatore, e poi si precipitò fuori dalla pista da ballo.

Sorrisi un po' tra me e me. Scappi di nuovo? Beh, buona fortuna, tesoro.

Aspettai che finisse di parlare con Scarlett. Sembrava un po' strana, cercava di nascondersi in un angolo buio del club. Ma non avevo intenzione di perderla di vista. Quindi, quando si diresse verso l'uscita, mi assicurai che non potesse andarsene senza prima parlare con me.

Quando mi si fermò di fronte, osservai il suo vestito e sorrisi. Sembrava divertente e dannatamente sexy allo stesso tempo. Se fossi stato suo marito o almeno il suo ragazzo, non l'avrei mai lasciata uscire in strada vestita così. Non che non fossi entusiasta all'idea di vederla camminare per l'appartamento abbigliata in quel modo.

«Vai da qualche parte?» chiesi.

«Fuori», sbottò, ovviamente morendo dalla voglia di allontanarsi da me il prima possibile. Ma non potevo lasciarla andare via.

«Balla con me», la invitai, prendendola per mano e tirandola vicino al mio petto.

Camminammo verso la pista da ballo e avvolsi le braccia intorno alla sua piccola vita, cercando di proteggerla da tutti gli avidi idioti che la osservavano famelici. Perché mai Scarlett non era riuscita a trovare dei vestiti meno sexy per il suo addio al nubilato? Avrei dovuto portare Dom con me, perché avrei davvero apprezzato il suo aiuto per salvare queste tre bambole pazze da un gruppo di cowboy che morivano dalla voglia di portarle a fare un giro.

Percepivo che Jill era un po' tesa, anche se sapevo che era anche felice di vedermi. Ero sicuro che volesse sapere dove avevo dormito la notte scorsa.

Sembrava un po' distante, e di nuovo pensai che fossimo troppo simili quando si trattava di mostrare i nostri veri sentimenti. Ridevamo e facevamo finta che andasse tutto bene, anche se non vedevamo l'ora di restare da soli con i nostri pensieri e preoccupazioni. Cosa dicono delle persone che ridono più delle altre? Che hanno più motivi per piangere di chiunque altro? Be', forse era vero in qualche modo.

Involontariamente, i miei palmi scivolarono lungo la schiena di Jill e sotto l'orlo della sua camicia, i cui bottoni erano aperti in alto, mostrando quanto bastava del suo reggiseno blu scuro per lasciar andare la mia immaginazione. Non volevo altro che esplorarlo nel dettaglio, insieme al resto del suo outfit e a qualsiasi cosa fosse nascosta sotto di esso.

No, era troppo presto per dirle cosa provavo per lei. O forse era semplicemente la mia natura di giocatore diabolico che non mi avrebbe permesso di rendere le cose più facili; volevo giocare solo un po' più a lungo.

Quando il mio giochetto finì, eravamo entrambi eccitati come sempre. Lo sapevo per certo. Potevo vedere il fuoco familiare bruciare nei suoi occhi. Vedevo quanto duramente dovesse lottare per non arrendersi e dirmi che anche lei mi voleva. Potevo sentire che la sua finta indifferenza non era altro che un misero tentativo di punirmi per quella dannata domanda sull'amicizia. Ero sicuro che fosse la ragione principale della sua rabbia, anche se senza Dom, non sarei mai stato capace di capirlo da solo.

«Sai dove trovarmi, vero?» Ero sicuro che non sarebbe mai venuta da me per prima, ma volevo comunque lasciarle qualcosa a cui pensare. A differenza di tutto il resto, le sfide erano sempre state una di quelle cose a cui nessuno di noi due sapeva resistere.

Non volevo andare a casa. In primo luogo, perché ero ancora preoccupato per alcuni uomini che cercavano di fare del male alle ragazze, e in secondo luogo, perché volevo assicurarmi che Jill tornasse a casa, sana e salva, e anche da sola.

La seguii fino all'appartamento di Scarlett e aspettai che le luci delle finestre si spegnessero. Poi andai di sopra e aprii la porta con la mia chiave. Andai in punta di piedi nella camera di Jill e la trovai vuota. Strano, pensai. Controllai il bagno, ma non era nemmeno lì. E se ...

Andai nella mia vecchia stanza da letto e aprii la porta in silenzio, temendo di svegliarla o spaventarla.

Ed eccola lì, sdraiata sul mio letto, con le braccia avvolte intorno a uno dei cuscini e la coperta spinta in fondo ai piedi e mezza giù dal letto. Mi avvicinai e le sorrisi. Sembrava una bambina, indossava ancora i calzettoni e il velo. La sua gonna, la camicia e le scarpe erano abbandonate sul pavimento. Allungai la mano verso la coperta e la avvicinai alle sue spalle, posandole un leggero bacio sulla fronte.

Era un po' surreale essere lì adesso. Sapevo che stava dormendo profondamente e non avrebbe sentito nemmeno se avessi acceso la macchina del caffè proprio sul suo comodino. Così andai alla sedia vicino alla finestra e mi sedetti, allungando le gambe.

Ero stanco morto. Stanco di tutto: la notte, l'inarrestabile vorticare dei pensieri nella mia testa, la ridicola situazione in cui ci eravamo cacciati Jill ed io. Ma soprattutto, ero stanco di combattere con me stesso ...

Non avevo intenzione di addormentarmi, pensavo di stare lì un po' più a lungo e poi tornare a casa, ma a quanto pare, la stanchezza ebbe la meglio su di me, e svenni proprio sulla sedia.

Le mani di qualcuno mi toccarono le guance, seguite da labbra morbide che baciavano le mie. Aprii gli occhi e vidi Jillian, china su di me. Indossava ancora il vestito del club. L'unica differenza era che ora la sua camicia era sparita, il che mi dava alla mia immaginazione altri motivi per impazzire completamente. Le infilai una mano tra i capelli e attirai le sue labbra verso le mie. Lei gemette dolcemente nella mia bocca e io allungai l'altra mano per slacciarle il reggiseno. Gettandolo a terra, presi il suo seno pieno tra le mani, accarezzandole i capezzoli induriti con i pollici. I suoi palmi scivolarono lungo il mio petto, afferrandomi la mia camicia e strappandola; i bottoni si sparsero per tutto il pavimento.

Lei mi sorrise diabolicamente e poi si avvicinò di nuovo, baciandomi di nuovo le labbra e poi mi baciò sul collo e giù, fino alla cintura dei miei jeans. Poi aprì i miei jeans e li spinse giù, quel tanto che bastava per liberare la mia erezione. Avvolgendo le dita intorno al mio uccello, ne leccò la punta e poi lo prese completamente nella sua bocca, facendo scorrere il mio sangue come un pazzo nelle mie vene. Dio, era successo tutto così in fretta che non avevo avuto la possibilità di capire.

Potevo sentire le labbra di Jill scivolare su e giù lungo la mia asta, uccidendo tutti i pensieri rimasti nella mia testa. Non credevo di aver mai provato così tanto piacere in gesti come questo, ma adesso mi sembrava di viaggiare fino al cielo, e godermi ogni secondo.

Quando pensai di non poter più sopportare la tortura delle labbra più deliziose e baciabili di sempre, sentii qualcuno urlare.

Ma che ...

Aprii gli occhi, accecato dai raggi del sole, che brillavano attraverso la finestra. Dove mi trovavo?

«Sei fuori di testa, Oliver?»

Girai la testa al suono della voce di Jill e al ricordo dell'ultima notte e del sogno che mi tornò in mente. Oh, merda ...

«Mi hai spaventato a morte, idiota!» Mi tirò un cuscino in faccia.

«Ehi, posso spiegarti!» esclamai, afferrando il secondo cuscino prima che potesse colpirmi.

«Spiegare cosa? Che sei uno psicopatico, che perseguiti le ragazze e le guardi dormire?»

«Suona inquietante.»

«Davvero? Ma è esattamente quello che stai facendo ora!»

La guardai di nuovo e risi. «Hai un aspetto davvero buffo con questo velo.»

«Cosa?» Si avvicinò allo specchio e fece una smorfia al suo aspetto. «Uh, sapevo che oggi sarei stata uno schifo, solo che non mi ero resa conto di avere un aspetto così orribile.» Si tolse il velo e lo gettò a terra.

«Voglio dire, perché hai dormito qui, in questa stanza?» chiesi, ancora seduto sulla sedia. Non volevo che Jill notasse il rigonfiamento nei miei jeans e impazzisse ancora di più.

«Perché ti interessa tanto? Ti sei trasferito, quindi non è più la tua camera da letto.» Mi lanciò un'altra occhiata arrabbiata e uscì nel corridoio. Abbassai lo sguardo sui miei jeans, imprecai per la frustrazione e la seguii. Perché non poteva aspettare che quel fantastico sogno giungesse alla sua logica conclusione? Mi avrebbe semplificato molto la vita.

Entrò in cucina e prese uno dei bicchieri per bere dell'acqua.

«Hai sete?»

«Non è la parola giusta per descrivere come mi sento in questo momento, Oliver.»

«Forse non avresti dovuto ubriacarti così tanto ieri sera?»

«E tu cosa sei? Un poliziotto della buoncostume?»

«No, ma ci tengo a te.»

All'inizio lei non replicò nulla, ma poi scosse la testa e iniziò a ridere. «Mi stai uccidendo, lo sai? Sul serio, Oliver, è un tuo modo assurdo per dimostrarmi qualcosa?»

«Non sto cercando di dimostrarti nulla.»

«Che diavolo ci fai qui?» Sbatté forte il bicchiere contro il tavolo, rovesciando l'acqua.

«Ti ho seguita qui perché temevo che il tuo bel vestito, che ti copriva a malapena, avrebbe attirato troppe attenzione inutili.»

«Attenzioni inutili? Sei inciampato e hai battuto la testa? E se volessi attirare l'attenzione? E se fosse esattamente quello di cui avevo bisogno ieri sera?»

Scommetto che non si rendeva nemmeno conto che era in piedi di fronte a me, che mi stava urlando contro, indossando nient'altro che la lingerie. Come era possibile litigare con lei quando era così dannatamente fantastica?

«Cosa? Non sai cosa dire?» chiese, fissandomi con le mani sui fianchi.

«Sai, è davvero difficile pensare o parlare, vedendoti

così.» Indicai il suo reggiseno e le mutandine.

Abbassò lo sguardo e alzò gli occhi al cielo. «Come se fosse la prima volta che mi vedi senza vestiti.»

«Ho visto di più.»

«Lo so, e non pensare che non mi sia mai pentita di averti permesso di vedere di più», sbottò, voltandosi per allontanarsi da me.

«Dove stai andando?»

«Ho bisogno di una doccia.»

«Posso unirmi a te? Ne ho bisogno anch'io.»

«Vaffanculo, Oliver. E non dimenticare di chiudere la porta quando esci!»

Non che avessi intenzione di andarmene, ovviamente. Invece, mi diressi in quella che era la mia stanza, presi un accappatoio di riserva dal cassetto e andai a fare la doccia. E ora, in piedi sotto il vapore dell'acqua calda, riuscivo ancora a ricordare quanto fosse bello sentire le labbra di Jill avvolte intorno a me. Ero ovviamente fuori di testa, perché sembrava che anche in sogno, tutto ciò a cui riuscivo a pensare fosse Jillian. E grazie a Dio, almeno nei miei sogni, le sue belle labbra erano occupate con qualcosa che non implicava urlarmi contro.

Circa quindici minuti dopo la doccia volevo fare un po' di caffè e sentii la porta d'ingresso aprirsi.

«Ehilà? C'è qualcuno in casa?»

Oh, cavolo ... Scarlett.

Sfoderai il mio miglior sorriso e andai a salutarla.

«Buongiorno, raggio di sole!»

Lei guardò il mio accappatoio e sorrise. «Non sapevo che vivessi ancora qui.»

«Non è così», intervenne Jill, uscendo dalla sua stanza.

«Oh, capisco.» Gli occhi di Scarlett si spostarono tra me e Jill. «Mi dispiace, non volevo interrompere nulla.»

«Non preoccuparti, Jill ed io stavamo per fare colazione.» Sorrisi alla mia coinquilina incazzata e andai in cucina.

«Pensavo di averti detto di andartene», disse Jill, seguendomi.

«Mi dispiace, devo avere un problema di udito.»

«Avrai molto più di un semplice problema di udito», sibilò, in piedi accanto a me.

Mi chinai verso il suo orecchio e sussurrai, «Non vedo l'ora.»

«Forse dovrei tornare più tardi?» si informò Scarlett, assistendo al nostro scambio di convenevoli.

«No, rimani», rispose Jill, guardandomi con uno sguardo omicida.

«Che ne dici di un po' di pancake?» chiesi.

Scarlett ridacchiò. «Sei una ragazza fortunata, Jill, ad avere questo tesorino che cucina per te.»

Jillian alzò gli occhi al cielo, scuotendo la testa. «Sì, e pensa che oltre a cucinare il suo lavoro quotidiano include anche farmi infuriare.» Si era cambiata con un paio di jeans azzurri, abbinati a una camicia bianca, con le maniche arrotolate fino ai gomiti; i capelli erano raccolti in una coda di cavallo.

«Allora, ti è piaciuta la tua festa di addio al nubilato, Scar?» chiesi.

Lei posò la borsa sul tavolo e lasciò cadere la giacca su una delle sedie.

«È stata fantastica, tranne per il fatto che riesco ancora a sentire la musica che mi pompa nelle orecchie e mi gira un po' la testa. Ho provato a chiamare Joss, ma a quanto pare sta ancora dormendo, perché sono riuscita a contattare solo la sua segreteria telefonica.»

«Forse avrei bisogno di un altro po' di sonno, se non fosse stato per questo inquietante stalker che mi ha svegliata», disse Jill, accennando a me.

«Non fare la gattina arrabbiata, tesoro. Non volevo svegliarti.» Le feci l'occhiolino.

«Non sono sicura di voler sapere esattamente come ti ha svegliata», disse Scar, ridacchiando.

Parlammo un po' della serata e dei balli folli di mia sorella, e dopo aver apparecchiato la tavola facemmo colazione.

«Dov'è Dom?» chiesi a Scarlett.

«A una riunione.»

«Di domenica pomeriggio?» commentò Jill, sorpresa.

«Ha detto che si trattava di una sorpresa per il matrimonio.»

Sorrisi. «Sono sicuro che ti piacerà.»

«Tu sai di cosa si tratta, vero?»

«Visto che è stata una mia idea ...»

«Oh, Signore, non mi piace. Cosa state combinando?»

«Non te lo dirò. Ma ti consiglio vivamente di comprare un bel paio di pantaloncini di pelle.»

«Cosa? Spero che non andrà a fare acquisti in un sexy shop o qualcosa del genere?»

Mi limitai a sorridere, masticando un pezzo di pancake.

«Okay, grazie per la colazione», disse Scar, alzandosi in piedi. «Ma penso che sia ora che me ne vada.»

«Di già?» si allarmò Jill, guardandomi con la coda dell'occhio.

«Non preoccuparti, tesoro, sono sicura che il tuo cuoco non cercherà di mangiarti viva. A meno che tu non glielo chieda, ovviamente.» Mi fece l'occhiolino, prese la borsa e la giacca e si diresse verso la porta, con Jill che la seguiva.

«Stai bene?» udii Scarlett chiedere a Jill.

«Sì, per quanto possa stare bene, considerando che il tuo futuro parente è l'ultima persona che volevo vedere oggi.»

«Parla con lui.»

«Non credo sia una buona idea.»

«Chiamami se hai bisogno di qualcosa.»

«Okay.» Si salutarono e Scarlett se ne andò.

Di cosa voleva che Jillian mi parlasse? Aveva preso qualche decisione su di noi? Era troppo tardi per dirle cosa provavo per lei?

«Oliver, possiamo parlare?» Jill mi chiese, tornando in cucina.

«Sì, certo. Di cosa?» Mi asciugai le mani e mi appoggiai al bancone della cucina, aspettando qualsiasi cosa stesse per dirmi.

«Non possiamo più farlo. Dobbiamo smetterla.»

Capitolo 15

Jillian

Mi odiavo per tutto quello che avrei detto dopo, ma non sopportavo più di litigare con Oliver. A quanto pare, non riuscivamo a far funzionare le cose; quindi, pensavo che sarebbe stato più facile per entrambi fermare tutto quello che stava succedendo tra noi.

«Non potrei essere più d'accordo con te», commentò Oliver.

Anche se era mia l'idea di lasciar perdere tutto, mi sentivo ancora un po' offesa dal fatto che in realtà lui era d'accordo e si arrendeva così facilmente.

Speravo che lui dicesse qualcosa, qualunque cosa che mi facesse cambiare idea? Mi aspettavo che opponesse resistenza? Be', sì, certo, me lo aspettavo ...

«Ho pensato che visto che non sei tornato qui ieri sera, il tuo appartamento doveva essere pronto per il tuo ritorno, giusto?» Il mio discorso originale non includeva quella domanda e sapevo che lui avrebbe intuito un'altra domanda nascosta, ma era troppo tardi per rimangiarmi le mie parole.

Oliver sorrise, guardandomi intensamente. «Se volevi chiedermi dove ho alloggiato l'altra notte, potevi farlo subito.»

«Non me ne frega niente di dove stai la notte. Mi stavo solo chiedendo quanto presto intendi andartene da qui», dissi, indicando l'appartamento. «Ho visto che hai portato via con te tutte le tue cose, quindi naturalmente, ho pensato che non tornassi più. Che sciocca, immagino che tu mi abbia dimostrato che mi sbagliavo.»

«Ed io che pensavo che stessi ancora considerando il mio invito di ieri sera.»

Hai una bella faccia tosta, stronzo ...

«Nei tuoi sogni!»

«Per quanto riguarda i miei sogni, tesoro ... Nei miei sogni, sei molto più accondiscendente e compiacente di quanto tu non sia in questo momento.»

«Fottiti, Oliver.» Mi voltai e lasciai la cucina sbuffando. Ero davvero stanca delle sue stupide battute, quell'uomo credeva di essere spiritoso, non era nemmeno preoccupato che nessuno lo avrebbe trovato divertente, diceva solo ogni singola cosa che gli veniva in mente. Ero anche stufa di tutto ciò che metteva insieme me e lui. Tornai nella mia stanza e chiusi a chiave la porta nel caso in cui decidesse di provare a "parlarmi" di nuovo.

La sera precedente c'era stato un momento in cui avevo pensato che non mi importasse della sua reputazione o delle sue scappatelle sessuali, ma ora che la quantità di alcol nel mio sangue era molto inferiore, capivo che volevo molto di più di quanto Oliver potesse mai darmi.

Circa dieci minuti dopo, udii la porta d'ingresso aprirsi e poi richiudersi. Uscii nel corridoio e trovai le chiavi di casa di Oliver sul tavolo vicino alla porta. Se n'era andato, in realtà se n'era andato ...

Presi le chiavi, guardandole pensierosa. È questo che vuoi davvero? Che lui ti lasci in pace? Be', sì, ma ...

Improvvisamente, tutto sembrava sbagliato. Stavamo giocando a un gioco che nessuno di noi sapeva come gestire fin dall'inizio, nonostante le regole stabilite. Le cose che ci stavamo dicendo, cercando di ingannarci o ferirci a vicenda, erano tutte sbagliate. Non avremmo dovuto fare nulla di tutto ciò, avremmo dovuto semplicemente lasciarci in pace; niente di tutto questo sarebbe successo se ci fossimo allontanati fin dall'inizio.

Avrei dovuto essere io a controllare i miei ormoni. Non dovevo lasciare che prendessero il controllo del mio pensiero razionale. Dopotutto, c'erano molti giocatori in giro e, a quanto pare, ce n' era solo uno che non sapevo gestire.

Gettai di nuovo le chiavi sul tavolo e andai in cucina a cercare del vino. Non sarei diventata un'alcolizzata anche se volevo bere qualcosa subito dopo aver appena finito di fare colazione, giusto? Guardai l'orologio e segnava le tre e mezza del pomeriggio — quasi l'ora di bere un drink e guardare Dirty Dancing.

Un film, una pizza e mezza bottiglia di vino più tardi, pensai che fosse il momento di scrivere il mio discorso di nozze per Scarlett e Dominick.

Odiavo i brindisi, e ancora di più, odiavo la gente che ti guardava con gli occhi pieni di stupide aspettative, come se non stessi solo esprimendo desideri, ma stessi parlando di una strategia per salvare il mondo da una guerra nucleare. Andai alla scrivania a cercare un pezzo di carta e una penna. Notai che alcuni dei documenti di Oliver, incluso il suo business plan, erano ancora lì. Curiosa, raccolsi i fogli, mi versai un altro bicchiere di vino e tornai subito sul divano a leggerli. Alcune cose attirarono immediatamente la mia attenzione e pensai che non gli sarebbe dispiaciuto se avessi preso qualche appunto.

Non ricordavo di essermi addormentata, ma quando mi svegliai e vidi che erano quasi le otto del mattino, mi resi conto di essere svenuta nel bel mezzo del business plan di Oliver e ora stavo per fare tardi al lavoro.

Merda ...

Saltai in piedi, misi tutti i fogli in una cartella sulla scrivania, e mi precipitai in bagno, sperando che non ci fosse molto traffico sulla strada per l'ufficio.

***

«Buongiorno, Miss Murano», mi salutò Amy, la mia segretaria. Aveva circa quarant' anni e a volte pensavo che il lavoro fosse il suo unico amore. Per quanto ne sapevo, non era sposata, quindi credo che questo spiegasse un bel po' di cose. Arrivava al lavoro in anticipo e se ne andava più tardi di tutti gli altri. La guardai e mi accigliai, pensando che non avrei mai augurato una vita come la sua a nessuno, me compresa. Non sapevo se avesse amici con cui uscire, ma immagino che la maggior parte delle donne della sua età avesse un marito e dei figli da accudire.

«Buongiorno, Amy. Com'è andato il weekend?»

«Grandioso. Sono andata a trovare la mia famiglia a Denver e mi sono divertita un po' con mia nipote. È proprio una bambola.»

«Quanti anni ha?»

«Cinque. Ma a volte mi sembra che sia più grande di me. I bambini al giorno d'oggi sono così precoci. Sanno tutto, quando io invece riesco a malapena a non rovinare un documento di Word, sempre che capisca come crearne uno.» Ridemmo entrambe.

«Infatti. I bambini crescono molto velocemente ormai.» Non che fossi un'esperta, ma avevo una sorella, che a volte sembrava essere non solo di un'altra epoca, ma di un altro pianeta.

«Sa se Mr. Altier è già arrivato?» Nonostante la mia fretta mattutina, ero riuscita comunque a finire di leggere il business plan di Oliver. Avevo persino preso un taxi invece di guidare la mia auto per poterlo terminare mentre andavo in ufficio.

«Sì, l'ho visto circa cinque minuti fa. È arrivato insieme a Miss Wilson.»

«Oh, bene. Ho bisogno di entrambi.» Sapevo che Scarlett non avrebbe perso l'occasione di chiedermi di Oliver; quindi, pensai che sarebbe stato meglio parlarle prima che potesse rovinarmi la giornata lavorativa chiamandomi senza sosta.

«Posso entrare?» chiesi, aprendo la porta dell'ufficio di Dominick.

«Non sapevo che qualcuno in questa società ricordasse ancora come essere educato», rispose, senza nemmeno guardarmi.

«Wow, qualcuno sembra essere lunatico oggi, come mai? A proposito, l'unica persona che non sa un cavolo di buone maniere in questo posto è il capo della società.»

Alla fine, alzò gli occhi e dopo una breve pausa, sorrise, dicendo, «Conosco il nome della persona che è la causa del tuo stato d'animo luminoso e splendente?»

«Ne dubito. Ma se intendi tuo fratello, potresti dargli questi documenti? Per favore.»

«Perché non te ne occupa tu stessa?»

«Non credo che sarà possibile.»

«Avete litigato di nuovo?»

«Come ti viene in mente?»

«Perché meno di quarantotto ore fa, lui stava per dirti qualcosa di molto importante.»

«No, davvero? Be', a quanto pare, ha cambiato idea,

perché l'unica cosa di cui mi ha parlato era un invito a raggiungerlo nel suo letto, o sotto la doccia, non ricordo esattamente. Ma hai capito, vero?»

Dominick sorrise, scuotendo la testa. «Voi due vi comportate come una coppia di bambini, ve ne rendete conto, o no?»

Alzai gli occhi al cielo, sapendo che cercare di spiegare le cose a Dom era inutile. «Avevo solo bisogno di lasciare questi documenti da te in modo che lui potesse riprenderseli, quindi se non ti dispiace, tornerò al mio lavoro.»

«Certo, certo.» Fece un cenno verso la porta. «Scommetto che hai un sacco di cose da sbrigare.»

«Esattamente.» Mi voltai e uscii dal suo ufficio, sorpresa quando mi resi conto che Dominick non cercava di farmi incazzare con le sue stupide battute, un fratello Altier che parlava a vanvera era più che sufficiente; quindi, ero contenta che Dominick tenesse la bocca chiusa.

«Ehi, ragazza, cosa stai facendo?»

Scarlett era seduta, girando distrattamente il cellulare tra le mani.

«Sto cercando di decidere cosa fare con te.»

«In che senso?» Mi sedetti di fronte a lei e la fissai, perplessa.

«Per quanto tempo tu e Oliver giocherete a questo vostro stupido gioco?»

«Non stiamo giocando a niente. E per la cronaca, penso che torneremo come eravamo prima.»

«Vi ho visti ieri, sapete?»

«Lo so, ti abbiamo visto anche noi.»

«Non è quello che intendo dire, non ho potuto fare a meno di notare il modo in cui vi guardavate. È così difficile sedersi e parlare come normali adulti responsabili?»

«Tutti i nostri discorsi finiscono a letto, o con un drink in mano in compagnia di uno sconosciuto.»

«Be', non ho nulla contro il primo scenario. Il letto è la chiave che apre molte porte.»

«Ed io che pensavo che fosse la chiave di una sola porta — che si dà il caso sia tra le gambe di qualcuno o meglio di una donna.»

«Non fraintendermi, tesoro, sono sicura che nessuno di voi due sarà in grado di andare avanti finché non saprete esattamente cosa vi trattiene.»

«Tu cosa pensi che sia?»

«Non conosciamo entrambe la risposta a questa domanda?»

Certo, sapevo che Scarlett parlava d'amore. L'unico problema era che non ero sicura che Oliver sapesse davvero cosa significasse questa parola.

«Ho già preso una decisione, Scarlett. Non c'è modo di tornare indietro.»

«Sei sicura che mostrargli la porta sia il modo migliore per gestire la situazione? E se fosse il più grande am —»

«No, non dire così.» Mi alzai in piedi, indicando che la conversazione era finita. «Oliver ed io abbiamo bisogno di un po' di tempo lontano l'uno dall'altra.» Poi mi voltai verso la porta e tornai nel mio ufficio.

Sapevo che Scarlett era preoccupata per me, e che le piaceva Oliver, non importava quanto fosse avventato. Ma non ero sicura che lui fosse quello di cui avevo bisogno. Non ero una santa, ovviamente. Dio, a volte ero una peccatrice peggiore di lui, con il mio amore per i Margarita, i culi sexy e il torace ben definito. Ma ero anche una persona molto egoista, non avrei mai condiviso qualcosa o qualcuno che mi apparteneva, e con Oliver, non potevo essere sicura di nulla. Essere imprevedibile e incontrollabile erano due cose diverse.

Nel momento in cui entrai nel mio ufficio, vidi un mazzo di rose rosa sulla mia scrivania.

Ancora? Sul serio, Jeremy?

Stavo per buttare i fiori nel cestino della spazzatura, quando notai un biglietto allegato. Jeremy non mi aveva mai scritto dei biglietti, così mi incuriosii e lo lessi.

"Forse non sono perfetto, forse non sono nemmeno vicino a nessun tipo di perfezione conosciuta, ma l'unica cosa di cui non mi pentirò mai della mia vita incasinata è il tempo che ho trascorso con te ...

O."

Sentii il mio cuore scendere dritto attraverso il petto, nello stomaco e ai miei piedi; le lacrime mi scorrevano lungo le guance. Mi sedetti, tenendo ancora il biglietto tra le mani. Oliver aveva ragione, lui non era perfetto, ma nessuno di noi due lo era. Dio, forse le sue imperfezioni erano una di quelle cose che mi hanno fatto innamorare di lui? Forse anche Scarlett aveva ragione, e non dovevo affrettarmi a respingerlo? E se rinunciare a noi due fosse stato l'errore più grande della mia vita? E se ci fosse la possibilità di avere qualcosa di molto più importante e più grande del semplice sesso? E se avessi sbagliato tutto?

Guardai di nuovo il biglietto e piansi altre lacrime. Sapevo sempre cosa fare, non avevo mai fallito in ciò che volevo, ma ora mi sentivo così persa. E quei dannati fiori rendevano tutto ancora più complicato. Non mi aspettavo niente del genere da Oliver. Mi stava mostrando un lato diverso di sé stesso, qualcosa che non avevo mai notato prima, e che volevo conoscere meglio. Ma prima di tutto, avevo bisogno di prendermi una pausa, di stare da sola per un po', mi serviva del tempo per pensare. In questo momento, non ero pronta a prendere nessuna decisione. Volevo solo essere di nuovo libera, anche se questo significava stare lontana da Oliver. Anche se significava dargli più tempo per capire cosa voleva per sé stesso.

Strappai il biglietto a pezzi, li gettai nel cestino della spazzatura e poi chiesi alla segretaria di portare via i fiori. Per ora, il silenzio mi sembrava la migliore risposta al suo biglietto.

Nei giorni successivi feci del mio meglio per non pensare a Oliver. Lui non si presentò in ufficio, non mi chiamò ed non chiesi di lui a nessuno, indipendentemente da quanto desiderassi avere sue notizie.

Rimasi al lavoro fino a tardi, tornai a casa intorno a mezzanotte quando avevo solo il desiderio di addormentarmi, poi mi svegliai e tornai al lavoro, programmando quante più riunioni possibili. Anche Amy mi fece notare che non avrei dovuto lavorare così tanto, ma non mi importava. E ogni volta che l'immagine di Oliver lampeggiava dietro i miei occhi, cercavo di concentrarmi su qualcos'altro.

Ordinai anche un nuovo divano, ma né Scarlett né Dominick commentarono il mio nuovo acquisto. Scommetto che entrambi sapevano che non l'avevo ordinato solo per divertimento, ma per ridurre il numero di cose che mi ricordavano l'unico uomo che era riuscito a rimanere nella mia mente più a lungo di chiunque altro. L'unica cosa che avevo paura di affrontare era il giorno del matrimonio di Scarlett.

Sapevo che lì avrei visto Oliver, e non ero pronta per incontrarlo. Considerai anche l'idea di dire alla mia migliore amica che non potevo partecipare alla sua cerimonia, ma poi immaginai la furia di Scarlett e cambiai idea.

Ecco perché la giornata di oggi era iniziata con due

antidolorifici che speravo mi avrebbero aiutato a sbarazzarmi di un insopportabile mal di testa e due tazze di caffè che semplicemente mi avrebbero aiutato a sopravvivere a questa giornata.

«Dimmi che stai bene.»

Non so quante volte Scarlett me l'abbia chiesto, ma ero davvero stanca della suo essere iperprotettiva.

«Cavolo, sto bene!» Sbottai, prendendo il mio secondo bicchiere di champagne. Forse non era la cosa migliore da abbinare agli antidolorifici e al caffè, ma non potevo farne a meno.

«Allora perché continui a bere?»

«Perché è il giorno del tuo matrimonio e odio l'idea di perdere la mia migliore amica.»

«Non mi perderai, lo sai, vero?»

«Si, come no. Aspetta il momento in cui la tua casa sarà piena di ragazzini che corrono in giro e la tua cameriera cucinerà cibo di merda. Poi vedremo quanto tempo avrai per me.»

Si mise a ridere. «Lo giuro, non importa quanti bambini avrò, sarai sempre la prima persona che chiamerò se mi servirà aiuto con loro.»

«Non credo che sia una buona idea.»

«Inoltre, chi ha detto che non avrai dei figli tuoi?»

«Forse un giorno.» Buttai giù il resto del mio drink e posai il bicchiere sul tavolo. «Adesso, dov'è il mio vestito? Immagino che sia ora di mettere addosso a questo corpo mezzo ubriaco qualcosa di dignitoso.»

«Basta champagne fino a quando non mi sposo!» ordinò Scarlett come avvertimento.

«Scusa, tesoro, questo sarà il giorno del mio esaurimento nervoso, quindi non posso prometterti nulla. Ma ci proverò.»

«Brava ragazza.» Scar sorrise, porgendomi il vestito.

Capitolo 16

Oliver

Sarà una lunga giornata, pensai tra me e me, combattendo con quella maledetta cravatta nera. Odiavo le cravatte. Punto.

«Serve aiuto?» chiese Dominick, entrando nella mia stanza. Stavamo a casa dei nostri genitori, perché nostra madre era sicura che uno sposo dovesse uscire dalla casa dei genitori per andare in chiesa a sposarsi, era affezionata alle superstizioni e alle tradizioni matrimoniali.

«Mamma, non è lui la sposa», dissi qualche giorno prima quando mi chiamò e mi disse che voleva che Dom ed io fossimo lì entro venerdì sera.

«Non ha importanza. È nostro figlio e tuo padre ed io vogliamo che trascorra qui la sua ultima notte da scapolo.»

Sapevamo tutti che era inutile litigare con la mamma, quindi risposi, «Va bene, sarò lì entro venerdì sera. C'è altro?»

«Sì. Spero che non porterai nessuna spogliarellista con te, perché non voglio che la nostra famiglia venga umiliata.»

Sorrisi mentalmente. «Grazie per il promemoria, mamma. Quasi dimenticavo di chiamarla.»

«Non esagerare, Oliver. Ti conosco abbastanza bene da avere le mie ragioni per preoccuparmi del tuo comportamento il giorno del matrimonio. Ti prego, fai il bravo.»

«Sempre.»

«Grandioso. Ora devo parlare con tuo fratello. Buona giornata, tesoro!»

«Anche a te, mamma. Ciao.»

Se solo sapesse che non avevo più visto spogliarelliste o altre ragazze da quando ... Be', dal giorno in cui ero stato pubblicamente definito un "legno morto". Non si trattava nemmeno di Amalia che mi rovinava la reputazione, avevo le mie ragioni per stare lontano dalle donne. Sfortunatamente, ce n'era una a cui non riuscivo a smettere di pensare.

«Hai parlato con Jill?» domandò Dom, riportandomi alla realtà.

«No, non la vedo da domenica scorsa.» Guardai il mio riflesso nello specchio e feci una smorfia. «Posso andare senza cravatta?»

«Mi dispiace, amico, non oggi.» Dom si avvicinò e mi aggiustò la cravatta. «Ora, sembra molto meglio.»

«Scommetto che riesci ad annodare una cravatta anche con gli occhi chiusi.»

Lui sorrise. «Fa parte del guardaroba quotidiano per il mio lavoro.»

«Allora dimmi, caro fratello. Sei pronto a vedere una fede nuziale al tuo dito?»

«Penso di sì.» Si sedette sul mio letto, estraendo una scatola nera di velluto dalla tasca. «Spero che tu non lo perda», disse, porgendomela.

«Ci tengo alla mia incolumità, sai?» Presi la scatola e la misi nella tasca della giacca. «So che mi uccideresti se lo perdessi. Andiamo ora?»

Scendemmo nel soggiorno dove i nostri genitori e mia sorella ci stavano già aspettando.

«Uh, mamma, per favore non ricominciare a piangere», dissi, abbracciandola. «Dom sta per sposarsi. Non è che firmerà una condanna a morte o qualcosa del genere, giusto?»

«Scommetto che a te il matrimonio sembra proprio una condanna a morte», commentò Joss con un sorriso.

«Io non sono adatto al matrimonio.»

«Non dirlo mai più in mia presenza», mi rimproverò la mamma con tono di avvertimento. «Voglio avere molti nipoti, e sì, spero ancora che un giorno diventerai un uomo rispettabile e ti sposerai anche tu.»

«Non in questa vita, mamma.»

«Oliver!»

«Okay, okay, prometto di pensarci. Sei contenta adesso?»

«Lo sarò quando vedrò una brava ragazza al tuo fianco.»

«Mamma, per trovare una brava ragazza, deve smetterla di fare lo stronzo», intervenne mia sorella.

«Josseline, apprezzerei davvero che lasciassi a casa il tuo linguaggio moderno», disse nostro padre.

Lei alzò gli occhi al cielo. «D'accord – Va bene!»

«Penso che sia ora di andare», affermò Dom, guardando l'orologio.

«Sì, andiamo! Sarebbe così imbarazzante se lo sposo arrivasse più tardi della sposa.» La mamma sorrise a mio fratello e si diresse verso la porta d'ingresso, seguita da nostro padre, Joss e me.

Arrivammo in chiesa circa mezz' ora prima dell'inizio della cerimonia. Molti degli invitati erano stavano già prendendo posto. Mamma e papà andarono a salutare i genitori di Scarlett, e Joss andò a cercare Scarlett e Jillian.

«Torno subito», dissi a Dom. Avevo bisogno di bere. Ma poi pensai che difficilmente sarei riuscito a trovarne un drink in chiesa, così estrassi un pacchetto di sigarette dalla tasca e uscii, sperando che la nicotina mi avrebbe aiutato a rilassarmi, anche solo un po'.

Ero teso come una corda di violino. Sapevo cosa non andava in me, certo che lo sapevo. Avevo paura di vedere Jill.

Non ci vedevamo da cinque giorni, ma sembrava molto più, mi sembrava una vita. Non riuscivo a dormire, né a mangiare, né a lavorare. Avevo trascorso l'intera settimana trascinando il mio corpo mezzo ubriaco da un angolo all'altro del mio appartamento, combattendo con il desiderio di chiamarla.

Lei non aveva detto niente dei fiori o del mio biglietto, e

pensavo fosse un brutto segno. Be', non che mi aspettassi che si sciogliesse grazie a un mazzo dei fiori o altro. Ma speravo che almeno mi avrebbe ringraziato. A quanto pare, non meritavo nemmeno un semplice ringraziamento.

Aspirai l'ultimo tiro della sigaretta, gettai il mozzicone in un bidone della spazzatura e tornai in chiesa. Stavo passando vicino alla toilette delle signore, quando udii qualcuno imprecare ad alta voce. Sorrisi. C'era solo una persona oltre a me che imprecava così forte in un luogo sacro come questo.

Bussai alla porta, fingendo di non sapere chi ci fosse all'interno. «Va tutto bene, signora? Ha bisogno di aiuto?»

«Entra e basta, Oliver!»

Aprii la porta e vidi Jillian in piedi davanti a uno specchio, che combatteva con una lunga cerniera sulla schiena.

«Bel vestito», commentai, sbalordito. Non stavo scherzando, il suo abito era davvero fantastico. Lungo e nero, con una scollatura a V sulla schiena. Si adattava a Jill come un guanto e per un momento, pensai che se fossi stato un prete, avrei mandato la mia dignità all'inferno alla vista di un vestito così sacrilego.

«Potresti smetterla di fissarmi il culo e aiutarmi con il vestito?»

«Sì, scusa.» Mi posizionai dietro di lei, e con attenzione tirai su la lampo.

Dio, profumava di rose, con poche note di agrumi appena percettibili; il mio cuore iniziò a battere più forte nel petto. Le ciocche dei suoi capelli ricadevano su una spalla, lasciando in vista il suo fantastico collo che improvvisamente desideravo baciare.

«Fatto?» chiese piano solo un momento prima che le mie labbra potessero toccarle la pelle.

Deglutii, facendo un passo indietro. «Sì.»

«Grazie.» Mi guardò attraverso lo specchio e ci

bloccammo entrambi in un imbarazzante silenzio.

«Stai benissimo», dissi alla fine. Era così strano vederla adesso. Come se non ci fossimo visti solo qualche giorno prima, ma fossero passati anni. Sembrava diversa, quasi una sconosciuta invece che la donna che amavo così tanto.

«Anche tu stai bene.» Si voltò e sorrise leggermente. «Immagino che sia la prima volta che ti vedo con addosso uno smoking.»

«Sì, mi piacciono di più i jeans.»

«Lo so», disse lei, rimpiangendo apparentemente le parole che aveva appena pronunciato. «Penso che dovremmo andare prima che qualcuno inizi a cercarci.»

Annuii e la seguii in silenzio fino alla porta.

«Voi due ragazzi siete senza speranza!» Joss era in piedi proprio dietro la porta. «Anch'io credo che una chiesa non sia il posto migliore per una sveltina.»

«Non è come pensi, sorellina. Jill aveva bisogno di aiuto con il vestito, quindi ho fatto solo quello che lei mi ha chiesto di fare.»

«Oh, sono sicura che sei un esperto di abiti da donna, Oliver. Scommetto che sai anche toglierli con le mani legate dietro la schiena.»

«Non è davvero quello che pensi, Joss», commentò Jillian, guardandomi brevemente.

«Te l'ho detto, ragazza mia, avere un'avventura con mio fratello non ti farebbe bene.»

«Me lo ricordo.»

«Aspetta, perché dici così?» Fissai Josseline.

«Devo davvero rispondere a questa domanda?»

«Okay, ragazzi, potete lasciare le vostre dispute familiari per dopo? Penso che probabilmente gli sposi saranno stanchi di aspettarci.»

Guardai con rabbia mia sorella e andai a cercare Dom,

ancora incapace di credere che Joss avesse parlato male di me a Jill. Ero suo fratello, per l'amor del cielo! Non avrei mai detto niente di brutto su di lei, anche se sapevo che mia sorella era tutt'altro che una ragazza esemplare.

«Stai bene? Cos'è successo?» mi chiese Dominick in un sussurro, quando mi trovai accanto a lui. A quanto pare, avevo la mia rabbia ancora scritta in faccia e non potevo nasconderla.

«Sto bene», scattai, allentando quella dannata cravatta che stava per soffocarmi.

«Immagino che tu abbia visto Jillian.»

«Sì.»

«E?»

«Perché non ti concentri sul tuo matrimonio invece di torchiarmi?»

«Come desideri.» Sorrise, riportando la sua attenzione sugli ospiti.

Circa quindici minuti dopo iniziò la cerimonia. Tutto era perfetto, la sposa era bellissima in un vestito di Vera Wang con uno strascico lunghissimo che scendeva lungo la navata e un velo decorato con ricami e piccoli cristalli brillanti. Non credo di aver mai visto mio fratello più felice. Sembrava che non vedesse altro che la sua sposa, guardandola con occhi pieni d'amore.

I miei occhi incontrarono quelli di Jill e avrei dato qualunque cosa o quasi per sapere a cosa stesse pensando in quel momento.

Dom iniziò a pronunciare i suoi voti matrimoniali, «Non aver paura degli uragani, sarò il tuo rifugio. Non temere la neve e il vento, io sarò lì per abbracciarti e scaldarti con il mio amore. Non avere paura delle tenebre, io sarò la tua luce. E se un giorno avrai voglia di piangere, non aver paura di mostrarmi le tue lacrime. Le bacerò via tutte. D'ora in poi, prometto di amarti e onorarti per tutto il tempo in cui il mio cuore batterà e ancora di più, se ciò che chiamano l'aldilà esiste davvero. Perché sono sicuro che anche lì, continuerò a cercarti, finché non ti vedrò sorridere di nuovo. Ti dono questo anello come segno del mio amore e prometto di renderti la donna più felice del mondo, o almeno farò del mio meglio per realizzare queste parole.» Poi infilò l'anello al dito di Scarlett e lei prese un altro anello per fare la stessa cosa.

«Il giorno in cui mi sono resa conto che non potevo vivere senza di te, pensavo di essere fuori di testa», disse, e tutti gli invitati risero, inclusi Jill ed io. Ci guardavamo ancora, e non so perché, ma sentivo che ogni secondo che passava, la distanza tra noi diventava ancora maggiore.

«Ma penso che anche allora sapevo che non sarei mai stata in grado di amare qualcuno come amavo te. E ora, lo so per certo, perché non riesco a immaginare nessun altro che condivida questo momento con me. Ti amo più di quanto una donna abbia mai amato un uomo, e giuro di amarti finché potrò respirare, o anche più a lungo, se quello che chiamano l'aldilà esiste davvero.» Si sorrisero a vicenda e Scarlett infilò un anello al dito di Dom.

Padre George li dichiarò loro marito e moglie e tutti gli ospiti applaudirono, guardandoli baciarsi.

***

«Lasciatemi solo dire che non mi sarei mai aspettato che voi due arrivaste così lontano», dissi, abbracciando mio fratello e poi baciando Scarlett su entrambe le guance. «Coraggio, amico, sono sicuro che questa bellissima signora farà del suo meglio per mostrarti chi è il capo qui.»

«Lui lo sa già», replicò Scarlett, ridendo.

Toccò a Jillian congratularsi con loro. «Sono così felice per te», disse alla sua migliore amica. Potevo vedere le lacrime brillare nei suoi occhi. «Per quanto riguarda te, Dominick, spero che sarai un bravo ragazzo e non farai mai del male alla mia amica. Perché se lo fai, avrai a che fare con me. È chiaro?»

«Cristallino.» Dom le sorrise.

«Bene, ora dove posso trovare un bicchiere di champagne?» Jill si guardò intorno nella stanza e indicò un tavolo con dei drink. «Eccolo qua! A dopo ragazzi!»

La guardai allontanarsi, e di nuovo, non potei fare a meno di ammirare il suo vestito, che delineava ogni sua curva e rendeva il desiderio in me ancora più difficile da sopprimere.

«Oliver, potresti tenerla d'occhio, per favore?» mi chiese Scarlett. «Temo che il suo amore per lo champagne stasera finirà in un bagno.»

Dom sorrise compassionevole. «Vai. Forse se lasci da parte le tue barzellette sporche, lei accetterà persino di ballare con te.»

«Quasi impossibile», mormorai, dirigendomi verso il tavolo con i drink.

Afferrai la mano di Jill proprio mentre stava per prendere un altro bicchiere. «Che ne dici di rallentare un po'?»

Si voltò, un po' sorpresa di vedermi. «Non è che mi ubriacherò e mi metterò a ballare sui tavoli.»

«Tutto è possibile. Soprattutto se continui a svuotare un bicchiere dopo l'altro.»

«Oh, andiamo, Oliver! È un matrimonio, non un funerale.»

«Esattamente. Non abbiamo bisogno di un corpo immobile qui.»

Lei sospirò, incrociando le braccia. «Quando diavolo sei riuscito a trasformarti in un ragazzo così noioso da morire? Cosa è successo al mio preferito, il vecchio Oliver, che non conosce limiti?»

«Chi ha detto che non ho limiti?»

«Non era ovvio?»

«Forse non mi hai dato la possibilità di dimostrarti il contrario?»

Lei scrollò le spalle, tornando ai drink. «Come vuoi.»

Scossi la testa, frustrato. Non saremmo mai stati in grado di fare funzionare una relazione tra noi.

«Divertiti», le augurai, prima di andarmene. Ovviamente, non aveva senso cercare di raggiungere un accordo con Jillian.

Perché era così difficile smettere di fingere? Perché non potevamo essere onesti l'uno con l'altro? La nostra testardaggine era più importante di ciò che provavamo? Ero sicuro solo dei miei sentimenti per lei, e potevo solo indovinare le ragioni del suo improvviso desiderio di essere completamente distrutta stasera.

Continuavo a guardare Jillian con la coda dell'occhio. A quanto pare, ascoltava i miei consigli e ora ballava e rideva invece di bere senza sosta. Se non avessi saputo la verità, avrei pensato che era assolutamente felice. Sembrava che non le importasse di niente al mondo, ma si godeva la serata. Sorrise ai ragazzi, che le chiedevano un ballo, scambiò con loro alcune parole e non osò nemmeno una volta guardarmi. E io ... Be', non desideravo altro che stare di nuovo con lei. E l'unica cosa che mi impediva di baciarla subito, era il fatto che avevo un volo per Los Angeles programmato per le sette del mattino. Sapevo che anche se avessimo trascorso questa notte insieme, avremmo dovuto separarci domani, e non volevo passare di nuovo la settimana successiva con un drink in mano.

Una notte non avrebbe cambiato nulla, perché sfortunatamente, c'erano troppe cose a parte il sesso di cui dovevamo parlare, ed ero sicuro che in un letto sarebbe finita solo con del sesso folle e nient' altro. Ma c'era anche quella parte di me che non mi permetteva di andarmene così.

Solo un ballo, mi dissi, avvicinandomi a Jillian. Stava parlando con Scarlett, quindi anche se avesse voluto darmi buca, mia cognata sarebbe stata l'unica testimone della mia umiliazione.

«Mi farebbe l'onore di concedermi un ballo, Miss Murano?»

Scarlett ridacchiò e si allontanò, lasciandoci in pace.

All'inizio, Jillian non disse nulla. Mi guardò pensierosa, come se fosse la prima volta che mi vedeva e stesse cercando di capire qualcosa di me.

«Mi dica, Mr. Altier, è la prima volta che vuole chiedermi di ballare stasera?»

«No.»

«Allora dove diavolo sei stato tutta la serata?»

«Non volevo essere schiaffeggiato in pubblico.»

Lei scoppiò a ridere. «Pensavi davvero che ti avrei schiaffeggiato per avermi chiesto un ballo?»

«Be', sì?»

«Sei proprio un idiota, Oliver. Dai, balliamo.»

Mi prese per mano e andammo sulla pista da ballo dove c'erano solo poche altre coppie che ballavano. Déjà vu ...

Non sapevo se fosse troppo stanca per litigare con me, ma ero un po' sorpreso di sapere che aveva aspettato il mio invito per tutta la serata.

«Perché non sei venuta da me per prima?» chiesi, avvolgendole un braccio intorno alla vita.

«Perché dovevo farlo? Dovresti essere un gentiluomo, ricordi? Anche se dubito che tu sappia come si fa.»

«Mi sei mancata», dissi, sorprendendo entrambi per il mio improvviso cambio di argomento.

«Anche tu a me», disse lei, sorprendendomi ancora di più.

«Perché non mi hai chiamato allora?»

«Non sapevo cosa dire.» Dio, avrei voluto tornare indietro nel tempo e ricominciare tutto dall'inizio.

«La prossima volta, puoi chiamarmi e chiedermi come

sto.»

«La prossima volta?» Lei fece un sorriso triste. «Non credo ci sarà una prossima volta. Partirai domani, vero?»

«Sì, ho un volo domattina.»

«Be', almeno ora non ci urliamo contro e non cerchiamo di strapparci i vestiti di dosso, quindi penso che sia un buon segno. Almeno posso augurarti buon volo e buona fortuna per i tuoi affari.»

«Non significa necessariamente che non voglio quelle cose che hai appena menzionato, almeno una.»

«Non significa necessariamente che mi dispiaccia che tu le voglia. Ma, uhm... Penso che sia meglio così, giusto?»

«Non potrei essere più d'accordo con te» Sorrisi e mi chinai per posarle un leggero bacio sulle labbra. «Voglio anche che tu sappia che non rimpiango nulla.»

«Nemmeno io.»

Non riuscivo a credere che fosse andata così — la fine di qualcosa che non aveva nemmeno avuto la possibilità di iniziare.

«Posso ... chiamarti?» chiesi, sapendo già che lei non voleva che lo facessi.

«Certo», rispose, forzando un sorriso. Sapevo che sentiva quanto fosse definitivo il ballo che stavamo condividendo. «Per quanto tempo resterai a Los Angeles?»

«Non lo so. Dipende da quanto andranno bene o male le cose.»

«Sono sicura che sarà tutto fantastico.»

La canzone finì troppo presto, ed io non ero affatto pronto a lasciarla andare, anche se sapevo che dovevo farlo.

«Ci vediamo», mi salutò, baciandomi sulla guancia. Poi si voltò e si diresse rapidamente verso l'uscita, e sapevo che sarebbe stata l'ultima volta che l'avrei vista quella notte, perché non tornò più alla festa ...

Capitolo 17

Jillian
Due mesi dopo ...

Non avrei mai pensato che il campanello potesse suonare così forte e dannatamente fastidioso. Sbadigliai, imprecando mentalmente contro chiunque fosse in piedi dietro la porta. Stavo ancora nell'appartamento di Scarlett, lo stesso che condividevamo io e Oliver, e la mia vita non era cambiata nelle ultime otto settimane, era più o meno la stessa, tranne che, ora l'appartamento di Scarlett apparteneva solo a me.

Dopo il matrimonio, lei e Dominick andarono in luna di miele, lasciandomi come capo temporaneo della Wilson's Publicity. Chi avrebbe mai pensato che una cosa del genere fosse possibile, considerando che solo pochi mesi prima, ero solo segretaria, con tonnellate di lavoro, un capo infernale da accontentare, e nessuna casa mia in cui vivere. Naturalmente, non potevo ancora permettermi di comprare l'appartamento, ma la mia migliore amica era stata così gentile da concedermi di rateizzare il prezzo. Ecco perché speravo di poter finalmente sistemare il resto della mia roba, solo che non mi era stato dato il tempo di ambientarmi completamente nell'appartamento in assenza del vero capo dell'azienda; il mio culo non aveva nemmeno un momento per sedersi e riposare.

Era sabato mattina, uno dei miei giorni preferiti della settimana. Sapevo di avere quasi due giorni liberi, così potevo finalmente pensare a cose che non avevano nulla a che fare con gli affari e le trattative.

Il campanello suonò di nuovo, gettai la coperta con rabbia sul pavimento e andai a vedere a chi stavo per torcere il collo per avermi svegliato alle — mi stava prendendo in giro — sette del mattino! Per un sabato mattina, era quasi l'alba!

«Arrivo!» gridai, sentendo il mio inaspettato visitatore bussare impaziente alla porta.

«Sei fuori di testa?» Fissai il mio ospite, sorpresa. «Che diavolo ci fai qui?» Era Amalia, una delle bambole di Oliver e la famosa esperta nelle sue parti maschili, la stessa Amalia che gli aveva fatto fare cilecca come riportato nelle notizie dell'ultima ora sui giornali.

«Lui dov'è?» si informò, entrando senza chiedere permesso.

«Chi?» chiesi, come se non sapessi di cosa stesse parlando.

«Il figlio di puttana che ha pubblicato questo articolo!» Sbatté il giornale contro il mio tavolino preferito.

«Apprezzerei molto se fossi più attenta con le cose che non ti appartengono.» La rimproverai con rabbia.

Lei fece un sorrisetto. «Oh, quindi pensi che ora lui ti appartenga, ho capito bene?»

«Frena un attimo, signorina! Prima di tutto, è il mio appartamento e non hai il diritto di venire qui senza un invito. E secondo, se stai cercando Oliver, perché non provi da un'altra parte? Non vive nemmeno qui, non vive qui da più di due mesi.»

Lei si accigliò, perplessa. «Ha venduto il suo vecchio appartamento, o almeno è quello che ha detto l'impiegato. Ecco perché pensavo si fosse trasferito qui.»

«Non l'ha fatto e non ho idea di dove altro potrebbe essere ora. Quindi perché non te ne vai da qui?»

Lei sorrise, scrutandomi dalla testa ai piedi, «Cosa ha trovato in te?»

«Scusami?»

«L'Oliver che conosco io non uscirebbe mai con una come te.»

Forse non sembravo una modella ora, con ancora addosso i pigiama e le pantofole di Topolino che sicuramente non potevano reggere il confronto con il suo trench caramello di Dolce e Gabbana e un paio di scarpe Louboutin abbinate, ma io, almeno, non ero così stronza come lei.

Sfoderai il mio miglior sorriso e dissi, «Cos'altro ti aspetti da un uomo il cui arnese non funziona? Questo», indicai me stessa, «è il meglio che può permettersi ora.»

«Ovviamente. Ad ogni modo, digli che pagherà per tutto quello che mi ha fatto.» Poi si voltò e uscì nel corridoio, ancheggiando mentre camminava.

Chiusi la porta dietro di lei, morendo dalla voglia di prendere a pugni qualcosa o qualcuno, per esempio Amalia. Poi presi il giornale tra le mani e lessi il titolo dell'articolo per cui si era così agitata.

GUARIGIONE MIRACOLOSA.

"Uno degli scapoli più ricercati di New York e Los Angeles, Oliver Altier ha partecipato a un'asta di beneficenza organizzata da una delle sue ex fidanzate, Amalia Ermari. L'asta doveva sponsorizzare l'operazione di trapianto genitale di Mr. Altier. Secondo Miss Ermari, era l'unico modo per salvare la sua famosa reputazione. Quasi due mesi dopo la notizia, Mr. Altier ha rilasciato una dichiarazione. Prima dell'inizio dell'asta, è salito sul palco e ha dichiarato che avrebbe trascorso la notte con la signora che contribuiva di più all'asta per il suo intervento chirurgico. Assicurando anche alla donna che non si sarebbe pentita nemmeno di un secondo del tempo trascorso con lui. Dopo la fine dell'asta e l'annuncio del nome della vincitrice, Oliver Altier ha ringraziato tutti per la partecipazione e le donazioni e ha detto che avrebbe donato tutti il ricavato a uno degli ospedali di New York, poiché lui non aveva bisogno di alcun intervento chirurgico. Sostiene che Miss Ermari stava tentando di vendicarsi di lui per aver "lasciato i suoi desideri insoddisfatti scegliendo di non andare a letto con lei". Per quanto riguarda la sua dichiarazione umoristica rilasciata settimane fa, ha detto che stare con una donna come Amalia Ermari può far perdere a un uomo tutto il desiderio di stare con qualsiasi donna, mai più. La vendetta può essere molto crudele, vero?"

Lessi l'ultima riga dell'articolo e scoppiai a ridere. Non avrei mai immaginato che Oliver avrebbe umiliato qualcuno, nemmeno Amalia, così pubblicamente! A quanto pare, era più offeso di quanto pensassi.

Mi preparai una tazza di caffè e uscii in terrazza per respirare un po' d'aria fresca. Non parlavo con Olive da settimane. Non sapevo niente di come andavano i suoi affari. Né Scarlett né Dominick mi avevano chiesto di lui. Quindi penso che avessero proprio rinunciato all'idea di metterci insieme. Sapevo che prima o poi avrei dovuto rivederlo. E qualcosa mi diceva che sarebbe successo prima di quanto mi aspettassi.

Scar e Dom sarebbero tornati lunedì, due giorni prima del ballo annuale che la Wilson's Publicity organizzava per i suoi clienti. Anche Oliver era uno di loro, quindi non avevo dubbi che l'avrei visto lì.

Guardai di nuovo l'articolo e sorrisi. Ad essere onesti, volevo sapere come stava. Anche se facevo del mio meglio per non pensare a lui, nel profondo di me stessa, non avevo mai smesso di preoccuparmi per lui. Speravo davvero che ottenesse esattamente quello che voleva. Con la campagna di promozione sviluppata dalla nostra società, ero sicura che avrebbe raggiunto qualsiasi obiettivo. L'unica cosa che faceva risuonare un campanello d'allarme in testa era la menzione della vincitrice dell'asta. Lei chi era? Aveva davvero passato la notte con lui? Dio, che me ne importava? Era stata una mia decisione lasciar perdere le cose con lui, giusto? Allora perché avevo tanta paura di rivederlo, e perché permettevo alla mia immaginazione di scatenarsi su ciò che avrebbe potuto fare quando si trattava della sua nuova amante?

Scossi la testa e tornai in soggiorno, che era ancora

ingombro di scatoloni che dovevano essere disimballati.

Diverse ore dopo, quando iniziai a pensare che non potevo più sopportare il disordine, decisi di prendermi una pausa e ordinare qualcosa da mangiare. Chiamai la pizzeria più vicina e ordinai una pizza grande con pancetta, funghi, pomodori e formaggio extra. Pensavo che una pizza, a tarda notte, probabilmente non mi avrebbe ucciso. Inoltre, amavo il cibo più delle diete irragionevoli e, grazie ai geni di mia madre, non avevo bisogno di preoccuparmi più di tanto del mio peso.

Bussarono alla porta, ritirai la pizza volentieri e mentre pagavo il fattorino udii squillare il cellulare. Ringraziai l'uomo, misi la scatola sul tavolo della cucina e andai a controllare il mio telefono.

Quando aprii il nuovo messaggio, mi bloccai, perché di certo non mi aspettavo che Oliver iniziasse a scrivermi dopo due mesi di silenzio, e sicuramente non dopo aver letto l'articolo sul giornale; era stupido pensare che non l'avesse visto. In effetti, probabilmente si era assicurato che un giornalista fosse alla sua asta di beneficenza per dare una pugnalata ad Amalia, soprattutto dopo quello che lei gli aveva fatto.

"Ehi bellissima. Come te la passi?"

Be' ... Non sapevo cosa dire. Non mi sarei mai aspettata un messaggio così normale da Oliver, e rimasi sorpresa.

Poi i miei occhi videro il dannato giornale appoggiato sul tavolo e digitai, "Non dovresti dimostrare la tua virilità in questo momento?"

La risposta arrivò immediatamente. "Non ho nessuno a cui dimostrarla."

"Poverino. Che ne dici della vincitrice dell'asta?»

"Quindi sei ancora gelosa delle ragazze con cui ho deciso di passare le mie notti, eh? Questa sì che è una bella notizia :)"

Avrei dovuto sapere che non dovevo accennare alla donna dell'asta, gli avevo solo dato un'arma che avrebbe potuto facilmente usare contro di me; avevo praticamente ammesso, "Ehi guarda, sono gelosa!" Dannazione ...

"Sono preoccupata per la tua reputazione. Sicuramente non vorrai avere di nuovo lo stesso problema, giusto? Non vuoi organizzare un'altra asta di beneficenza per il tuo trapianto genitale? Potrebbero anche creare un'organizzazione per gli uomini che hanno bisogno di un trapianto genitale, e chiamarla Oliver Altier Foundation."

"Ah ah, molto divertente. Ho giurato di stare lontano dalle donne."

Mi venne da ridere. "È una cosa possibile? Cosa ti ha fatto Los Angeles?"

"Non ho trovato nessuno con cui mi piacerebbe giocare:)"

Chi avrebbe mai pensato che fosse così facile sedersi e scambiare messaggi con qualcuno che pensavo non sarei mai riuscita a dimenticare? O forse semplicemente Oliver mi mancava troppo per ignorare i suoi messaggi? La seconda variante era più vicina alla verità.

"Non ti credo:)" digitai.

"Fare sesso è come giocare a bridge, sai? Se non hai un buon partner, farai meglio ad avere una buona mano."

Risi ancora più forte. "Con te non cambia mai niente."

«Davvero ... Quindi cosa hai intenzione di fare? È sabato. Qualche piano folle per la serata?"

"No. Non ho nessuno con cui giocare."

Dio, stavo flirtando con lui?

"Non stuzzicarmi."

"Altrimenti?" Premetti il pulsante "inviato" e sentii il mio cuore saltare un battito. Ero decisamente fuori di testa e sapevo fin troppo bene come finivano di solito conversazioni del genere.

"O verrò a punirti per avermi ignorato per due interi mesi."

"Non ti stavo ignorando, avevo un sacco di lavoro da

fare."

"E non hai avuto nemmeno un paio di minuti per chiamarmi?"

"Potrei chiederti la stessa cosa ..."

"Ho pensato che siccome non hai provato a contattarmi, non ti sono mancata:)"

Penso che fosse la prima volta in settimane che lasciavo che qualsiasi cosa provassi per Oliver mi inghiottisse di nuovo. Uh, se solo lui sapesse ...

"Mi sei mancata, Jillian. Molto."

Dovevo dirglielo? Forse non ora ...

"Verrai al ballo annuale?"

"Non ne sono sicuro. Ho una riunione molto importante a devo cui partecipare quel giorno, quindi anche se venissi, probabilmente arriverei in ritardo. Ma vorrei poterti rivedere ..."

"Allora assicurati che la tua riunione non duri troppo a lungo :)"

"Ora, penso che cercherò proprio di arrivare al ballo in tempo:)"

"Ci vediamo lì, allora."

"Sogni d'oro, Jill.»

"Anche a te."

Misi da parte il cellulare e sorrisi. Forse questa volta le cose con Oliver sarebbero state diverse? Almeno questa volta, avevamo iniziato con i messaggi invece di andare subito a letto insieme; pensai che fosse un buon segno.

Addormentarsi quella notte non fu facile. Ogni volta che chiudevo gli occhi, vedevo solo Oliver che mi guardava con quel sorriso che conoscevo così bene, e che prometteva guai. Cercai di allontanare quelle visioni, e quando pensai che finalmente sarei stata in grado di addormentarmi, il sole del mattino cominciò a brillare attraverso la mia finestra.

Non avevo nulla in particolare da fare, quindi rimasi a

letto ancora un po', leggendo un libro che da settimane morivo dalla voglia di leggere, non avevo ancora avuto la possibilità di aprirlo.

Verso le undici del mattino, ricevetti una chiamata da Scarlett.

«Spero che tu sia pronta a vedere il regalo che ti ho comprato, perché sono sicura che ti piacerà!» esclamò eccitata.

«Buongiorno anche a te.» Risi. «E sì, sono più che pronta a vedere qualsiasi cosa tu abbia per me. Tu e Dom vi rendete conto che una luna di miele dovrebbe durare un fine settimana o al massimo quattro settimane, ma sicuramente non otto? Non credo di aver mai lavorato così duramente o così tanto in tutta la mia vita!»

«Lo giuro, ti pagheremo per tutto. Ora, dimmi, come stai dall'ultima volta che abbiamo parlato?»

«Cioè meno di 48 ore fa, quindi non credo di avere alcuna nuova notizia da darti.»

«Ed io che pensavo che avessi grandi notizie da condividere con me.»

A giudicare dal tono della voce di Scarlett, dovevo essermi persa qualcosa di molto importante. «Cosa intendi dire?» Ripensai a tutto quello che era successo negli ultimi due giorni, ed ero sicura che non ci fosse nulla per cui potessero prendermi a calci nel sedere.

«E la tua chiacchierata con Oliver?» mi chiese con voce provocante.

«Come diavolo fai a saperlo?» Misi persino da parte il libro e mi sedetti sul letto, sorpresa da quanto dannatamente veloci potessero volare le notizie in giro per il mondo.

«Avevo bisogno di discutere alcune cose con lui, quindi l'ho chiamato pochi minuti fa e quando gli ho chiesto se sarebbe venuto al ballo annuale, ha detto che lo avresti ucciso se non si fosse presentato.

Oh, Dio … «Be', sì. Mi ha scritto ieri sera. Ma non abbiamo parlato molto.

«E perché lui dovrebbe fare sexting con te, intendo messaggiarti?»

Ridevo a crepapelle. A quanto pare, nemmeno Scarlett credeva che Oliver sapesse scrivere messaggi normali. Fino a ieri sera, avevo anch'io la sua stessa opinione.

«Voleva solo sapere come stavo.»

Ci fu una pausa all'altro capo della linea, poi Scarlett chiese, «E non ti ha mai chiesto cosa indossavi, nemmeno una volta mentre voi due vi scrivevate i messaggi?»

«No.»

«Sei sicura di aver parlato con mio cognato?»

«Sì. E anch' io sono rimasta sorpresa nel vedere che una conversazione con lui poteva essere così normale.»

«Be', deve esserci qualcosa di grave che non va in voi due. Grazie a Dio, Dom ed io torneremo domani e, se tutto va bene, riuscirò capire cosa sta succedendo.»

«Buona fortuna, allora.»

«Sei sicura di stare bene? Voglio dire, non hai la febbre dentro e fuori dalle mutandine o qualcos'altro?»

«Va tutto bene. Anche meglio. Penso di aver finalmente superato la mia ossessione per Oliver.»

«Non mi suona bene.»

«Perché?»

«Perché in base alla mia esperienza personale, posso dirti con certezza che ossessioni come questa non scompaiono e basta.»

«E cosa pensi che succederà quando ci rivedremo?»

«Ricordi cosa è successo quando Dom ed io ci siamo rivisti dopo quasi sei mesi vissuti in città diverse?»

«Non farò sesso con Oliver su uno dei tavoli del ballo.»

Lei rise. «Non è stato così male. Ma hai capito cosa voglio

dire, vero?»

«No. Non ho idea di cosa tu stia parlando e posso assicurarti che posso parlare con Oliver senza fare sesso.»

«Se lo dici tu.»

Alzai gli occhi al cielo. «C'è altro di cui volevi parlarmi? Perché sto leggendo un libro molto interessante e ora ho meno di metà domenica per finirlo.»

«Di cosa parla il libro?»

«Amore.»

«Come pensavo.» Lei ridacchiò.

«Cosa c'è di male nel leggere un romanzo romantico?»

«Subito dopo aver parlato con il personaggio principale delle tue fantasie sporche? Niente.» Poi ridacchiò di nuovo.

«Oh, Signore, non crederai che io stia pensando a Oliver mentre leggo le scene di sesso, vero?»

«Penso che tu conosca la risposta a questa domanda anche meglio di me. Quindi ora riattacco e ti lascio tornare a leggere o qualsiasi altra cosa tu stia facendo laggiù.»

«Uh, sapevo che sposare Dominick non ti avrebbe giovato. Riesci a pensare a qualcosa di diverso dal sesso?»

«Certo. Anche se qualcosa mi dice che per te non è così. Quando è stata l'ultima volta che sei uscita con qualcuno? Due mesi fa?»

«E allora?»

«Non è salutare, tesoro.»

«Tu cosa suggerisci?» chiesi, un po' infastidita, perché di nuovo, sentii Scarlett usare le mie parole contro di me. Ma che diavolo? Odiavo quando venivano cambiate le carte in tavola, specialmente quando erano contro di me.

«Aspetta di vedere il regalo di cui ti ho parlato. Ti aiuterà a mettere insieme il resto dei pezzi del puzzle.»

«Lo hai comprato in un sexy shop?»

«No, ma è sexy ed è rosso.»

«Okay. Sono emozionata e ho un po' paura di vederlo.»

«Te l'ho detto, ti piacerà.»

«Lo spero. E spero anche che non tenterò di ucciderti dopo averlo visto.»

«A domani, Jill!»

«Ciao, Scar!»

Riattaccai il telefono, sperando che il suo regalo non consistesse in un paio di manette e una frusta. Altrimenti, non volevo nemmeno immaginare come avrebbero aiutato la mia salute ...

Capitolo 18

Oliver

Merda, non ce l'avrei fatta ad arrivare al ballo in tempo ...

Guardai l'aereo, che si alzava alto nel cielo, e imprecai sottovoce. Sapevo che c'era una dannata possibilità che perdessi del tutto il ballo, ma speravo ancora di riuscire a prendere almeno il mio dannato volo. Nessuna fortuna ...

Mi tolsi la giacca e la lasciai cadere su una delle poltroncine. Ero l'unico idiota che era ancora seduto nella sala d'attesa, il che non era sorprendente considerando che il mio aereo era appena decollato; quindi, non c'erano dubbi sul motivo della mia solitudine.

«Ha bisogno di qualcosa, signore?»

Alzai lo sguardo e vidi un uomo che indossava un completo blu scuro con il distintivo dei manager della American Airlines.

«Sì, ho bisogno di un aereo», risposi. «Avrei dovuto volare a New York, ma ho perso il mio volo, come può vedere.» Indicai l'aereo che si stava allontanando sempre di più mentre ero rimasto seduto qui.

«Oh, penso di poterla aiutare», disse con un sorriso.

«Davvero? Pagherò qualunque cifra, il prezzo non ha importanza, mi porti a New York.»

«Mi segua, per favore.»

Afferrai la giacca e la mia borsa, mandando messaggi a mio fratello lungo la strada.

"Forse mi rivedrai stasera."

"Sarebbe molto gentile da parte sua presentarsi, Mr. Altier."

Sapientone. Sapeva sempre cosa dirmi in momenti come questo. Soprattutto quando entrambi sapevamo che ero completamente fottuto.

«Abbiamo un altro volo per New York, previsto per stasera, signore. È un volo charter, ma temo che non ci sia la prima classe.»

«In questo momento, accetterei di volare in una lattina se fosse l'unico modo per arrivare a New York stasera, quindi non ha importanza.»

Il manager annuì, sorridendo leggermente. Poi chiese il mio documento e prenotò per me.

«Ecco il suo biglietto, signore», disse pochi minuti dopo, restituendomi il mio passaporto, insieme ad alcuni documenti, che includevano il biglietto per il volo successivo.

«Grazie. Lei è il mio salvatore, Mr. Jenkins», lessi il nome scritto sul suo distintivo.

«Sono sicuro che un uomo come lei ha una buona ragione per essere a New York, soprattutto se è disposto a viaggiare in economy.»

Sorrisi. «Davvero. Grazie ancora.» Guardai l'orologio e tirai un sospiro di sollievo. Sarei comunque arrivato in ritardo, ma almeno speravo di raggiungere la Wilson's Publicity prima della fine del ballo.

Speravo anche di avere la possibilità di vedere Jillian.

Dopotutto, lei era l'unico motivo per cui stavo tornando a New York. Odiavo gli aerei. Punto.

Due mesi fa, quando ero partito per Los Angeles, non pensavo che mi ci sarebbero volute meno di cinque settimane per diventare uno dei produttori musicali più ambiti di tutti gli Stati Uniti. Con la campagna promozionale e il supporto finanziario fornito dal mio amato fratello, avevo guadagnato il mio primo stipendio circa due settimane dopo l'inizio dell'intera faccenda. Non sapevo se Jill fosse al corrente del mio successo. Non era stata lei a lavorare alla mia campagna promozionale, e per quanto ne sapevo, non aveva mai chiesto di me. Almeno era quello che Dom diceva ogni volta che gli chiedevo di lei.

A differenza di Jillian, non avevo fatto nulla per dimenticare il tempo che avevamo trascorso insieme. Era il più grande casino di tutta la mia vita, ma anche uno dei momenti migliori di sempre, e speravo ancora segretamente che non fosse la fine, indipendentemente da quanto fosse stato definitivo l'ultimo ballo che avevamo condiviso.

***

Il mio aereo atterrò all' aeroporto internazionale J. F. Kennedy verso le otto di sera, quasi due ore dopo l'inizio del ballo. Fantastico ...

Presi un taxi e diedi all'autista l'indirizzo della Wilson's Publicity. Con mia sorpresa, riuscimmo ad arrivarci molto rapidamente, a volte a New York si poteva raggiungere a piedi dei luoghi nello stesso tempo che ci sarebbe voluto per arrivare con un taxi; quindi, il breve tragitto fu abbastanza impressionante. Dovevo ancora cambiarmi e lasciare il mio bagaglio da qualche parte, così andai direttamente nell'ufficio di Dom, sperando che fosse aperto e di non dover cambiarmi i vestiti nel bagno degli uomini.

«Mr. Altier, che meravigliosa sorpresa!» mi salutò Mrs. Smith. «Pensavo che non si sarebbe unito a noi stasera.»

«Ad essere onesti, è una sorpresa anche per me essere qui. Le dispiace se lascio i bagagli nell'ufficio di mio fratello?»

«Oh, non c'è bisogno di chiedere il permesso. Vuole che informi Mr. Dominick del suo arrivo?»

«No, voglio che sia una sorpresa.» Sorrisi ed entrai nell'ufficio, chiudendomi la porta alle spalle.

Rapidamente, mi tolsi il vestito stropicciato e indossai dei pantaloni neri, una camicia bianca e una giacca da smoking. Quando fu il momento della cravatta nera, imprecai ad alta voce.

«Non imparerò mai a fare il nodo», mormorai al mio riflesso allo specchio.

«Dom, gli ospiti stanno aspettando ...»

Mi voltai e vidi Jillian in piedi sulla soglia, il mio cuore sussultò.

Indossava un lungo abito rosso. Era senza spalline, con un corsetto stretto che le copriva la parte superiore del corpo come un guanto; i suoi capelli erano raccolti in una crocchia alta.

«Non ti ho mai vista vestita di rosso», osservai, sbalordito. Era così bella che dovetti riprendere fiato alla sua vista. Tutto di lei sembrava così familiare. Anche con gli occhi chiusi, riuscivo ancora a ricordare ogni tratto del suo viso, delle sue labbra, del suo corpo. Dio, mi mancava da morire. Mi mancava tutto di lei: la sua risata, il profumo della sua pelle, il modo in cui rispondeva ai miei baci e ai miei tocchi. Aveva ragione a dire che nulla era cambiato, io ero ancora follemente innamorato di lei.

«Be', salve, Mr. Produttore. Non mi aspettavo di vederti qui.» Lei sorrise, avvicinandosi a me di qualche passo. «Ho visto la luce sotto la porta e ho pensato che fosse Dominick. Gli ospiti stanno aspettando il suo discorso.»

«Ho perso il volo e dovevo aspettare il prossimo, quindi penso di essermi probabilmente perso tutto il divertimento, giusto?»

«Ma ora sei qui, e questo è tutto ciò che conta.»

Il mio sorriso si illuminò. «Anche tu mi sei mancata, raggio di sole.»

Lei rise, scuotendo la testa. «Non ho detto una parola sulla tua mancanza, Oliver. Ma penso che dobbiamo andare se non vogliamo perdere il resto del ballo.»

«Lo salterei volentieri, perché ho già trovato tutto ciò per cui sono venuto qui, proprio di fronte a me.»

Mi guardò e sorrise di nuovo, dicendo, «Sembra che tu abbia dei problemi con quella.» Indicò la mia cravatta. «Ti dispiace se ti aiuto?» Mi prese la cravatta nera dalle mani e me la avvolse intorno al collo.

Non credo di aver mai voluto baciarla quanto in quel momento. Le sue labbra erano così vicine alle mie che riuscii a malapena a trattenermi da stringerle braccia intorno alla vita e far avverare almeno uno dei miei sogni. Sembrava così surreale vederla ora, come se avessi già vissuto questo momento, stavo avendo di nuovo un déjà vu, l'unica differenza era che prima era solo un sogno, e non la realtà.

«Fatto», disse, facendo un passo indietro.

«Grazie.» Non mi preoccupai nemmeno di guardarmi allo specchio, sapevo che la cravatta era perfetta, proprio come tutto ciò che le avevo sempre visto fare, lei rendeva sempre le cose perfette. Merda, la parte inferiore del mio corpo si irrigidì al ricordo delle cose che le piacevano di più.

Scossi la testa, cercando di allontanare i ricordi. Non era il momento migliore per pensarci.

«Andiamo?» chiese, voltandosi e dirigendosi verso la porta. Ero ancora troppo sbalordito per muovermi. La gonna del suo vestito ondeggiava ad ogni sua mossa, come se soffiasse nel vento, rendendo la sua bellezza ancora più surreale e difficile da resistere.

«Vieni?» Si fermò sulla porta e mi guardò.

Oh, sarei felice di venire con te adesso.

«Sì, scusa. Stavo guardando il tuo —»

«Vestito?»

«Esatto.0187

Uscimmo nella hall e ci dirigemmo verso l'ascensore che avrebbe dovuto portarci due piani più in basso, dove si stava svolgendo l'evento.

«Ho questa strana sensazione di déjà vu, qui con te.»

Non si voltò a guardarmi, ma potevo ancora vedere quel piccolo sorriso che giocava sulle sue labbra. «Uso questo ascensore almeno dieci volte al giorno. Quindi mi succede un déjà vu ogni volta che le porte si chiudono.»

«Ma non hai me per rendere tutto ancora più reale», dissi in un sussurro.

«Sì, ma poi guardo le telecamere e mi riportano alla realtà troppo velocemente.»

Ridemmo entrambi. «Non mi dispiacerebbe rischiare di nuovo il tuo lavoro, sai?» Le feci l'occhiolino.

«Non succederà», rispose lei, con uno sguardo di avvertimento.

«Né ora né mai?»

«Entrambi.»

Sospirai, fingendo di essere terribilmente deluso. Che peccato. In realtà, ero davvero deluso, anche se mi rendevo conto che lo scenario era troppo dannatamente bello per sperare che si ripetesse una seconda volta.

Lei mi sorprese con la sua risposta, «Sì.» Poi mi fece l'occhiolino, le porte si aprirono e uscì nel corridoio, lasciandomi completamente scioccato. A che gioco stava giocando? Qualunque cosa fosse, mi piaceva già, molto.

Sorrisi a me stesso e la seguii in una stanza piena di ospiti, musica e luci.

«Oliver, che bella sorpresa!» esclamò Scarlett abbracciandomi. «Sono così felice che tu sia venuto. Ma guardati! Lo smoking ti sta dannatamente bene, vero Jill?» Guardò la sua migliore amica, sorridendo in modo significativo.

«Non potrei essere più d'accordo con te.» Jill mi lanciò un'altra occhiata misteriosa e si scusò, lasciando me e Scar da soli.

Guardai mia cognata e strizzai gli occhi, sorridendo «Il modello del tuo vestito significa che sto per diventare zio?» Indossava un abito blu scuro fatto di un tessuto leggero, che aveva una fascia stretta proprio sotto il seno, si allargava intorno a girovita e scendeva fino a terra con linee morbide.

«Doveva essere una sorpresa, ma sì, Dom ed io stiamo per avere un bambino!»

La abbracciai di nuovo, congratulandomi con lei. «Questa è probabilmente una delle migliori notizie che abbia mai sentito. Dov'è il papà "fortunato"?»

«Si sta preparando a prendere la parola. Questo è il suo ultimo discorso per stasera, quindi scommetto che è un po' nervoso. Anche se conosci tuo fratello, non lo ammetterebbe mai.»

«Oh, ne sono sicuro.» I miei occhi si spostarono su un gruppo di persone con cui Jillian stava parlando, e di nuovo, mi sorpresi a pensare a quanto ancora la desiderassi. Era semplicemente impossibile smettere di fissarla, e se prima pensavo che non avrei reagito a lei come alcuni mesi fa, mi sbagliavo sicuramente. Era ancora l'unica donna con cui volevo stare, anche dopo tutto questo tempo lontano da lei.

Gli occhi di Scarlett seguirono i miei e annuì comprensiva. «Immagino che sia lei il motivo per cui hai deciso di volare fino a qui da Los Angeles per partecipare al ballo, eh?»

Era inutile negarlo. «Hai ragione, come sempre.»

«L'unica cosa che non capisco è perché diavolo siete lontani l'uno dall'altra da così tanto tempo!»

«Senti chi parla! Avresti sposato un uomo diverso se Dominick non si fosse presentato a San Francisco e non ti avesse mostrato quanto gli mancavi dopo che lo avevi allontanato.»

«Non dirmi che ti ha raccontato come esattamente mi ha fatto cambiare idea.»

Risi piano. «Non preoccuparti, sorellina. Non ho mai voluto sapere i dettagli dei tuoi giochetti sexy.»

«Oh, buono a sapersi. Quindi dimmi, Oliver, hai intenzione di fare qualcosa per dimostrarle cosa si sta perdendo respingendoti?»

«Pensi che dovrei fare qualcosa?»

«Certo! Perché pensi che lei sia ancora single?»

«Be', non ero del tutto sicuro che lei fosse ancora single.»

«Ha lavorato come un mulo per non lasciare che questa società cadesse in rovina. Non penso che abbia avuto il tempo per pensare di uscire con qualcuno, lasciarsi andare per avere una relazione più o meno seria.»

«Credi davvero che dovrei tentare di nuovo la fortuna con lei?»

«Anche se fallisci, vale la pena provare. Non vedi che tu e Jill siete una coppia perfetta?»

«Se essere testardi e impossibili significa che siamo una coppia perfetta, allora sì, immagino di sì.»

«Ricordi il giorno in cui hai detto che Dominick aveva bisogno di una donna come me? Ora tocca a me dirti che Jillian è la donna giusta che ti serve per non rovinarti di nuovo la vita. Perché sono sicura che prima o poi cadrai nella stessa trappola in cui cadono tutti i cosiddetti produttori. E non voglio che il mio futuro figlio o figlia abbia come zio il più grande figlio di puttana di Hollywood.»

«Grazie per la tua onestà, tesoro. Pensi davvero che non

sarò in grado di lavorare con altre ragazze senza andarci a letto?»

«Sono sicura che non te ne fregherà niente di nessuna di loro se avrai quella giusta al tuo fianco. E nel tuo caso, l'unica donna giusta per te è una donna che può sopportare la tua follia o essere pazza come te.»

Feci un sorrisetto. «D'accordo, allora. Vedrò cosa posso fare.»

«Buona fortuna, fratello. Fammi sapere se hai bisogno di aiuto.»

Ringraziai Scarlett per il suo consiglio e andai a sedermi in prima fila. Era il momento del discorso di Dom.

«Perché ti piace stare qui?» mi chiese Jillian, sedendosi accanto a me.

La guardai e sorrisi, avvicinandomi al suo orecchio. «Non ho mai dubitato nemmeno per un secondo che mi sarebbe piaciuto stare qui.»

«Mi fa piacere sentirtelo dire. Dopotutto, l'obiettivo principale della Wilson's Publicity è assicurarci che i nostri clienti siano soddisfatti di ciò che facciamo per loro.» Mi guardò brevemente e poi spostò la sua attenzione su Dominick.

Non riuscivo a trattenermi dal cercare di capire a che gioco stesse giocando. All'inizio, pensavo che non volesse vedermi per niente stasera. Era per questo che le avevo scritto sabato. Sapevo che se c'era un motivo che mi avrebbe fatto volare a New York, era lei. Non le avevo più scritto dopo quella notte.

Morivo dalla voglia di rivederla e volevo capire se il mio silenzio avrebbe fatto venire voglia anche a lei di rivedermi. E in quel momento, non sapevo se qualsiasi cosa stesse succedendo fosse un buono o cattivo segno.

Forse stava solo cercando di punirmi per non averla chiamata per due mesi? Se questo era lo scopo di ciò che stava facendo, poteva essere felice del risultato, perché quando il discorso di Dom finì, non volevo altro che passare un po' di tempo da solo con Jill.

Continuava a toccarmi la mano, come per caso, sorridendo e commentando sommessamente qualsiasi cosa dicesse mio fratello. Non prestai alcuna attenzione alle parole di Dominick, perché riuscivo a concentrarmi solo sulle sue labbra di Jill che non vedevo l'ora di assaggiare. Dio, ero in un mare di guai, di nuovo ...

«Che meraviglia vederti stasera, fratello», mi salutò Dom, dopo che gli ospiti tornarono alle loro conversazioni e balli.

«Anch'io sono felice di vederti», risposi.

«Immagino di doverti fare anche le mie congratulazioni per il tuo successo. Sono così fiero di te.»

«Chi avrebbe mai pensato che un giorno avrei sentito queste parole uscire dalla tua bocca?»

«Personalmente, non ho mai dubitato che un giorno saresti diventato una persona normale.»

«Cosa pensavi che fossi prima di oggi?»

Dom rise. «Vuoi davvero sentire la risposta a questa domanda?»

«Be', penso di doverti ringraziare per il mio successo. Dopotutto, non sarei mai stato in grado di realizzarlo senza quel brillante business plan che tu hai fatto per me.»

Dom e Scarlett si scambiarono uno sguardo perplesso.

«Di cosa stai parlando?» chiese lui dopo una breve pausa.

«Intendo il business plan che mi hai consegnato poco prima del mio viaggio a Los Angeles.»

Scarlett ridacchiò e Dom scosse la testa, come se sapesse

qualcosa che io ignoravo.

«Cosa c'é?» chiesi, vedendoli ancora più perplessi.

«Io non ho niente a che fare con il tuo piano business plan, Oliver.»

«Cosa intendi dire? Era diverso da quello che mi hai dato un paio di mesi fa. Pensavo che l'avessi cambiato.»

«Qualunque cosa ci fosse nel nuovo piano, non è stata una mia idea.»

«Allora chi ha creato una nuova strategia aziendale per me?»

«La signora in rosso», disse Scarlett, facendo un cenno verso Jill, che ora stava ballando con un vecchio sacco di ossa che ovviamente non sapeva come tenere le mani a posto.

«Chi diavolo è quello?»

«Oh, è Mr. Towsent — uno dei più famosi donnaioli di New York.» Dom sorrise.

«Non sapevo che gli uomini della sua età fossero ancora in grado di essere dei donnaioli.»

«Anche se il suo arnese non è più in grado di compiere miracoli, il suo libretto degli assegni invece sì.»

«Penso che sia ora di ricordare a qualcuno il mio talento come esemplare della specie maschile, che non ha un milione di anni», dissi, sbattendo un bicchiere di champagne contro il tavolo più vicino.

Dom e Scar risero dietro di me.

«Mi scusi», dissi, sorridendo dolcemente all'uomo che ballava con la mia ragazza. «Spero che non le dispiaccia se ballo con la mia fidanzata.»

Guardò Jill, sorpreso. «Non sapevo che fosse fidanzata, Miss Murano.»

«Nemmeno io», replicò lei, guardandomi con aria interrogativa.

«Oh, è una tale burlona.» Le avvolsi un braccio intorno alla vita in modo possessivo e la allontanai da quel coglione che era ovviamente fuori di testa se pensava di incastrare qualcuno come Jill nel suo letto in cambio di un paio di pacchiani orecchini di diamanti.

«La tua fidanzata, eh?»

«Cosa dovevo dire? Stava per spogliarti proprio sulla pista da ballo!»

«Quello che penso tu intenda dire è che lui vuole fare esattamente la stessa cosa che hai sempre voluto fare tu ogni volta che abbiamo ballato insieme, cioè spogliarmi sulla pista da ballo. Ho ragione?»

Io le sorrisi. «Non prendermi in giro. Sai che proprio non riesco a resistere ai tuoi taciti inviti.»

Lei rise, gettando indietro la testa. «Questa volta ammetto che non vedevo l'ora che qualcuno mi portasse via da lui. È uno dei nostri migliori clienti e non potevo semplicemente prenderlo a pugni nella parte più preziosa del suo corpo.»

«Intendi la sua faccia?»

«Se la sua faccia è nei pantaloni, allora sì, in faccia.»

«Mio, mio ... Chi avrebbe mai pensato che anche indossando un vestito così strabiliante, sei ancora quella Jillian che non si preoccupa mai di dire esattamente quello che sta pensando?»

«Lo prendo come un complimento.»

Il mio abbraccio intorno alla sua vita si strinse e mentre la attiravo più vicino al mio petto, dissi, «È un complimento. Dopotutto, mi è sempre piaciuto che tu sia schietta, pronta a dire quello che pensi ogni volta che è necessario. E, naturalmente, ho sempre amato quello che nascondi sotto questo abito fantastico, che non mi dispiacerebbe toglierti di dosso in questo momento.»

Capitolo 19

Oliver

«È stata una grande serata», dichiarò Scarlett.

Lei, Dominick, Jillian ed io eravamo nell'ufficio di mio fratello, a bere l'ultimo drink della serata.

«Almeno ora posso rilassarmi un po' e forse anche andare in vacanza», replicò Jill.

«Non finché la campagna promozionale di Oliver non sarà finita», intervenne Dom. «Vuoi sapere il risultato del tuo duro lavoro, vero?»

«Tecnicamente, io non ho niente a che fare con la campagna.»

La guardai, sorridendo. «Ma immagino di essere ancora in debito con te per tutto ciò che ho ottenuto.»

Lei e Dom si scambiarono un'occhiata.

«So che il mio business plan è stato opera tua», spiegai.

Le sue guance si arrossarono. «Pensavo non ti dispiacesse se facevo qualche piccolo cambiamento.»

«Piccoli cambiamenti? Non sarei mai stato capace di fare tutto così bene e così in fretta senza il tuo aiuto.»

Dom posò il bicchiere sul tavolo e sorrise a sua moglie. «Non pensi che sia ora di concludere la serata, tesoro?»

Lei baciò Jill su entrambe le guance, prese il cappotto e poi mi guardò, mormorando, «Buona fortuna.»

Dopo che furono usciti, andai da Jill e mi sedetti accanto a lei sul divano.

«Grazie ancora. Per tutto.»

«Non c'è bisogno di ringraziarmi. A sorpresa, hai fatto un ottimo lavoro dimostrando di avere davvero cervello e non solo le palle.»

Risi. «Dio, mi sei mancata da morire, lo sai?» Allungai una

mano e le accarezzai la guancia.

Ci guardammo negli occhi per un momento, poi lei scosse la testa e mi chiese, «Possiedi ancora la tua vecchia casa?»

«Sì, perché?»

«Pensavo che forse ... Se non hai un posto dove alloggiare stanotte, potresti stare da Scarlett, intendo nel mio appartamento.»

Be', diavolo, era possibile dire di no? Ero anche pronto a vendere subito la mia casa, solo per dire che non avevo nessun altro posto dove andare e che avrei dovuto stare con lei nel suo appartamento.

«Non sapevo che ora appartenesse a te.»

«Sì, la promozione di Dom mi ha aiutato a risolvere alcuni dei miei problemi, anche finanziari.»

«È una grande notizia.»

Lei annuì e bevve un altro sorso del suo drink.

«Posso stare da te stanotte, anche se ho ancora un posto dove andare?» Non credo che avrei potuto aspettare più a lungo per fare questa domanda. Anche se lei aveva intenzione di mandarmi nella stanza degli ospiti nel momento in cui arrivammo a casa sua mi sembrava di non essere in grado di andarmene adesso. Avevo solo 24 ore prima di dover fare le valigie e tornare a Los Angeles, e Dio solo sapeva quanto avrei voluto passare ogni secondo di quelle 24 ore con Jillian.

«Hai sempre saputo come far volare il mio pensiero razionale fuori dalla finestra.» Mi sorrise, e non sapevo cosa dire, così come non sapevo se stare con lei fosse la cosa giusta da fare. Ma dannazione, mai in vita mia avevo voluto qualcosa più di quanto volevo perdermi nella sua bellezza in quel momento.

Misi da parte il bicchiere e presi la sua mano nella mia. «Andiamo, allora?»

Prendemmo un taxi e ce ne andammo, spaventati ed eccitati per qualsiasi cosa stesse per accadere.

«Quando parti?» chiese lei a disagio.

«Domani sera.»

«Ti piace vivere a Los Angeles?»

«Tutto della mia nuova vita sembra essere perfetto. Ma ... manca ancora qualcosa.»

Lei sorrise, guardando fuori dalla finestrino. «Conosco questa sensazione.»

Presi la sua mano nella mia e intrecciai le dita con le sue, posando testa contro il sedile. Anche questo imbarazzante momento di parole non dette e pensieri era meglio di tutte le notti che avevo passato a fissare il soffitto della mia camera da letto e a pensare all'unico posto in cui volevo essere in quel momento, o meglio a pensare all'unica persona con cui volevo stare.

La cosa buffa è che non avrei mai pensato che mi sarebbero mancati i miei obblighi. Ricordo la prima volta che incontrai Jillian. Sembrava così incazzata, mentre cercava un contratto in quelle che sembravano infinite tonnellate di fogli sul suo tavolo.

«Eccoti qui, piccolo bastardo!» esclamò, trovando il documento di cui aveva bisogno. «Mr. Altier, l'ho trovato», disse lei in vivavoce.

«Finalmente, Jillian! Pensavo che fossi morta.»

Mormorò qualcosa che non riuscii a capire e mi sorrise piacevolmente.

Riuscivo a malapena a smettere di ridere. Aspettavo che Dominick mi ricevesse. Nel momento in cui entrai nella sala d'attesa, notai Jillian. Non avrei mai immaginato che un giorno sarebbe diventata la parte più importante della mia vita.

Aveva tutto: una passione che mi sbalordiva, bellezza di cui non ero mai stanco e pace ... Come se lei fosse l'armonia che pensavo di aver perso per sempre. E lei mi faceva sentire sempre a casa, a casa mia.

Ogni volta che chiudevo gli occhi, la vedevo. Non importava dove fossi in qualsiasi momento, volevo stare con lei, non importava quanto lei non volesse stare con me. Penso che fosse la prima e l'ultima donna che abbia mai amato così tanto. Era molto più di quello che avevo mai provato per qualcun'altra. Ero ipnotizzato da lei, come se possedesse qualche magia di cui non sapevo come liberarmi. Lei sapeva quanto potere aveva su di me? Non riusciva a percepire quanto mi piacesse stare con lei, semplicemente seduti in un taxi, tenendoci per mano? Ero fuori di testa? Forse per qualcuno sì, ma non per me stesso. Perché in quel momento, mi sentivo più felice che mai, e non potevo nemmeno immaginare di rinunciare a questa sensazione, non potevo immaginare di lasciarla di nuovo.

«A cosa pensi?» mi chiese lei, riportandomi alla realtà.

Mi voltai a guardarla. «A te.»

«E cosa pensi di me?»

«Io —»

«Eccoci a casa vostra, ragazzi», disse l'autista, interrompendomi. Pagai la corsa e aiutai Jill a scendere dal taxi.

***

«È così strano essere di nuovo qui, ma è bello», affermai, guardandola aprire la porta.

«Potrei dire lo stesso nel rivederti qui.»

Entrammo nell'appartamento, ed era ancora esattamente lo stesso. L'unica differenza era qualcosa di diverso tra me e Jill.

«Fai come se fossi a casa tua», disse, gettando le chiavi su un tavolino di vetro. «Vuoi qualcosa da mangiare?» Andò in cucina e aprì il frigo. «Temo che ti deluderò.»

Andai a mettermi dietro di lei. «Latte, formaggio e uova Stai cercando di ucciderti morendo di fame o cosa?»

«Non ho avuto molto tempo per cucinare.»

«Poverina, non avrei dovuto lasciarti.» Pronunciai queste

parole prima ancora di rendermi conto del loro significato. «Scusa, io —»

«Va tutto bene. So che non intendevi quello che hai detto.»

Sospirai. «In realtà, lo penso davvero.»

«Sai, odio parlare del passato. Quindi perché non parliamo del futuro, invece? Che piani hai per il resto dell'anno?»

«Non cambiare argomento, Jill. Non pensi che sia il momento per noi di sederci e parlare?»

Lei sorrise, avvicinandosi a me. Mi passò una mano tra i capelli e lungo la guancia, guardandomi pensierosa. «Perché non lasciamo tutto com' è adesso?»

«Perché non è quello che voglio. E sono sicuro che non piace nemmeno a te.»

«Sono una donna adulta, Oliver. So che i miracoli non accadono.»

«Il matrimonio di Dom e Scar non è un miracolo?»

Lei sorrise. «Sì, ma il nostro caso è diverso.»

«Perché?»

«Sono pazzi l'uno dell'altro.»

«Io sono pazzo di te.»

«Non è abbastanza. Loro si amano.»

«Ed io amo te.»

Sembrò sorpresa per un momento.

«Eppure te ne sei andato.»

Si voltò ed uscì dalla cucina, la seguii.

«Me ne sono andato perché pensavo che non ti importasse di me!»

Andammo nella sua stanza, lei si tolse gli orecchini e il braccialetto e li mise in un portagioie.

«Perché non mi hai rivelato prima i tuoi sentimenti?»

«Avrebbe cambiato qualcosa?»

«Forse sì.»

La presi per mano prima che potesse scomparire dietro la porta del bagno. «E tu, Jill? Hai mai provato qualcosa per me?»

«Uh, per favore, Oliver ... Non era ovvio?»

«Non proprio.»

Mi guardò negli occhi, il cuore mi batteva forte nel petto. Sapevo che questo era un punto di svolta per tutto, la nostra ultima possibilità di arrivare a comprenderci o distruggere completamente la nostra ultima speranza per un futuro insieme.

«Ti ho sempre amato», disse piano, alcune lacrime le scorrevano lungo le guance. «Mi hai portato in alto e mi hai spezzato in pochi giorni. Non sapevo cosa fare.»

«Perché mi hai lasciato andare?»

«Perché avevo un sogno e dovevo seguirlo. Sapevo che anche tu avevi un sogno, e non potevo portartelo via costringendoti a rimanere qui per me.»

«Mio Dio, pensavi davvero che raccontandomi dei tuoi sentimenti avresti rovinato il mio futuro?»

«Le cose tra noi erano così incasinate. Non volevo aggiungere altri problemi alla lista.»

Risi senza senso dell'umorismo. «Ti rendi conto che abbiamo perso due mesi del nostro amore, solo perché non riuscivamo a parlarci in questo modo, solo perché non potevamo essere onesti l'uno con l'altro?» Le accarezzai il viso tra le mani e attirai le sue labbra sulle mie.

Erano un po' salate per le sue lacrime, ma per me, avevano ancora il sapore del paradiso.

«Non ti lascerò andare, mai», promisi tra un bacio e l'altro.

«Oliver, aspetta.» Mi allontanò leggermente, respirando con affanno. «Non possiamo. Non dovremmo.»

«Pensi davvero che possa andarmene ora, dopo che hai detto che mi hai sempre amato? Avresti dovuto pensarci due volte prima di dirlo, tesoro.» E poi, le mie labbra erano di nuovo sulle sue, e la stavo baciando di nuovo, divorando ogni secondo del bacio che da settimane morivo dalla voglia di darle.

La mia bocca si mosse sul suo mento, lungo la sua mascella; le mie mani scivolarono sulla sua schiena e si fermarono alla cerniera del suo vestito tirandola verso il basso.

«Toglitelo», dissi, facendo un passo indietro.

Sapevo che non avrebbe cercato di scappare, così come sapevo che un bacio era tutto ciò che mi serviva per capire che non avrei mai lasciato questa stanza senza prima mostrarle quanto la amavo e avevo bisogno di lei.

Senza parole, abbassò il vestito, continuando a guardarmi intensamente. Sentii il cuore battere forte dentro di me.

Uscendo dal vestito, fece un passo avanti e mi tolse lo smoking, lasciandolo cadere a terra; la mia cravatta lo seguì. Poi mi sbottonò la camicia, così dannatamente lentamente, come se stesse mettendo alla prova la mia pazienza. Le misi le mani sui fianchi e la avvicinai a mw.

«Impaziente come sempre.» Lei sorrise leggermente; le sue unghie mi graffiavano le spalle e la schiena, poi alla fine mi sfilò la camicia dalle spalle, facendo scorrere le mani lungo le mie braccia.

«È tutta colpa tua», dissi, indicando il mio uccello, che al momento era duro come una roccia, e pronto per quello che stava per offrirle.

«Sembra un avvertimento.»

«Non sto con una donna da settimane, quindi sì, è un avvertimento.»

«Non sono sicura di poterlo gestire.»

«Oh, sono certo che puoi.»

Si allontanò quanto bastava per far scivolare le mani lungo i miei boxer, abbassandoli sui miei fianchi e poi avvolse le sue dita calde e morbide attorno al mio membro eretto.

In pochi secondi, mi sentii perso, sentendo la febbre

aumentare nel mio sangue che scorreva rapidamente nelle mie vene, riempiendo ogni centimetro di me di desiderio che non potevo e non volevo più reprimere, l'avevo allontanato abbastanza a lungo.

«È passato così tanto tempo da quando mi hai fatto questo», sussurrai, guardandola avidamente.

«Ti è mancato?» chiese, facendomi scivolare le mani sul petto, graffiandomi leggermente per tutto il tragitto, e poi mi avvolse saldamente le mani intorno al collo. In un batter d'occhio, si trasformò nella Jillian che conoscevo, la Jillian che amavo, selvaggia e così dannatamente desiderabile.

«Oh, sì, mi è mancato. Mi mancava tutto di te, incluso questo.»

La lingua scivolò fuori dalla sua bocca, leccando il labbro inferiore. Dio, aveva idea di quanto fosse sexy? Avevo visto molte donne sexy, alcune di loro usavano la lingerie come arma segreta, altre semplicemente non conoscevano alcun limite quando si trattava di giochi sessuali. Ma Jillian ... Non aveva bisogno di biancheria intima o giochi per farmi impazzire; tutto quello che doveva fare era essere se stessa e crollavo completamente. Perdevo la testa ogni volta che lei era vicino a me, tutto quello che doveva fare era guardarmi proprio come allora, solo toccarmi, come ora. Era più che sufficiente per trasformarmi in uno stupido cucciolo pronto a leccarle le mani per farla giocare con me.

Chiusi gli occhi, sentendo e assaporando le sue dolci labbra che accarezzavano le mie in un dolce bacio. Non era esattamente un bacio, era solo un tocco, una presa in giro, un assaggio del paradiso che avrei provato a stare con lei.

«Cosa mi stai facendo?» sussurrai contro le sue labbra.

«Ti sto amando», disse semplicemente.

Aprii gli occhi e la guardai. Indossava ancora tacchi, calze e tanga, ma la parte più seducente di tutto il suo abbigliamento erano i suoi occhi. Erano pieni di tutto ciò che volevo vedere: amore, lussuria, fuoco.

Abbassò le mani e si diresse verso il letto. Si sdraiò, di fronte a me e allargando le gambe, le ginocchia piegate in modo che i tacchi delle sue scarpe scavassero nel materasso.

«Viens ici — Vieni qui», mi ordinò in un sussurro.

«Commment puis-je resisterà une invitation aussi tentante — Come posso resistere a un invito così allettante?»

Io obbedii, andai al letto, mi chinai su di lei e dissi, «Sei come un quadro che non mi stancherò mai di ammirare.» Abbassai lo sguardo sul punto in cui la punta del mio uccello toccava la calda morbidezza del suo sesso. Non era la prima volta che facevamo questo, pelle sulla pelle, ma in qualche modo, ora sembrava così intimo, quasi innocente, come se fosse la nostra prima volta insieme.

Il polso mi martellava nel collo, nel petto e ovunque il mio sangue scorreva sotto la mia pelle. Lei allungò una mano verso il mio viso, avvicinando le mie labbra alle sue.

«Je t' aime», alitai sulle sue labbra socchiuse.

«Ti amo anch' io», rispose, poi mi baciò di nuovo.

Le succhiai la lingua e lei gemette rumorosamente nella mia bocca, sollevando i fianchi quanto bastava per sentire la mia punta scivolare dentro di lei. Ma non era così che volevo che fosse, volevo sentirla intorno a me. Allungai una mano tra i suoi seni, che erano premuti insieme, e scesi verso il suo clitoride e lo circondai, i suoi fianchi risposero con un lento movimento oscillatorio, avanti e indietro.

Ringhiai, mordicchiandole il collo. I suoi palmi scivolarono lungo la mia schiena e si fermarono sul mio culo, spingendomi verso il basso, spingendo il mio membro completamente dentro la sua bella vagina bagnata. Non ero ancora pronto per questo. Se fossimo venuti così in fretta sarebbe finito tutto prima ancora di iniziare; avevo bisogno di procedere lentamente.

«Non affrettare le cose, tesoro.» Riuscivo a malapena a trattenermi da spingermi dentro e fuori di lei, ma l'altra parte di me voleva godersi i preliminari ancora un po'. Avevo aspettato questo momento troppo a lungo per lasciare che tutto finisse così presto.

Mi sedetti sulle ginocchia, piegandomi per assaggiarla dove sapevo che aveva il sapore del paradiso. Le avvolsi le mani intorno ai fianchi, la sollevai un po', leccandola, succhiando il clitoride e le grandi labbra, godendomi ogni suo gemito mentre mi guardava farlo.

«Ti è mancato questo?» Le ripetei la sua domanda.

«Diavolo, sì.»

«Che ne dici di questo?» chiesi, facendo scivolare due dita dentro di lei.

«Oh, sì.»

«Sembra che ti sia mancato più di quanto pensassi.»

«Stai zitto e torna al lavoro.»

Risi, circondandole il clitoride con la lingua; le mie dita scivolavano dentro e fuori di lei. Poi mi avvicinai, librandomi sopra di lei. Allungai la mano e la avvolsi intorno al mio sesso, le stuzzicai ancora il clitoride prima di far scivolare la punta del mio membro dentro di lei.

Sapevo che sarebbe stato fantastico sentire il suo calore avvolgermi, ma non avrei mai immaginato così tanto. Era così bagnata e così pronta che potevo venire anche solo per questa sensazione. Mi spinsi più in profondità, sapendo già che probabilmente non avrei mai provato lo stesso con nessun'altra donna da questo momento in poi. Mi sentivo un po' stordito, anticipando il sollievo che ero sicuro avrei provato prima di quanto sperassi, lei si sentiva così dannatamente bene.

Sentivo le sue pulsazioni intorno a me, i suoi muscoli si

stringevano ad ogni mia mossa, e mi sentivo così in alto, come se fosse una droga ed io ero un tossicodipendente che moriva dalla voglia di assumerne sempre di più.

Tenendole le mani intorno alla vita, la guardai e quella sensazione familiare mi colpì di nuovo. L'amavo con tutto il cuore, più di quanto avrei mai potuto immaginare. Ero stato uno sciocco a sperare che quella distanza mi avrebbe guarito dall'amarla e dalla sua perdita. In realtà, non avevo mai provato a guarire. Aspettavo il momento in cui avrei potuto rivederla, baciarla di nuovo, fare di nuovo l'amore con lei.

Quando avevo bisogno di lei, lei c'era. Qualunque cosa stessi facendo, era come se lei fosse al mio fianco, sostenendomi, dandomi la forza di cui avevo bisogno per vivere un altro giorno senza di lei. Forse nel profondo di me stesso, sapevo che non era la fine per noi, c'era ancora qualcosa che dovevo fare per essere di nuovo felice, perché se pensavo di essere felice con la mia vita prima di lei, mi sbagliavo. In quel momento, con lei, era tutto ciò che volevo dalla mia vita, solo che non me ne ero mai reso conto...

Mi tirai indietro quel tanto che bastava per vederla implorarmi con gli occhi di continuare.

«Non preoccuparti, amore, non vado da nessuna parte.»

Poi mi spinsi più a fondo dentro di lei e lei trattenne il respiro; la sua presa sui miei fianchi si strinse, le sue unghie mi graffiarono la pelle.

«Così bello», disse, inarcando la schiena per incontrare le mie spinte. «Dio, come ho potuto lasciarti andare? Perché ti ho lasciato andare?»

Sorrisi, rallentando. «Non lasciare che accada di nuovo.»

«Non lo farò.»

Mi spinse leggermente indietro, quel tanto che bastava per farmi rotolare sulla schiena. Senza dire una parola, allungò la mano fino a dove la stavo aspettando e poi mi guidò dentro di lei, accogliendomi completamente con un lieve gemito.

«Sembri una dea», dissi, stringendola al mio petto.

«Forse sono un demonio», replicò, alzando un sopracciglio e sorridendo maliziosamente.

I suoi fianchi dondolavano, sbattendo contro i miei, le sue labbra catturarono le mie in un bacio. Sapevo di essere perso, perso per tutto ma in quel preciso istante, perso per tutto tranne che per lei, e scommetto che lo sapeva anche lei.

«Vieni dentro di me», disse, eliminando tutti i pensieri rimasti nella mia testa.

Dannazione, sapeva cosa dire per farmi perdere il resto della mia stupida testa ...

Capitolo 20

Jillian

Pura beatitudine riempiva il mio corpo e la mia mente. Non sentivo altro che il fuoco che mi attraversava bruciando tutto sulla sua strada. Ero persa, persa con tutto tranne che con lui, e non mi importava affatto.

Le sue mosse divennero più rapide, il suo abbraccio intorno alla mia vita si strinse e l'istante successivo lo sentii svuotarsi dentro di me, il suo uccello pulsare dentro di me; venne con un gemito basso che vibrò contro il mio petto.

«Santo cielo, è stato fantastico», disse lui, sospirando pesantemente di piacere.

Risi sommessamente, baciandogli dolcemente le labbra. «Non potrei essere più d'accordo con te.»

«Solo non pensare che ti lascerò uscire da questo letto tanto presto. Non ho ancora finito con te, Jillian.»

«Ne vuoi ancora? Di già?»

«Oh, sì, lo voglio. E scommetto che anche tu ne avrai voglia molto presto.»

Mi mossi per sdraiarmi accanto a lui, ma non me lo permise.

«No. Voglio rimanere dentro di te, solo un altro po'.» Spostò una ciocca dei miei capelli che mi si era attaccata alla guancia con il calore del momento, e posai la testa sul suo petto, sorridendo. Fino ad ora, non ancora avevo capito quanto avessi davvero bisogno di stare di nuovo con Oliver. Non mi ero resa conto di quanto mi mancava e quanto lo amavo. Lui era tutto ciò di cui avevo bisogno.

«Suonerai di nuovo la tua musica per me?» chiesi.

«Non è che porto una chitarra nella tasca posteriore, sai?»

«No, ma so che sai suonare anche il pianoforte. E sì dà il caso che io ne abbia uno in soggiorno.»

«Non ricordo che Scarlett suonasse il pianoforte.»

«Lei no, non è capace, ma io sì.»

«No, davvero? Cos'altro non so di te?»

«Non le svelerò subito tutti i miei segreti, Mr. Altier.»

Reagii con una smorfia, come se fosse offeso da questa dichiarazione.

«Che ne dici di suonare a quattro mani?»

«Considerando quanto sanno giocare bene le nostre mani, sono sicura che sarà fantastico.»

Risi, alzandomi in piedi con cautela. «Alzati, furbacchione. Vediamo quanto sei bravo al pianoforte.»

«Posso fare un sacco di cose al e sul pianoforte.»

«Non dirmi che l'hai fatto sopra il pianoforte.» Come sempre, il pensiero di Oliver che giocava con qualcun'altra mi provocava disgusto, sentivo la bile salirmi in gola.

«No, ma muoio dalla voglia di provarci.» Poi mi strizzò l'occhio.

Mi avvolsi un lenzuolo intorno alle spalle e andai nel

soggiorno dove c'era il mio pianoforte.

«Sembra più vecchio dei miei nonni», commentò Oliver, seduto su una piccola sedia rotonda.

«Questa cosa è il mio tesoro, quindi apprezzerei davvero un po' più di rispetto», dissi, prendendo un'altra sedia per mettermi accanto a Oliver.

«Non sapevo ti piacessero gli oggetti d'antiquariato.»

«È solo un altro mio segreto che ora conosci anche tu.»

Sorrise e tolse la copertura nera dal pianoforte.

«Adesso vediamo cosa ricordo delle mie lezioni di pianoforte.» Provò alcuni accordi, e poi iniziò a suonare una canzone che mi sembrava familiare.

«Aspetta un attimo, non è la stessa canzone di Chasing Mavericks che suonano nel trailer del film?»

«Aha.»

«Ho sempre amato questa canzone, be', anche il film, se è per questo.»

«Anch'io.»

Feci un sorrisetto.

«Cosa c'é? Pensavi che per noi non fosse possibile avere nulla in comune se non la nostra passione per il piacere sessuale?»

«In realtà, penso che abbiamo più cose in comune di quanto crediamo.»

«Volevo dire esattamente questo!» Oliver si avvicinò e mi baciò, continuando a suonare la canzone. Non stava cantando, ma riuscivo a sentire il testo nella mia mente.

L'intera situazione con Oliver era come una canzone, con l'inizio, il ritornello e una fine che nessuno di noi due poteva prevedere. Odiavo l'incertezza, ma ancora di più, odiavo l'idea di sapere quale sarebbe stata la fine della nostra storia, e sì, temevo che non sarebbe stata così perfetta come desideravo.

«Cosa facciamo adesso?» chiesi, osservandolo.

«Cosa vuoi dire?»

«Intendo domani.» Potevo già vedere i primi raggi di sole che filtravano attraverso le tende, ma non credevo di essere pronta ad affrontare il nuovo giorno, o il pensiero che lui se ne andasse di nuovo, e così presto, non volevo.

Oliver smise di suonare e girò la mia sedia in modo che lo guardassi.

«Non lascerò che il vecchio scenario si ripeta», disse serio.

«Quindi cosa suggerisci?»

«Penso di poter lavorare a distanza. Tornerò a Los Angeles stasera, per assicurarmi che la mia squadra possa occuparsi degli affari in autonomia, e poi, tornerò qui.»

«Ma hai appena iniziato a costruire la tua carriera. Non puoi lasciarti tutto alle spalle, solo a causa mia.»

«Non posso lasciarti. E non è che mi arrenderò o cose del genere. Mi trasferirò semplicemente di nuovo qui e forse proverò anche ad aprire un altro ufficio a New York.»

«Penso che dovresti parlare prima con Dominick.»

«Ehi, non mi vuoi tutto per te?» Lui sorrise.

«Certo. Ma non voglio che la nostra relazione rovini i tuoi sogni, quando i rapporti rovinano i sogni si rovina anche la relazione.»

«Tesoro, non ho bisogno di nulla se non ho te, e posso e farò funzionare la mia carriera, indipendentemente da dove vivo.»

Per uno come Oliver Altier, un giocatore sconsiderato, che era sempre stato un esempio di tutto ciò da cui le madri di solito mettono in guardia le loro figlie, per lui dire parole del genere, era come farsi prete. Ma udire parole del genere significava molto di più di quanto potessi immaginare.

«Accidenti, ma guardati, Mr. Altier! Avresti mai immaginato di dire una cosa del genere a una donna?»

«Non credo, ma adoro come suona. Perché ti amo e sono

sicuro che potremo gestire qualsiasi cosa, finché staremo insieme.»

«Lo spero.»

«Non pensi che faccia freddo qui? Torniamo a letto e magari ci scaldiamo un po'?»

«Che cosa hai in mente?».

«Lascia che te lo mostri.» Mi prese le mani tra le sue e tornammo di corsa nella mia camera da letto.

«Attento!» Risi. «Non ci servono stupidi incidenti, vero?»

Salutare Oliver più tardi quel giorno fu ancora più difficile di due mesi fa. Non ci restava molto tempo da passare insieme, dato che avevo del lavoro la mattina e lui doveva parlare con suo fratello riguardo il futuro della sua casa di produzione.

Andammo insieme alla Wilson's Publicity, e per tutto il tempo mi sentivo come se stessi per scoppiare a piangere, e conoscendo me stessa, non potevo credere di essere una di quelle ragazze che iniziava a piangere solo perché un uomo stava per lasciarmi, anche se Oliver non stava andando via per sempre.

«Ci vediamo più tardi», mi salutò, baciandomi davanti all'ufficio di Dominick.

«Okay.» Annuii e andai a trovare Scarlett. Avevo bisogno di parlare con qualcuno il prima possibile, e lei era la mia opzione migliore.

«Buongiorno, raggio di sole», disse e alzò gli occhi dal suo lavoro. Quando mi guardò in faccia, mi chiese, «Ehi, stai bene?»

A quanto pare, la mia espressione lasciava molto a desiderare.

Scossi la testa, dicendo, «Per niente.»

«Cos'è successo?»

Ci sedemmo sul divano e lei chiese alla sua segretaria di portarci due tazze di caffè.

«Si tratta di nuovo di Oliver? Ieri sera sembravate così felici di rivedervi. Cos'è successo dopo che Dom ed io ce ne siamo andati?»

«Siamo andati a casa mia. E, be' ... immagini il resto.»

«Oh, uhm ... okay.»

«Poi lui ha detto che mi ama.»

«Impossibile, davvero? Questa sì che è una bella notizia! Allora cos' è questa faccia triste? Non lo ami anche tu?»

«Sì. Questo è il problema. Se ne va stasera ed io ...»

«Oh, tesoro ... Pensi che finirà male come l'ultima volta?»

«Esattamente.»

«Lui che cosa pensa di tutta questa faccenda?»

«È andato a parlare con Dom della possibilità di aprire un altro ufficio qui, a New York.»

«Sono sicura che troveranno una soluzione che andrà bene per tutti.»

Sospirai. «Lo spero. Oh, Scarlett, non voglio perderlo di nuovo. So che è difficile credere che una come me possa innamorarsi, non me lo aspettavo nemmeno io. Ma sai una cosa? Penso di non essere mai stata più felice di ieri sera.»

Scarlett sorrise, abbracciandomi. «Fidati di me, Jill, so esattamente di cosa stai parlando. Quando Dom ed io arrivammo finalmente a un accordo e io tornai a New York, il tempo che passammo insieme quella notte fu il più bello della mia vita. F sufficiente per far sparire le nostre paure di un tempo, ed è successo tutto proprio come doveva essere.»

«Quindi pensi che sia una buona idea?»

«Uscire con uno degli uomini più sexy del mondo? Diavolo sì, penso che sia una buona idea!»

Risi, scuotendo la testa. «Grazie a Dio, Dom non può sentirti ora.»

«Lui sa che lo amo follemente, e che dico sempre quello che penso. Inoltre, ora ho un altro motivo per credere che anche lui mi ami.» Si accarezzò la pancia, sorridendo. «Non avrei mai pensato che essere incinta del figlio della persona che amo così tanto fosse così incredibilmente magico.»

«Sono felice per te. E anche per questo piccolo diavolo», dissi, facendo un cenno al suo ventre. «Dopotutto, lui o lei avrà la madrina più incredibile e tosta del mondo, giusto?»

Lei ridacchiò. «Ci tengo alla mia vita, sai? Quindi, naturalmente, non chiederei mai a nessun'altra di essere la madrina del mio primo figlio.»

«Questa è la risposta giusta.»

Dopo la conversazione con Scarlett, ero ancora più nervosa, anche se lei fece del suo meglio per assicurarmi che tutto sarebbe andato bene.

Era quasi mezzogiorno e non avevo ancora sentito nessuna notizia sull'incontro di Oliver con Dominick. La sua segretaria disse che erano andati via e che sarebbero tornati tra qualche ora. Non volevo chiamare nessuno dei due, anche se morivo dalla voglia di farlo, e ogni volta che il mio cellulare squillava, correvo a prenderlo come se ci fosse da spegnere un incendio.

Circa mezz' ora dopo, Oliver finalmente venne nel mio ufficio, con in mano un grande striscione con una scritta dorata e viola.

«J.M. Records? Di cosa si tratta?» chiesi, leggendo la scritta.

«Il nome della mia filiale di New York», annunciò con orgoglio, mentre posava lo striscione sulla mia scrivania.

«Perché J.M. Records?»

«Non è ovvio?» domandò Dominick, entrando in ufficio. «Gli avevo detto che un giorno si sarebbe trasformato nel tuo fedele cucciolo, ed eccoci qui, è successo anche prima di quanto mi aspettassi.»

Guardai di nuovo il nome e poi Oliver.

«Vuoi dire che gli hai dato il mio nome?»

«Era l'opzione migliore.» Si chinò e mi baciò sulle labbra.

Dom sorrise. «Non avrei mai pensato di arrivare a vedere il giorno in cui mio fratello si sarebbe innamorato.»

Oliver fece una smorfia. «Vivrò fino al giorno in cui finalmente smetterai di essere uno stronzo?»

«Quasi impossibile», dissi, incontrando gli occhi sorridenti di Dom.

Accarezzò il divano dove era seduto e disse, «Cercate di non rovinarlo oggi, ragazzi.» Poi si alzò in piedi e andò alla porta, ammiccando verso di me prima di chiuderla alle sue spalle.

«A proposito», gli occhi di Oliver si spostarono dove Dom era seduto pochi istanti prima. «Sembra accogliente. Quando l'hai cambiato?»

«Subito dopo che sei partito per Los Angeles non volevo vedere nulla che mi ricordasse te.»

«Ora che sarò qui molto spesso, penso che ti piacerà vedere questo divano come prima cosa al mattino quando arriverai al lavoro.»

«Davvero? Resterai a New York?»

«Stasera devo partire, ma tornerò tra qualche giorno, quindi le tue lenzuola non avranno nemmeno il tempo di raffreddarsi.»

Catturò le mie labbra in un bacio e tutte le mie preoccupazioni svanirono in un batter d'occhio.

«Hai delle riunioni per il resto della giornata?»

«No, perché?» chiesi, guardando Oliver con sospetto.

«Vuoi vedere una cosa con me?»

«Okay.» Presi la mia borsa e dissi ad Amy che me ne stavo andando.

«Aspetta, penso di aver dimenticato le chiavi della macchina», dissi, cercando nella borsa.

«Non ci serve una macchina, dobbiamo solo attraversare

la strada.»

Guardai Oliver, strizzando gli occhi. «Cosa hai intenzione di fare?»

«Aspetta e vedrai.» Mi prese la mano nella sua e andammo verso gli ascensori. Con nostra reciproca delusione, non eravamo soli.

«Dovrei seriamente pensare di corrompere la sicurezza», disse Oliver in un sussurro, aspettando che l'ascensore ci portasse all'ingresso.

Risi. «Dovrai anche corrompere Dominick. Sappiamo entrambi quanto gli piaccia guardare le registrazioni delle telecamere.»

Uscimmo dall'edificio della Wilson's Publicity e ci dirigemmo verso quello dall'altra parte della strada.

«Cosa ci facciamo qui?» mi informai, guardando Oliver aprire una porta digitando una password su una tastiera.

«Benvenuta alla J.M. Records!»

Mi guardai intorno nella stanza vuota e rimasi senza fiato. «Stai scherzando? Hai affittato questo posto per il tuo nuovo ufficio?»

«Sì. Ed è a soli due minuti a piedi da te. Perfetto, non è vero?»

«Ma come ci sei riuscito? Pensavo che fosse quasi impossibile trovare un ufficio in questa parte della città.»

«In momenti come questo, amo mio fratello più che mai.»

Ridemmo entrambi. «Forse Scarlett aveva ragione dopotutto, e lui sa essere un bravo ragazzo e non solo un idiota?»

«Mi aiuteresti a sistemare questo posto?»

Mi guardai di nuovo intorno e annuii, sorridendo. «Come posso dire di no?»

«Mm.» Oliver si avvicinò e mi avvolse in un abbraccio. «È così facile abituarsi a sentire risposte del genere.»

«È così facile abituarsi ad averti al mio fianco», risposi.

Avevo ancora un po' paura di dirlo ad alta voce, come se qualcuno potesse portarci sfortuna. Ma quando Oliver era così vicino, tutte le mie preoccupazioni sparivano senza lasciare traccia, come se lui potesse mandarle via con un solo tocco.

«Ti è piaciuta l'idea del nome?»

Gli sorrisi. «È la migliore sorpresa che un uomo abbia mai fatto per me.»

Lui ricambiò il sorriso e mi abbracciò più forte. «Non so cosa avrei fatto senza di te, Jillian»

«Io lo so.»

«Davvero? Illuminami allora!»

«Saresti solo il tuo vecchio te stesso.»

«Lo dici come se fosse qualcosa di brutto.»

«È un disastro!»

Lui rise, baciandomi. «Pensavo che amassi il vecchio me.»

«J'aime tout chez toi — Amo tutto di te. Perché so che finché stiamo insieme, possiamo essere pazzi o ragionevoli come vogliamo.»

«Mi piace l'idea. Che ne dici di diventare anche noi un po' birichini a volte?»

«Mi sembra un buon piano.»

Fu l'ultima volta che vidi Oliver quel giorno. Poche ore dopo, tornò a Los Angeles, ma a differenza della volta precedente, ero sicura che ora tutto sarebbe stato diverso.

Forse lui non era perfetto, forse nemmeno io lo ero, ma ogni volta che stavamo insieme, non aveva importanza, perché l'uno per l'altra, eravamo più che perfetti. Eravamo anime gemelle e non servivano parole per dimostrarlo. Bastava uno sguardo per dirci tutto — eravamo coinvolti insieme in qualsiasi partita promettesse ogni nuovo giorno ...

Fine

Sull'autrice

Diana Nixon è un'autrice di bestseller internazionali, romanzi d'amore contemporanei e fantasy. Con una laurea in Legge, non avrebbe mai pensato di tradire il mondo della giurisprudenza e tuffarsi nella fiction. Ma una volta pubblicato il suo primo libro – Love Lines – si è resa conto che scrivere era la sua vera passione. Da allora, ha scritto altri 19 libri. Non riesce a immaginare la sua vita senza i personaggi dei suoi romanzi e non smette mai di pensare alle nuove trame che popolano i suoi sogni. È sposata e ha due figlie, la sua più grande fonte di ispirazione. Ama la musica, i viaggi, il caffè e il cioccolato. Crede che la scrittura sia la cura migliore per tutto ciò che può essere guarito con le parole.

I libri di Diana Nixon sono stati tradotti in spagnolo, tedesco, russo, francese, portoghese e italiano.

Libri di Diana Nixon:

Scacco matto (Scacco matto, # 1 — ed. italiana)
Senza Legami (Scacco matto, # 2 — ed. italiana)

Louise (Louise, # 1 — ed. italiana)
Louise: un nuovo inizio (Louise, # 2 — ed. italiana)

Cuore Infranto (Shattered, # 1 — ed. italiana)
Cuore Fragile (Shattered, # 2 — ed. italiana)
Cuore Sereno (Shattered, # 3 — ed. italiana)
Cuore Svanito (Shattered, # 4 – ed. Italiana)

Illusorio (ed. Italiana)